# El Sistema

Novela

«Una novela de ideas, de enorme ambición intelectual y literaria, que abre nuevos caminos en la narrativa contemporánea.»

*Jurado del Premio Biblioteca Breve 2016*

José Manuel Caballero Bonald

Pere Gimferrer

Manuel Longares

Elena Ramírez

Clara Usón

# Ricardo Menéndez Salmón

# El Sistema

Premio Biblioteca Breve 2016

Seix Barral

El papel utilizado para la impresión de este libro es cien por cien libre de cloro y está calificado como **papel ecológico**.


Seix Barral, un sello editorial de Editorial Planeta, S. A.
Avda. Diagonal, 662-664, 08034 Barcelona (España)
www.seix-barral.es
www.planetadelibros.com

Adaptación de la cubierta: Booket / Área Editorial Grupo Planeta
Fotografía de la cubierta: *Surrender*, © Marcel Jacobs
Fotografía del autor: © Tobias Bohm
Primera edición en Colección Booket: marzo de 2017

Depósito legal: B. 2.442-2017
ISBN: 978-84-322-3215-2
Impresión y encuadernación: CPI (Barcelona)
*Printed in Spain* - Impreso en España

## Biografía

Ricardo Menéndez Salmón, nacido en Gijón, en 1971, es licenciado en Filosofía por la Universidad de Oviedo. Escribe en los diarios *ABC* y *La Nueva España*, y en las revistas *El Mercurio* y *Tiempo*. Autor de un singular libro de viajes, *Asturias para Vera* (2010: Premio Llanes), ha publicado los libros de relatos *Los caballos azules* (2005: Premios Juan Rulfo y de la Crítica de Asturias) y *Gritar* (2007 y 2012), y las novelas *La filosofía en invierno* (1999 y 2007), *Panóptico* (2001), *Los arrebatados* (2003), *La noche feroz* (2006; Seix Barral, 2011: Premio Casino de Mieres), la denominada *Trilogía del mal* —que incluye *La ofensa* (Seix Barral, 2007: Premios Qwerty de Barcelona Televisión y Sintagma XXI), *Derrumbe* (Seix Barral, 2008: Premio de la Crítica de Asturias) y *El corrector* (Seix Barral, 2009: Premio de la Crítica de la Feria del Libro de Bilbao)—, *La luz es más antigua que el amor* (Seix Barral, 2010: Premio Cálamo «Otra mirada»), *Medusa* (Seix Barral, 2012) y *Niños en el tiempo* (Seix Barral, 2014: Premio Las Américas). Su obra ha sido traducida al alemán, catalán, francés, holandés, italiano, portugués y turco. *Writer in residence* en la Bogliasco Foundation, ha merecido el Premio a la Excelencia Artística del Gobierno de Baviera en la Internationales Künstlerhaus Villa Concordia de Bamberg.

*A Eva Ervas*

*Pondus meum amor meus; eo feror quocumque feror*

Ninguna escritura que afecte a la existencia de un tema secreto puede escapar ella misma al secretismo. Con el tiempo se acaba confiriendo un culto ya no solamente a la figura primaria, sino también al documento.

DON DELILLO,
*La estrella de Ratner*

# EN LA ESTACIÓN METEOROLÓGICA

El Sistema es un archipiélago.

Los textos acerca del tiempo humano mencionan cuatro épocas: Protohistoria, Historia Antigua, Historia Moderna e Historia Nueva. El Sistema no existe durante la Protohistoria. En ese periodo sólo existe la Naturaleza y, dentro de ella, un animal que comienza a escapar del frío, el miedo y la extinción prematura a duras penas, mediante el empleo de útiles, la reunión en tribus, la adopción de estrategias de caza y pesca.

Con la Historia Antigua aparece la escritura, se desarrollan los cultivos y la agricultura, la domesticación de animales. Nacen las primeras ciudades. La religiosidad se organiza. Florecen las legislaciones. El Sistema comienza a perfilarse. Se expandirá en la Historia Moderna y se afianzará durante la Historia Nueva hasta alcanzar su actual forma.

El Sistema era antes distinto: continentes, federaciones, países. Hoy, como queda dicho, es un mosaico de islas. Las guerras ideológicas han favorecido dicha fragmentación; las contiendas económicas la han acentuado. Las islas poseen nombres muy diversos. Números o acrónimos; personalidades antaño importantes; sustantivos. El nombre de la isla del Narrador es Realidad. Así se llamaba ya en la Historia Moderna y desde entonces conserva esa denominación. A sus habitantes les gusta decir que entre el pasado y el futuro, lo habido y el porvenir, la nostalgia y el deseo, ellos viven en Realidad.

Son gramáticos ardientes, severos.

En la isla, por ejemplo, el uso de la letra mayúscula es importante. Existe Consejo. Existe Ejército. Existe Rey. El grueso de la población lo forma una masa de técnicos, funcionarios, obreros. Niños y niñas reciben una educación común. Se estimulan virtudes como la templanza y la tenacidad. También se pondera como un valor cierta indiferencia ante el sufrimiento. Se nace en casa, se vive en familia, se muere sin dolor.

Hace tiempo, mucho, que la mayoría de los realistas ha dejado de soñar.

Circulan rumores acerca de la descomposición del Sistema. Se habla de tumultos en el Dado, núcleo desde el que emana el poder, se codifican las leyes, se dictan derechos y deberes. Se pronuncian palabras cuya sola mención provoca espanto: *mutilación, horca, canibalismo.*

Escéptico por educación, el Narrador se limita a tomar nota de estos rumores. Los consigna sin que le tiemble el pulso, pero sin darles excesiva importancia. La vida en Realidad no se ha visto alterada por lo que pueda estar sucediendo en el Dado. De allí siguen llegando instrucciones y memorandos. Todos comparten parecidos móviles: cómo legislar, para quién hacerlo, de qué precaverse.

Porque la naturaleza del Sistema es la coerción; su objetivo, la seguridad. Las islas del Sistema han aceptado esta ecuación como indiscutible. Garantizar la seguridad de sus súbditos es el empeño principal del Sistema. El Sistema tiene como única responsabilidad lograr que sus fieles vivan a salvo. Felicidad, libertad o justicia son derechos que sólo pueden emanar de una seguridad previa.

El Narrador, que conoce a fondo la Historia Moderna, sabe que en esa época esta ecuación no siempre se respetó. A consecuencia de ello hubo guerras devastadoras, nacieron movimientos violentos que amenazaron con destruir toda idea de equilibrio, se produjeron revueltas que, amparándose en la defensa de determinadas convicciones, trajeron colapso y muerte.

Los rumores acerca del derrumbe del Sistema son cíclicos. En rigor se desconoce de dónde proceden ni qué persiguen. El Narrador, cuyo escepticismo no implica una inteligencia negligente, ha dedicado muchas horas a reflexionar sobre este asunto.

Su conclusión, que no ha compartido con nadie, es que el propio Sistema difunde estos rumores.

Realidad es una isla en forma de rectángulo casi perfecto, un capricho de la geología. Su aspecto, que parece nacido del molde de un artesano antes que del conflicto permanente entre la tierra y el mar, hace fácil su defensa. Ello, sin embargo, no disuade a los Ajenos de intentar acceder a su territorio. Incluso las islas en apariencia inexpugnables se han convertido en objetivos.

A comienzos de la Historia Nueva, el Sistema definió una doble categoría: los Propios, súbditos *de facto* y *de iure*, y los Ajenos, personas extrañas al conglomerado de islas, cuerpos residuales que las disputas ideológicas y económicas habían purgado. La prosa oficial habla de *aliados* y *enemigos*. El vulgo lo traduce de forma drástica, con contundencia pronominal: *nosotros* y *ellos*.

Los desmanes de finales de la Historia Moderna exigieron por parte del Dado un ordenamiento estricto y claro de la pertenencia. Qué quedaba dentro del Sistema; qué debía permanecer fuera de sus fronteras. Esta enseñanza, que es dogma en el seno de las comunidades sistémicas, supone la primera revelación que escuela y padres transmiten a las nuevas generaciones. El problema es que, en apariencia, la categoría de los Ajenos no cesa de crecer. Los rumores sugieren que Realidad y buena parte de las islas que la rodean ya no son otra cosa que fortalezas sitiadas. El mar y cuanto contiene se ha convertido en un enigma pavoroso.

El Narrador habita la Estación Meteorológica 16, un cubo de piedra, cemento y cristal dispuesto al borde de un acantilado. Convertido en guardián de este pedazo de isla, enfocando sus prismáticos hacia el horizonte, aguarda día tras día por si a lo lejos, como una mancha sobre la piel, los Ajenos aparecen.

El Narrador, pues, es sólo Narrador por vocación. Su oficio, en esta plaza fuerte de Realidad, es el de vigía, centinela, delator.

La jornada del Narrador discurre metódica. Se levanta muy temprano, en torno a las cinco de la mañana, se asea y hace gimnasia, desayuna, consulta el sismógrafo, el barómetro y el medidor de presencias. Dedica entonces un par de horas al estudio de la Historia Moderna —su devoción— y de la Historia Nueva —su deber—, revisa los informes llegados del Dado durante la noche previa e invierte el resto de la mañana, antes de la comida, en mantener en orden la Estación. La 16 consta de un dormitorio, una cocina, un aseo y un cuarto de estudio. Su perímetro está rodeado por una terraza. En ella el Narrador ha plantado romero y lavanda. Acabada la comida, se permite una siesta antes de recorrer la extensión de terreno correspondiente a la Estación. Vigila que los perros reciban agua y alimento, comprueba el buen orden de las cisternas, los depósitos de gasolina y queroseno, la cabaña de revelado y diagramación. A media tarde dedica unos minutos a su cuaderno. En algún momento antes de la cena telefonea a su mujer y habla con sus dos hijas. Las tres mujeres lo visitan el último fin de semana de cada mes. Al Narrador le pesa esta lejanía, aunque la acata con estoicismo. Tras la cena, cultiva una de sus pasiones: el ajedrez, en cuya tradición es un experto; la filatelia, un placer heredado de su padre; o la lectura de novelas, actividad a efectos prácticos inexistente en el Sistema desde las grandes persecuciones de la Historia Nueva, pero que frecuenta con una constancia no exenta de inconvenientes, tanto para su economía (las novelas no son fáciles de conseguir) como para su bienestar (en las novelas la vida es *siempre* distinta a la vida en Realidad). El Narrador duerme pocas horas. Su sueño es pesado, de bruto, sin goce.

Anoche, mientras descansaba, junto a las habituales órdenes emanadas del Dado, el lector de sucesos filtró el comunicado de alguien llamado V2: «A todos los Puntos Calientes, Observatorios de Aves, Puestos de Frontera, Últimos Hombres Libres y Estaciones Meteorológicas del Sistema. Disturbios en las islas meridionales. Hambre. Saqueos. Destrucción de bancos, hospitales, cárceles. Codicia. Rapiña. Caos. Las cosas se están volviendo clandestinas. Repetimos: las cosas se están volviendo clandestinas. Nos regocijamos».

El Narrador intenta proseguir su jornada como si el comunicado no hubiera existido, pero le resulta imposible. Su habitual escepticismo se ve perturbado. Sus estudios de Historia Moderna e Historia Nueva se resienten. Apenas puede disfrutar de la comida y de la siesta. Distribuye sin tino el alimento para los perros y comete errores en la transcripción de datos. No telefonea a su familia.

El Sistema vive en el alambre. A medida que se acentúa, su fortaleza genera un vivero de antagonistas. Algunos intérpretes señalan que en esa paradoja se esconde su dramático destino. Porque al desarrollarse, fortalecerse y aspirar a la perpetuidad, el Sistema crea los elementos que lo destruyen. Como el cáncer, el Sistema es una floración incontrolada de ansia por perdurar, de eternidad celular.

La noche es muy bella cuando el Narrador apaga la luz de lectura y decide dormir. Sin embargo, el insomnio lo arroja a la terraza. Por un instante, al contemplar las estrellas y escuchar el sonido del mar, toda preocupación se borra: los legajos antiguos, los argumentos *ad hominem*, la miseria posible y la posible grandeza, el fulgor de tiempos remotos, la mera existencia de un porvenir.

Todo. Absolutamente todo.

El día discurre bajo el hechizo de la comunicación de V2. El final del dictado («Nos regocijamos») turba de modo especial al Narrador. Esa alegría en el desastre lo desasosiega. Abriga además la certeza de que el comunicado es auténtico por partida doble. No sólo está convencido de que no procede del Sistema, como una de esas falsas declaraciones empleadas por el poder de manera interesada para más tarde desmentirlas en beneficio propio, sino que admite que cuanto insinúa es cierto. El escepticismo del Narrador parece agrietado.

Al Narrador le es familiar la idea de Caída. Su pasión por la Historia Moderna le ha enseñado que la Caída constituye de hecho la piedra angular del progreso. Pero la idea de ser contemporáneo a esa Caída introduce un elemento novedoso. No es lo mismo leer Historia que protagonizarla. De pronto, en su atalaya de observador, la Estación Meteorológica 16 se convierte en algo más que un puesto de control. Se transforma en un lugar donde las cosas *pueden* suceder.

De tarde, se recibe una comunicación del Consejo de Realidad. Las perturbaciones que el Sistema experimenta hace días se deben a Ajenos que han logrado sortear determinados mecanismos de control hasta suplantar personalidades de Propios y difundir informaciones falsas. Este acceso de los excéntricos a una inesperada forma de tecnología provoca en el Narrador una sincera alarma.

El mar es una alfombra muda, muerta, que no atesora ningún tipo de vida. Por segundo día consecutivo no telefonea a su familia. De noche, antes de dormir, reproduce en el tablero la Anderssen-Kieseritzky, la Inmortal de Londres, 1851.

Es la única paz de la jornada.

Realidad está dividida en diecisiete Sustancias. Cada Sustancia tiene un Atributo y varios Accidentes. El Narrador nació, creció, estudió, se casó y fundó su familia en el Atributo de Sustancia 16. Sustancia 16 es una de las divisiones menos extensas y habitadas de Realidad. Es una Sustancia con una naturaleza espléndida, una tierra fértil y un clima benigno. El vigor de Sustancia 16 fue grande hasta hace décadas, pero una profunda crisis en sus sectores principales —minería, pesca, siderurgia— hizo que la demografía se estancara, la economía se resintiera y se produjera un éxodo de población hacia Sustancias más prósperas. Sustancia 16 es hoy un parque temático de su vencido esplendor, un territorio que sobrevive por inercia, y en el que la belleza del entorno no hace sino acentuar la tristeza de los corazones. Los emigrados de Sustancia 16 marchan de su tierra con pesar. Pero nunca regresan.

El Narrador es consciente de que su puesto en la Estación es un hito menor dentro de la gran contabilidad de Realidad y, por extensión, dentro de la gigantesca contabilidad del Sistema. Ello no es obstáculo para que desempeñe su tarea como si fuera el último baluarte frente a los Ajenos. Quizá por ello está disgustado consigo mismo, con la poca eficacia mostrada ayer durante el trabajo. Prevenido en consecuencia, hoy cumple sus obligaciones a entera satisfacción. También la de telefonear a su familia. Como la Estación sólo puede realizar llamadas, pero no recibirlas, le es sencillo escudarse tras una mentira para justificar su defección de los dos últimos días.

—La línea no funcionaba —dice a su mujer sin que la voz tiemble.

El Dado permanece en silencio durante la jornada. El Narrador se acuesta con sensación de fiebre en la piel. Y piensa en una bella, antigua palabra: *melancolía.*

El medidor de presencias se activa de madrugada. El reloj de dígitos fosforescentes señala una hora inolvidable: 03.33. El Narrador salta de la cama para dirigirse hacia la cabaña de revelado y diagramación. Los perros lo reciben con una salva de ladridos, aunque el olor familiar calma pronto su inquietud.

Dentro del sector noroeste de Sustancia 16, cerca del punto más septentrional de Realidad, se detecta una presencia. Su pulso en la pantalla verdinegra es visible durante horas, inmóvil en su cuadrante pero activo. Luego, mientras el sol regala sus primeros rayos, se desvanece para no regresar.

El Narrador abandona la cabaña para escrutar el horizonte con sus prismáticos. Como era de esperar, el mar le devuelve una mirada inerte. El hambre lo conduce al interior de la Estación, donde desayuna con apetito de lobo, como si la tensión acumulada hubiera disparado su necesidad de alimento.

En su comunicado al Sistema, el Narrador mantiene un tono neutro, cifrando con exactitud las horas de aparición y desaparición del pulso. No se permite conjeturas. El Dado metaboliza la información con asepsia: «Notificación procesada. Permanezca atento». El resto del día lucha contra el sueño, y su siesta es desacostumbradamente larga. Despierta de ella con migraña y náuseas. La jornada transcurre por lo demás monótona, a pesar del buen tiempo y del aire suave y limpio.

Por la noche, al teléfono, se muestra esquivo y no comenta con su esposa el incidente de la presencia. Antes de dormir, la lectura de uno de los más reputados novelistas de Realidad lo confirma en sus certezas. La literatura, en la isla, ha sido siempre una rama del folclore.

Tras haberlos recogido en el cercano aeródromo, un vehículo del Ejército traslada a los ingenieros hasta la Estación. Ambos son militares, oficiales de rango: un capitán y un teniente. Y los dos son parecidísimos, como piezas nacidas de un mismo troquel. Entregan al Narrador una cédula de acogida y residencia para catorce días. Vivirán en la cabaña. El Narrador queda bajo sus órdenes durante este periodo, aunque puede consultar en caso de duda a la delegación del Consejo en Sustancia 16.

El capitán menciona la palabra *rutina*. Al Narrador la palabra *rutina* y una estancia de catorce días le parecen cantidades no homogéneas, un círculo cuadrado, pero prefiere callar. Los ingenieros comienzan a despachar entre sí en su jerga; el Narrador les da la espalda con alivio. No los vuelve a ver durante el resto del día.

El Sistema ha desarrollado desde la implantación de la Historia Nueva una hipertrofia tecnológica. Los saberes humanistas, el arte y la literatura se han convertido en antiguallas piadosamente toleradas. El saldo de la cuenta arroja una desproporción cada vez más acusada entre el progreso científico y las satisfacciones intangibles. La alegría, por ejemplo, ha menguado de forma simultánea al despliegue de las conquistas micro y macrofísicas. Nunca como hoy el hombre ha estado tan solo entre la materia atómica y la estelar. Porque desvelando los misterios de ambas, parece haberse olvidado de sí mismo.

Estos pensamientos asaltan al Narrador mientras se refugia en su cuaderno. Allí ejerce de librepensador, una profesión por lo que sabe peligrosa. Hay hogueras en su memoria donde esos pioneros ardieron hace tiempo.

Los ingenieros permanecen ocultos. El Narrador apenas llega a verlos tras la comida, cuando hacen mediciones con un teodolito en torno a los depósitos de gasolina y queroseno.

El aburrimiento como suceso principal. Un tedio generoso, del tamaño exacto de la esfera del reloj, que devuelve al Narrador la evidencia que los acontecimientos de días pasados le han hecho olvidar. Que en la Estación casi nunca sucede nada; que su vida lleva tiempo convertida en este desagüe de horas vacías, en la consulta de pantallas de plasma que transmiten datos monótonos, palabras mil veces reiteradas, una burocracia no sólo sin alma, sino también sin rostro.

Su padre, que fue un hombre paciente, tanto que hizo de esa virtud un color que se extendió sobre sus actos, el gris de la prudencia, le legó al morir un álbum de sellos. El Narrador contempla esas obras de arte que transcurren invisibles para millones de Propios, objetos útiles y a la vez delicadísimos, y que han sido capaces de trascender el tiempo a pesar de estar fabricados con los más humildes materiales.

Su mujer le habla de noche con una voz no muy distinta a la de los comunicados del Sistema. El cariño como otra rutina combustible, que se alimenta del oxígeno de los días, consumiéndose en una llama sin belleza ni calor. Piensa en los primeros días de su vida en común y se siente extraño, como si hubiera invadido la intimidad de otra persona. El álbum de sellos no le trae alivio tras la conversación. Fuera, bajo la noche inmune, una luz palpita en la cabaña de revelado y diagramación.

Los técnicos no descansan.

Amanece un día radiante. Se han descorrido los velos. La luz posee una calidad que hace pensar en una ofrenda. Incluso el desayuno tiene otro sabor. El regalo del clima hace que el café, las tostadas, la miel, la mermelada, los alimentos de cada día tengan una consistencia nueva.

El Narrador abre las ventanas de la Estación y se deja bañar por la tibia luminosidad. Cada poro de su piel recuerda a una flor encendida. Nada perturba este momento. Ni la presencia de los ingenieros, que ya han dispuesto sus artefactos sobre el césped; ni los ladridos de los perros, irritados por la presencia de las máquinas; ni siquiera la música reiterada de los controles de la Estación, que desde primera hora vomitan informes procedentes del Dado.

La belleza del día dura hasta bien entrada la tarde. Durante el crepúsculo nubes gruesas y violentas, moradas como cardenales, irrumpen en el horizonte. La lluvia aún tarda un par de horas en llegar. Al hacerlo, devasta el cielo, la tierra y el mar, como el manotazo de un gigante. Otro tipo de belleza se genera entonces. Una belleza de catástrofe que, encerrado en la cocina, en esa misma estancia que por la mañana parecía una ventana al paraíso, hace sentir al Narrador su fragilidad, la propia de un animal en su cueva, rezando por que los techos soporten la embestida y el cubo no sea aniquilado.

Al cesar la tormenta, la Estación se encuentra a oscuras. Ayudado por una linterna industrial, el Narrador se acerca hasta la cabaña. Allí se encuentra a los ingenieros pálidos y exhaustos, como tras una noche de borrachera; los perros han muerto, desgarrados por la violencia del huracán, que ha convertido sus jaulas en un amasijo de hierro. Cubre sus cuerpos con bolsas de plástico.

Cavar una tumba para los perros resulta una tarea penosa. La solidaridad y el afecto de tantos días ocultos en un agujero. Un animal enterrando a otros animales.

La pala llaga las manos del Narrador, poco habituadas a semejante trabajo. Los ingenieros lo contemplan con respeto aunque distantes, como si estuviera sepultando cadáveres de apestados. Pasean alrededor del hoyo flemáticos e incómodos. Los cigarrillos que fuman encienden signos de exclamación.

Al terminar de cavar, el Narrador los observa a través de los cristales de la cabaña, rodeados de sus máquinas. Apenas dos días aquí y la presencia de estos hombres ya lo infecta todo. El Narrador añora su soledad. La Estación es una escuela de desafecto. Su diagnóstico es claro: misantropía, intolerancia al ser humano.

Una calma absurda llena el cielo. La devastación que la tormenta dejó ayer parece irreal. Algo muy poderoso ha trasladado al perímetro de la Estación este teatro de estructuras rotas, tejas arrancadas, animales muertos. Una ciudad Potemkin de la derrota, instalada para espantar al visitante, otro trampantojo de la desdicha.

El Narrador redacta un informe preciso. Valora los daños, menciona la muerte de los perros, efectúa un peritaje del desastre. Finaliza su memoria solicitando permiso para desplazarse a Atributo 16 o, en su defecto, para que le sean remitidos a la mayor brevedad posible los recambios pertinentes.

En 1987, en la ciudad de Reikiavik, uno de los caballos de Tal, en su partida contra Hjartarson, partiendo de su casilla de inicio Cb1, recorre el periplo d2-f1-e3-c2-a1-b3-a5-c6-e5-g4-h6-g8. Antes de dormirse, el Narrador contempla con asombro esa ruta. Se esconde mucha belleza en el mundo.

El Narrador se ha acostumbrado a una rutina del movimiento que no precisa de aviones, barcos o trenes. Se traslada así por los sesenta y cuatro escaques del tablero en torbellinos de piezas y combinaciones, un álgebra de la inteligencia que no sucede sobre ningún espacio mensurable. No hay valles, ruinas, océanos. Sólo existen desplazamientos letales o incruentos de figuras simbólicas aplicadas sobre un tapiz también simbólico. Las metáforas del juego son tantas que su importancia se contrarresta. El tablero es la Vida; el tablero es el Sistema; el tablero es el Viaje.

Con los sellos, las fronteras sí son físicas, aduanas levantadas hace tiempo y que tantas veces el propio tiempo borró, mudó o canceló para siempre, hasta dibujar un cronomapa irrepetible. Los sellos de cada isla son diversos. Como diversas son las lenguas que los nombran, los rostros grabados en ellos, los acontecimientos fijados en sus colores. La filatelia es un intento por enfrentarse a la entropía. Generar un fragmento de orden dentro del desorden cósmico. El coleccionismo como consuelo. Una batalla vana, pero insaciable.

Cada escritor es una delicada química personal mediante la cual un espíritu nuevo metaboliza, transforma y restituye, en forma inédita, no el universo en bruto, sino la expresión sublimada de esa materia que le precede. Una vez más, arrancar al esclavo cautivo del bloque de mármol. Leyendo una de las mayores obras concebidas por la literatura durante la Historia Nueva, el Narrador comparte hasta altas horas de la noche la epopeya de un hombre que aguarda. Al borde de un mar tenebroso, mítico y airado, el protagonista de la fábula languidece y se exalta, se desespera y se eleva, se abandona con voluptuosidad al tedio y se regala placeres vulgares mientras dos naciones enemigas se vigilan sin descanso.

El Narrador se mira en ese espejo y viaja de la mano del hombre que espera. Antes de dormirse, lo alcanza una imagen: «Llega un momento en que la dicha, la tranquilidad, consiste en haber desgastado muchas cosas a tu alrededor, de tanto rozarte con ellas, de tanto pensar en ellas».

Los ingenieros abandonan la Estación a primera hora. El mismo vehículo que los dejó hace días viene a recogerlos. Vestidos de civil, parecen maniquíes deteriorados. Sin uniforme, el numen los abandona. Son hombres de cartón piedra.

A riesgo de ser censurado, el Narrador entra en la cabaña. Al pie de las literas hay una estructura. Podría pensarse en un pulmón de acero o en una enorme caja de zapatos. La estructura emite un zumbido similar al de un frigorífico. Sobre una de sus caras, alguien ha escrito el nombre del Narrador y las coordenadas de la Estación. La visión de su propio nombre escrito lo sacude igual que una descarga eléctrica. Siempre ese primer instante de aturdimiento, como si de entre todos los nombres el menos comprensible fuera el que sus padres eligieron para él.

Los ingenieros regresan en el instante en que el Narrador se despide de su esposa por teléfono. Pasan por delante de su ventana sin saludar ni volverse. Bajo la luz que comienza a declinar, son fugaces e intercambiables, hasta el punto de que el Narrador es consciente de que sólo un acto de fe, la fe en una rutina establecida hace pocos días, le hace creer que los cuerpos que pasan pertenecen a los ingenieros.

A medianoche, cuando el sueño ya lo ha vencido hace rato, los lectores transmiten un informe del Dado sobre un suceso acaecido en Empiria, una de las islas orientales. El informe menciona un accidente en una central nuclear. El Dado confirma la existencia de decenas de muertos y la decisión, tomada por el Consejo de Consejos, de un bloqueo sanitario del perímetro insular. Buques hospital de la mayoría de las islas del Sistema se dirigen hacia el área afectada.

El ejemplo de Empiria es aleccionador. Su pasado esplendor, que irradió luz a los antiguos continentes, a las extintas confederaciones, a decenas de países que ya sólo existen en los textos, colapsa hoy en una espiral de penuria moral y física, al punto de que la isla se desliza, lenta pero fatalmente, hacia su desaparición.

El Sistema no derramará lágrimas por esa pérdida. El Narrador es consciente de que en la Historia Nueva una categoría como la compasión no tiene cabida, es un mero fantasma. Repasando los documentos que recogen la aventura de Empiria, advierte la tensión entre un espíritu belicoso y una profunda sensibilidad. Ese conflicto entre muerte y creación, caos y razón, se resuelve de manera dramática en la Historia Moderna. Los frutos de Empiria, sus logros, abducidos por la lógica del Sistema, disueltos en él, sobreviven como ídolos, frescos pintados por una mano sabia y elegante, pero que el contacto con la intemperie del tiempo ha deteriorado sin remedio. Empiria es un rótulo lleno de prestigio, pero los rótulos no alimentan bocas. Son sólo máscaras más o menos lícitas. Empiria no ha dado un técnico de primera línea, un líder sistémico, un Ideólogo de renombre en las últimas veinte generaciones. Su odisea espiritual es la de un animal saciado y viejo, un paquidermo ilustre reventado por su propio peso.

El Narrador contempla en el televisor cómo los buques hospital rodean la isla como un cerco de hierro. Bajo las consignas amables y la habitual grandilocuencia, adivina que se esconde una expedición punitiva. Empiria y sus habitantes están condenados a la reclusión.

Ya no son Propios. Al fin, tras miles de años, se han convertido, se están convirtiendo, se van a convertir en Ajenos.

La tumba de los perros aparece removida. El capitán ingeniero se queja con amargura. Hedor y alimañas son incompatibles con su tarea. El Narrador se ve obligado a exhumar los restos y quemarlos con un lanzallamas. Una labor de carnicero.

Mientras se enfunda el traje de neopreno, experimenta el placer de los uniformes. Por un momento, apuntando con su arma al montón informe de los cadáveres, lo asalta la tentación de desplazar el lanzallamas en dirección a los militares. La tentación dura apenas un instante, pero regala al Narrador, a lo largo de la jornada, una mezcla de pánico y éxtasis.

El Dado propone un Pentálogo de Urgencia para Empiria:

1. Prohibición de abandono de la isla.
2. Congelación de capitales.
3. Control del Consejo de Empiria por parte del Consejo de Consejos.
4. Cierre de las Estaciones Meteorológicas.
5. Ley marcial en el territorio.

Piensa en sus iguales de la isla, hombres que como él conviven con medidores de presencias, bestias amables y máquinas mezquinas, horizontes amenazados. Una solidaridad confusa lo abruma, una sensación de vergüenza y algo cercano a la lástima, la vieja pulsión de la rabia abriéndose camino entre meses de obediencia. Imagina a sus pares abandonando las Estaciones, volviendo a sus domicilios donde los aguardan familias que hablan una lengua incomprensible pero que poseen emociones idénticas a las de él, parecidos anhelos y miedos, una anatomía que responde a los mismos placeres y dolores.

Hay un sello de Empiria en la colección del padre. Conmemora un templo de piedra blanca bajo un deslumbrante cielo azul. Son los colores de una bandera extinta. La ruina de una ruina.

Día neutro, átono, vacío de acontecimientos.

En las partes tropicales del planeta, donde la temperatura y la humedad son altísimas, franjas abandonadas por el Sistema a sus luchas intestinas, espacios ocupados por los Ajenos y sus denominadas formas de autogobierno —anarquía, tiranía, fratría—, fragmentos del mundo en que la vida crece desordenada y brutal, sin atisbo de tolerancia, el *Homo sapiens* ha dado la espalda a la evolución para replegarse hacia su pasado de simio.

Tumbado sobre la cama, negligente, ganado por la pereza, el Narrador contempla fotografías donde hombres y mujeres se hacinan en megalópolis entregadas al avance de la jungla, al desbordamiento de los ríos, al deterioro vegetal y mineral, inmensos espacios un día ocupados por oficinas, colegios o arsenales y hoy reconquistados por la Naturaleza, hitos del desarrollo científico y tecnológico de la Historia Moderna que no pudieron soportar la transición hacia las estructuras políticas y económicas de la Historia Nueva, hasta el punto de que el Sistema los abandonó a su suerte, dejándolos caer.

En las fotografías los hombres aprietan la boca con ardor; las mujeres parecen animales a duras penas amaestrados; la infancia es un gesto salvaje, insolente. Todos visten harapos o ropas imposibles: sombreros con plumas, retales de sábanas, zapatos monstruosos. Parecen drogados con algo más poderoso que el opio o la cocaína: la ira, la ausencia de esperanza, el olvido de cualquier ternura.

El Narrador escruta esas caras y no encuentra en ellas más que formas de la violencia. Pero no puede evitar sentir una atracción inesperada. Se ha asomado a un abismo y allí abajo, en medio de la oscura corriente del tiempo, unos ojos le han devuelto la mirada.

Unos ojos parecidos a los suyos.

El Sistema admite ser contemplado como la expresión perfeccionada de un anhelo: la reducción de la existencia humana a técnica pavloviana, el desarrollo máximo del reflejo condicionado que vincula la obediencia a la recompensa y la desobediencia al castigo.

El Narrador reflexiona sobre la estructura que le rodea, la jerarquía en que ha nacido, las formas de control que su empeño ejemplifica, y se admira a sí mismo como un esbirro fiel. Junto a esta evidencia advierte cómo en las últimas semanas su conciencia, eficaz y puntillosa hasta la fecha, irreprochable administrativa y pragmáticamente, se está convirtiendo en una conciencia *crítica*.

Tras dos días de ocultación, los ingenieros reaparecen. El Narrador admira sus profundas ojeras, esa palidez de espectros que parecen alimentarse de productos químicos o aceites industriales antes que de carne y pescado. Se los ve agotados y tristes, como si llevaran cuarenta y ocho horas combatiendo contra la desdicha. Su charla, junto a las tumbas vacías de los perros, está repleta de lugares comunes. El capitán le invita a tomar café en la cabaña. El

Narrador acepta y se descubre hablando de sí mismo, de su llegada a la Estación hace cinco años, de sus anteriores destinos en el Sistema, de su familia en Atributo 16, incluso de su afición por la literatura. El capitán asiente con displicencia; el teniente se limita a fumar y servir tazas de café. Al dejar la cabaña de revelado y diagramación, el Narrador es consciente de dos hechos. Primero: que la cafeína no le va a dejar dormir. Segundo: que ha contado muchas, quizá demasiadas cosas acerca de sí mismo.

Las imágenes que llegan de Empiria están amputadas en sus bordes. Son muestras de un caos reglado, una descomposición reprimida, un desvanecimiento de estructuras convertidas en chatarra. El Sistema no emite imágenes de los habitantes de la isla. Las tomas cenitales advierten de movimientos de maquinaria pesada, pero los tanques, los camiones, incluso las aeronaves que se ven no muestran rastro alguno de presencia humana. Son instrumentos de muerte accionados por un deseo que opera a distancia. Los campos de refugiados son cuadrículas perfectas, sembrados de carne en vez de cereales. Pero en ellos no se descubre ni la sombra de un perro. En apariencia todo transcurre con eficacia y rigor, aunque no hay actores en la representación.

La sorpresa llega cuando el lector de sucesos filtra un vídeo extraño al Sistema. El vídeo lleva un título enigmático: «Harmodio». En él se escuchan disparos, el estruendo de morteros, el ladrido de un avión al romper la barrera del sonido. Un hombre barbudo, con una cinta blanca ensangrentada en la frente, se desgañita ante la cámara. En un idioma confuso, parecido al inglés imperante durante la Historia Moderna, repite algo que el Narrador traduce como «*No accident. War. No accident. War. No accident. War*». Después, el hombre apaga la cámara. La última imagen es la de su mano acercándose al objetivo, como el abrazo de un pulpo.

Ya bien entrada la noche, en un texto didáctico de Historia Antigua, expurgado de una enciclopedia, el Narrador encuentra las siguientes líneas:

«Harmodio. Muerto en 514 a. C. Junto a su amante Aristogitón, como él parte de la nobleza ateniense, es conocido por haber asesinado al tirano Hipias. Simboliza, en el imaginario de su país, la lucha por la libertad. Antenor levantó una estatua suya en el Ágora».

El mar regala un espectáculo feliz. Se hace leyenda, circo, asombro. Convocados al grito del teniente, el Narrador y el capitán ascienden la escalera de piedra al borde de la Estación, el punto más alto de la 16 y su mejor atalaya. Allí, como niños abrasados por la alegría, se van pasando de mano en mano el único par de prismáticos que poseen.

Son tres ballenas, inusuales por estas latitudes pero no imposibles de encontrar si el azar las desvía de sus rutas migrantes. No parecen desorientadas o aturdidas. Al contrario. Están jugando ante los ojos del mundo, con el macho y la hembra a los flancos, como columnas vivas, y en el centro, amparada por los bloques de carne azulada, una cría que se desplaza con la rara armonía de los monstruos.

El Narrador piensa en cómo desearía que sus hijas estuvieran aquí en este instante, disfrutando de un espectáculo que para la mayoría ya sólo existe en novelas o filmaciones. Las ballenas viven desde hace tiempo en el limbo entre ficción y realidad, fantasía y verdad, símbolo y hecho. Al desaparecer los cetáceos, los hombres se miran sin decir palabra. Cada uno se retira en una dirección. Es como si, por unas horas, no soportaran la presencia de otro ser humano. Como si fuera necesaria una completa soledad para preservar lo insólito.

De noche, al teléfono, no encuentra el tono adecuado para trasladar lo visto. Su mujer y sus hijas no comprenden su entusiasmo. Las palabras golpean en el vacío. Como un niño triste, duerme más solo que nunca. El viaje de la felicidad a la pena ha sido rápido: un bostezo, un quejido.

Realidad representa dentro del Sistema un vástago incómodo. Si en épocas pasadas, durante la configuración primero continental, más tarde federal y a la postre nacional, desempeña roles decisivos, tanto por la potencia de su lengua como por la impronta de sus naturales, audaces viajeros, grandes comerciantes y gentes feroces, de espada y querella, con un talento sólo comparable a su iniquidad, con el advenimiento de la Historia Nueva su papel se convierte en una nota a pie de página, breve y pintoresca, dentro de un conjunto poco amable con el esplendor pasado.

La pérdida súbita pero notabilísima de poder en la ecología del Sistema acarrea disturbios profundos dentro del territorio de Realidad, incluido un episodio fratricida que destruye la esperanza de mantener viva la llama de los mitos. La conversión de astro en satélite, el desplazamiento del centro al extrarradio, el desempeño de un rol secundario dentro de una obra en la que se acostumbraba a jugar un papel protagonista son tres imágenes pálidas a la hora de trasladar esta pérdida de peso en el universo sistémico. El lenguaje muestra aquí su insuficiencia para captar los hechos. La peripecia de Realidad esconde, en ese sentido, una enseñanza nada desdeñable: el carácter cíclico del tiempo, el arriba y abajo representado ya desde la Historia Antigua por la Rueda de la Fortuna, se aplique a individuos o a comunidades, a hombres de carne y hueso o a esas abstracciones llamadas pueblos, es la única constante legítima de la aventura humana.

Tal lectura, que podría resultar patética para muchos, es hoy consoladora para el Narrador, a quien los incidentes de días pasados —la llegada de los técnicos, el cerco a Empiria, incluso el episodio de la vida salvaje en el mar— han distraído de su habitual ánimo templado y espíritu discreto.

No se repite una nueva invitación de los ingenieros a tomar café. Desde la charla pasada, los días se limitan a un intercambio de saludos cordiales, nacidos de la educación, no de un sentimiento de pertenencia. Compartir el avistamiento de las ballenas no ha unido a los tres hombres. Al contrario. Esa visión, como sucedió después de que los animales desaparecieran, los ha alejado.

Los recambios solicitados tras la tormenta llegan al fin. Varios operarios pasan parte del día reactivando circuitos, retejando superficies, retirando despojos. El Narrador firma recibos y estrecha manos. Antes de telefonear a casa, apunta con minucia en su cuaderno cada gesto visto, cada objeto repuesto, cada redistribución de la materia.

Las niñas añoran a su padre. Están en una edad compleja, en la que las figuras vicarias se afirman o corren el riesgo de desvanecerse. El Narrador teme ser sólo un progenitor legal, un fantasma consagrado por las costumbres, no una persona en la que sus hijas puedan encontrar apoyo y claridad, consuelo. Lo turba esa distancia. Tanto que debe confesarse que extraña más a sus hijas que a su esposa. El deseo apenas lo atormenta en la Estación, pero las fotografías de las niñas en los anaqueles de la biblioteca son espinas en su carne. Atado al Sistema por voluntad propia y un contrato draconiano por siete años, ligado a una permanencia sin fisuras, sin días libres ni vacaciones, siente que no ha medido con exactitud el calibre de su fuerza, su tesón para soportar ya no el tedio, sino las trampas del afecto.

De noche, bajo un confuso aguacero, el Narrador admira cómo Paul Morphy da jaque mate a ciegas, en dieciocho jugadas, a un binomio de rango: el duque de Brunswick y el conde de Isouard. Sobre el tablero, la única nobleza real: la inteligencia.

Con el alba, el Narrador despierta y los ingenieros recogen sus bártulos. En la claridad incipiente, recuerdan a ectoplasmas moviéndose entre la cabaña y la atalaya, la demolida perrera, los depósitos de gasolina y queroseno. Las dos semanas de estancia llegan a su fin como empezaron, entre una bruma de secreto y discreción. Si tuviera que explicar a qué se han dedicado durante este periodo, tendría que apelar a sus dotes de lector de novelas, no a su talento para la observación.

A las seis en punto, mientras beben café en la terraza, aparece el vehículo habitual. El conductor dialoga con ellos un minuto, antes de tomar sus equipajes e introducirlos en el maletero. El teniente entra en el coche sin despedirse; el capitán se acerca a hablar con el Narrador.

—El dispositivo no debe ser tocado.

—¿Qué dispositivo?

—La caja.

—¿Qué caja?

—La caja en la que están escritos su nombre y el de la Estación.

—Entiendo.

Ambos se miran más allá de los uniformes. El Narrador siente que está dentro de una narración, en uno de esos instantes aleccionadores y decisivos que los maestros del género inventaron para emocionar a sus lectores, momentos que desvelan la trama de la vida y las fábulas que la explican. El momento de Mersault. El momento del Gran Inquisidor. El momento de Kurtz. El Narrador se pregunta por qué ninguna isla del Sistema se llama Mersault, Gran Inquisidor, Kurtz.

—El dispositivo está programado para funcionar sin ayuda externa. No pregunte para qué sirve y no recibirá respuestas que quizá no entienda. ¿De acuerdo?

De forma brusca, le tiende la mano. El Narrador la estrecha. Con fuerza. Virilmente.

La marcha de los ingenieros deja un vacío difícil de llenar. Después de todo, las revelaciones existen. Nada más variable que el humor de los hombres, una sustancia imponderable que los neurólogos aseguran se aloja en el cerebro.

El Narrador está tenso durante el día, con la boca llena de palabras que no alcanza a escupir. Le habla al viento vagabundo, a las ballenas pasajeras, a los perros abrasados, a sus hijas lejanas. Cansado de la soledad, decide inventariar cuanto existe en la Estación. Es una tarea tan vana como cansina, una vocación absurda que lo mantiene en pie hasta la medianoche, consciente de estar llevando a cabo una actividad carente de utilidad. Al terminar, mientras contempla ese listado en el que se conjugan las macetas de lavanda con las provisiones de arroz, las bengalas de posición con los prismáticos Minox, lo acomete una profunda náusea. Pero no vomita, sino que de rodillas en el suelo de su cuarto de estudio, como un gran mono exhausto, expele aire.

Y grita. Y aúlla. Y solloza.

Antes de acostarse, aliviado tras el frenesí de las lágrimas, recorre a grandes pasos el perímetro de la Estación. Huele más y mejor tras la explosión de emociones. Si el mundo se pudiera devorar, su sabor sería más intenso y a la vez refinado. Las cosas parecen más nítidas, las sinestesias son más rotundas, los contornos de los cuerpos resultan más claros, aunque el Narrador sabe que son las reacciones químicas en su cerebro las culpables de estas amplificaciones de la experiencia.

Y sin embargo, lejos de todo engaño, la noche es pura, balsámica. Altas y extáticas, como polen, las estrellas son una metáfora compleja, imposible de fijar.

Las lágrimas de ayer. Tantos años sin llorar. La muerte de sus padres y el nacimiento de sus hijas no le causaron esa quiebra. Algo está pasando en el interior de una carcasa en apariencia inmutable. Algo todavía sin nombre. Una violencia del instinto. El pavlovista confuso.

El Narrador busca en el estudio una paz que los últimos sucesos le niegan. Durante las guerras que configuraron el actual aspecto del Sistema, se temió una escalada de la violencia que destruyera el mundo por completo. De ahí proviene la pasión del Sistema por la seguridad. Es una cuestión de supervivencia. Desde el momento en que el Sistema posee los instrumentos para destruirse a sí mismo y borrar toda huella de vida sobre el planeta, la conquista de las grandes palabras —*justicia, igualdad, libertad*— se ha aplazado en beneficio de la conquista de la gran seguridad. Es una paradoja diabólica. El desarrollo exponencial del conocimiento ha conducido a un punto en que el conocimiento podría cesar. Mediante el conocimiento, el Sistema tiene en sus manos los instrumentos para su propia aniquilación y, con ella, para la aniquilación de todo conocimiento. Es como si un organismo, evolucionando sin descanso, llegara a poseer el misterio de cada forma de existencia, y con el desvelamiento de ese secreto, la llave para cancelarla. El Sistema amamanta por primera vez desde la Protohistoria a un hijo llamado no a superarlo, derogarlo o mejorarlo, sino a hacerlo desaparecer.

Mañana llegan su esposa e hijas.

Antiguas fotografías de la Historia Moderna muestran interiores domésticos donde las familias posan para la posteridad. El Narrador pasa sus dedos por los mostachos de los padres, por los corsés de las madres, por los tirabuzones de las hijas: el hombre y su clan. Antes de acostarse, fantasea con el lanzallamas.

Cada mes, al recibir a sus hijas, ese cosquilleo en la base del cráneo, como un insecto recorriendo la piel.

Las niñas se acercan cuidadosas, ejemplares, tan parecidas a su madre, réplicas a escala. Él las abraza con intensidad, solícito, aunque consciente de que a un hijo hay que demostrarle menos afecto del que uno desearía, pues siempre será más ternura de la que demanda. No en vano, al abrazar a sus hijas el último viernes de cada mes piensa en lo que experimentaba cuando sus padres lo acariciaban a él, en aquel embarazo inevitable.

Las niñas recorren la Estación en silencio, cogidas de la mano, contempladas a distancia por sus padres. Es una rutina que el Narrador acepta complacido. Para sus hijas ese reconocimiento, esa reconquista visual realizada un fin de semana de cada cuatro, supone la confirmación de que el tejido del mundo, incluso de un mundo tan hermético como el que habita su padre, permanece estable, a salvo de un capricho.

—Los perros —dice la hija menor al finalizar la inspección—. No están.

—Sí —concede el Narrador.

Hay un silencio incómodo.

—¿Murieron? —pregunta la hija mayor.

El Narrador duda antes de responder, buscando una coartada en los ojos de su esposa. (Al besarla, ha encontrado su boca fría, otra, desconocida.) Pero en ellos no descubre aliento ni deferencia. Como si él y no la tormenta hubiera sido el asesino de los perros.

—No —miente—. Los veterinarios se los llevaron y desmantelaron la perrera.

Las niñas lo miran y el Narrador siente que saben la verdad. De noche, en la cama con su mujer, le cuenta el reciente llanto. Ella escucha su confesión con apatía.

Día familiar en la Estación Meteorológica 16.

Las flores que las niñas han dispuesto sobre la mesa del desayuno.

El café, la tortilla hecha por las manos de la esposa.

Verla fumar dentro de un rayo de sol, cuando la luz invade su rostro y resalta las formas del humo.

Su alianza matrimonial como un círculo de fuego en la luz salvaje.

El paseo, tomados de la mano como novios o como ancianos, distraídos y a la vez entregados a la caricia.

Las risas de las niñas en torno a los depósitos de gasolina y queroseno: grave una, cristalina la otra.

El Narrador expresando una negativa a la pregunta de si pueden entrar en la cabaña de revelado y diagramación.

Su voz afectuosa contando el lugar exacto desde el que avistó las ballenas. Las palabras *surtidor, ámbar gris, plancton, leyenda, Melville.*

La negligencia con que despacha las tareas habituales.

El vello de los brazos de su esposa provocándole una íntima conmoción mientras interpreta ciertos mensajes cifrados del Dado.

La acción de levantarse, tomar esa nuca y besar la boca hoy caliente, suya, tan conocida.

El regreso de las niñas con las mejillas encarnadas.

Desgranar durante la comida lugares comunes que poseen de pronto otro sabor.

La siesta de los adultos.

La siesta de las hijas.

Las noticias de Atributo 16: quién ha muerto durante este último mes, qué se dice sobre alguien y por qué, dónde y cómo es posible obtener determinadas cosas.

Una mirada en familia a los recuerdos filatélicos del abuelo. Explicar a la vista de los sellos el mito del caballo Pegaso, qué conmemora la mujer que avanza con los pechos desnudos y una bandera en su mano derecha, por qué fue importante el hombre con una mancha de vino de Oporto en la frente.

Ser consciente de que los inventarios, después de todo, son decisivos.

Admirarse del parecido de las hijas con la madre.

Acostarse con sensación de triunfo tras cenar de modo frugal.

Hacer el amor. La segunda vez, inesperadamente.

La marcha de las niñas y de la esposa regala un sabor a ceniza en la boca. Verlas partir le rompe el corazón. Cinco años de esta economía de los afectos, dejando escapar tanta vida. Todo por la metódica acumulación de un capital, por la legítima esperanza de un ascenso, por la dilatada confianza en merecer otra vida.

Quizá, por qué no, retirarse a otra isla del Sistema.

Piensa en ello mientras regresa, ya tarde, a su cuarto de estudio. El mapa desplegado ante sus ojos, con los nombres del archipiélago caligrafiados en letra gótica. Su índice que recorre las estancias de un planeta desconocido. Toda esa geografía ahí fuera, aguardando a ser conquistada, exacta en lo que promete, feroz en lo que cancela.

Hay vestigios del paso de su familia. Quedan los dibujos de las niñas, esas casas con jardín en las que él siempre aparece retratado al margen, como una presencia asumida con recelo, o como si, concluido el dibujo y tras la revisión de la madre, su voz severa recordara a las niñas que alguien falta en esa ilustración, un cuarto elemento que ellas amputan sin malicia pero con constancia. También el perfume de su mujer, un aroma vegetal, a menta casi siempre, a veces a limón, que llena la copa de su memoria hasta el borde. De nostalgia. De bengalas de felicidad. De la intuición de una existencia dilapidada.

El ajedrez no lo consuela. Tampoco las novelas repletas de hombres y mujeres separados por el espacio y los accidentes absurdos pero aterradores de la materia. Las colillas que su esposa ha depositado en el cenicero de la cocina parecen los colmillos blancos de un animal extinto. Su emoción al retirar esos restos que esconden, en cada cilindro, una medida de tiempo.

Empiria agoniza.

En la primera imagen, entre las ruinas de su más célebre monumento, asfixiado por la polución y las brechas de la edad, un grupo de jóvenes despliega la bandera nacida como emblema de un mundo más justo durante la Historia Moderna. Gigantesco y tenaz, el trapo ondea insolente en medio de la catástrofe. Las nubes de la radiación que nadie ha visto se ocultan bajo ese sol feroz que un mástil improvisado sostiene.

En la segunda imagen, una legión de mendigos toma al asalto las gradas de un anfiteatro. Donde un día resonó la voz de la conciencia de los viejos continentes, donde el verbo se alzó con una hondura que todavía hoy produce pasmo, un pelotón de pobres duerme bajo las estrellas, manchando con su miseria las piedras sagradas. Ningún desastre nuclear alcanza a expresar la vergüenza abrasadora de estos desposeídos. El Narrador imprime ambas imágenes y las dispone sobre su mesa de trabajo. La continuidad histórica que busca en ellas se le antoja imposible. Mejor dicho, la certeza de que esa continuidad ha dado un vuelco dibuja en su retina una tercera imagen que se superpone a la de la bandera izada a despecho del Sistema y a la de los ocupantes del mítico recinto.

En esa tercera imagen la Historia, sin adjetivos, aparece como un animal violento, que devora toda expectativa de finalidad. El progreso queda abolido; la seguridad queda derogada; se produce un cortocircuito entre los sentidos y la realidad.

Una última imagen lo alcanza mientras el día llega a su fin. Escuadrones de guerra amparados bajo antifaces arrían la bandera y golpean a los mendigos tumbados. El monumento y el anfiteatro recuperan su aspecto habitual. Pero algo sobrevive entre las piedras y los cuerpos idos, una mácula imposible de borrar.

Fuera de la Estación existe un perímetro de seguridad: cemento y hormigón armado, ladrillo y hangares, casamatas y enseres de intendencia, cuadrículas cerradas, bosques de antenas, bloques espartanos, una soberbia torre de vigilancia: el Panóptico. El personal que lo habita es enigmático, una policía invisible. Más allá de ese arco protector están las carreteras, las ciudades, la vida estipulada, ordenada y comunitaria de los Atributos y los Accidentes.

Así, la Estación es como una perla dentro de una ostra. Arrinconada junto al mar, frente al mar levantada, vive de espaldas al mundo. Su horizonte es ese trueno que la borrasca permite oír algunas noches; las aves que flotan suspendidas como cometas; las olas que repiten con terquedad una música que no se agota. Pero no hay interlocutores con rostro.

Desde esa óptica, existe algo heroico en la soledad del Narrador. En su cuaderno se relata a sí mismo como una especie de individuo omega. Sin embargo, en estos últimos días ha venido pensando también en la comunidad que conforman los vigilantes de las Estaciones. Una fraternidad minúscula, si se la compara con la población total del Sistema, pero unida por lazos poderosos y una experiencia común. Esos ojos que contemplan, escrutan y miden; esos cerebros que reciben y transmiten información; esa constancia medida, exacta, pulcra.

De pie en la atalaya, cercado por las sombras, el Narrador mira al Norte, que es apenas una mancha llena de presagios, una acuarela difusa, trazo de ceniza dispuesto a lo lejos. E imagina que al otro lado del horizonte, en este preciso instante, un alma gemela está mirando en su dirección, a ciegas, sin recompensa, pero con el corazón rebosante de una cálida sensación de hermandad.

La cabaña de revelado y diagramación se convierte en una meca tentadora. El Narrador entra varias veces en ella para contemplar esa estructura que ya, sin remedio, se ha convertido en la Caja.

Como un niño ante un objeto jamás antes visto, pasa en cada visita un largo rato rodeándola con pasos breves, casi de danzarín, contemplando la superficie sin cortes ni escondrijos, de un color reconfortante, hueso, sepia o caramelo, de la que emana un zumbido sosegado y neutro, ruido blanco apaciguador y enervante, ante el que los sentidos desarrollan una ataraxia del músculo y de la retina como la que debe experimentar un sujeto al que se hipnotiza.

La Caja tiene dos metros de alto por dos de largo, conformando un cuadrado perfecto. De ella no salen cables; ningún piloto anima su superficie; no hay dispositivos parecidos a una puerta, una ventana, una simple abertura. Es un cuerpo sin interruptores, llaves de encendido o apagado, sensores de calor o humedad. No se advierten circuitos o ventiladores. Podría contener ropa, libros o una vajilla, objetos pasivos, pero hay algo en ella que hace pensar en un ente vivo, en la palabra *inminencia*. Cada tres minutos emite un resplandor que dura en torno a veinte segundos, un pulso intenso. El Narrador piensa en los latidos del corazón de un rumiante, en el flamear de las medusas.

Y a la vista del artefacto, cada vez que se aquieta ante esa estructura, mira, repasa y pondera las letras que conforman su nombre, fantasea con la mano que escribió esas palabras y recuerda la voz del militar invitándolo a no pensar en la Caja, a no preocuparse por ella.

Pero sabe que esas palabras, desde el momento en que han sido pronunciadas, están destinadas a lo contrario. Porque los tentadores se esconden siempre tras una prohibición.

La mancha es perceptible a simple vista, un fragmento de blancura en medio del océano. El radar no la ha detectado. Oscila en la inmensidad del color de la pizarra, tragada cuando una ola de cierta altura arremete contra ella, para reaparecer tras su paso.

Y se acerca. Lenta, casi con melancolía, pero se acerca. Sin codicia, pero con tenacidad.

El Narrador corre hacia el cuarto de estudio para enviar su informe al Sistema. Pero algo lo detiene. Paralizado con los instrumentos de transmisión en la mano, se contempla a sí mismo desde fuera, como un actor en una pantalla o, mejor aún, como un personaje en una página. De hecho, reconoce esa sensación no por haberla vivido antes, sino por haberla encontrado reflejada en alguna de las novelas que ha leído.

Los escritores la denominan *epifanía.*

Regresa, pues, a la atalaya y hace algo insólito, inapropiado para su cargo: esperar a que la mancha se acerque, como quien espera la llegada de un tren en un andén.

Los Minox no engañan. Es una lancha, o algo que podría merecer ese nombre, pues flota en el agua, una suerte de gran neumático, de un color que ya no es blanco, sino amarillento, y dentro del cual una figura todavía sin sexo blande lo que el Narrador identifica como un remo.

La improvisada nave lucha contra la marea hasta que la noche cae.

Una vez la oscuridad los cerca a ambos, espectador y objeto, son casi las diez. El Narrador se retira a la cama sin haber cenado ni haber telefoneado a su mujer. Lo recorre un sueño confuso y agitado. En algún momento, entre la duermevela y la narcosis del que se rinde a la negrura, cree escuchar una melopea.

Hay un antiguo camino, empleado raras veces, que las malas hierbas han conquistado y conduce desde la Estación a la playa sombría, de guijarros, que el mar y el tiempo han creado a los pies del acantilado. Conforma un descenso peligroso y una subida fatigosa. El viento acuchilla los escalones de roca y los pájaros planean a lo largo del trayecto. Nadie lo utilizaría por placer, salvo quien buscara una soledad total o huyera de algo temible, y pocos se arriesgarían a tomar la playa como abra o lugar de refugio. Es un enclave romántico pero tenebroso, una estampa que sobrevivirá al hombre. Una ruina natural, si ese sintagma posee sentido. Sin embargo, cuando, tras media hora de descenso lleno de paradas y dudas, el Narrador pisa la playa, descubre el neumático tras una roca, cobijado bajo unas ramas de eucalipto. En efecto, tiene un color desvaído, y en su perímetro, que se ha reforzado con rafia o bramante, caben con holgura dos adultos.

Repleto de parches y muescas, como si hubiera sobrevivido a cientos de viajes, alguien, con cierta meticulosidad e incluso talento, ha dibujado en él un perfil de caballo con una pistola de grafiti. Junto al dibujo del animal, como una insólita marca de agua, probablemente la misma mano ha escrito un oráculo ominoso: «La Realidad es una catástrofe».

No hay rastro de fuego ni alimentos. Tampoco de ropas ni pisadas. Prometedor y maléfico, el neumático se basta a sí mismo. El Narrador lo fotografía, lo mide y calibra su peso. Aún no sabe si empleará esas notas o, como anoche, las guardará. Antes de emprender el ascenso, deposita una nota sobre el neumático y la cubre con una piedra. En ella escribe: «No se esconda».

Aunque juró no hacerlo, después de comer reemprende el descenso. El neumático y la nota siguen allí. Otra vez recorre la superficie de la playa, buscando en cada oquedad, rastreando detrás de cada roca y de cada saliente, intentando encontrar rastros del remero. Desiste poco antes de cenar, abrumado ante la evidencia de que el navegante sólo puede haber tomado un camino una vez en la playa: el ascenso hacia la Estación. Al regresar, practica un juego perverso. Él se ha quedado fuera, a la intemperie, en ese espacio fronterizo entre Propios y Ajenos, en tanto el navegante ha robado su lugar y funciones en la Estación. Ni siquiera ha tenido que recurrir a la violencia para ello. Le ha bastado con señalar los objetos que ahora son suyos: el medidor de presencias, la biblioteca del estudio, los sellos del padre. La inversión de papeles ha sucedido como en un sueño, en un abrir y cerrar de ojos. El Narrador se ha convertido en un figurante y el extraño se ha convertido en el Narrador. ¿A quién pertenece la voz que cuenta desde este instante? Y mientras retorna con fatiga, sintiendo en los huesos no sólo la edad y el cansancio, sino el miedo, puede ver al invasor sonriente, comiendo de sus provisiones y bebiendo de su agua, disponiendo de su cama y por la noche, antes de acostarse, intercambiando una broma sexual con su mujer por teléfono.

Suda a mares cuando llega a la Estación. Corre como un loco y abre la puerta de su estudio. El común paisaje de cada día lo saluda brutal en su reiteración. Por un segundo, antes de experimentar alivio, siente un mordisco de lástima. La conciencia de haber sido Ajeno durante unos minutos se desvanece.

Empiria pertenece ya a las afueras del Sistema. Desde esta mañana, al anunciar el Dado su disgregación del archipiélago, su nombre queda borrado del elenco de islas sistémicas. Es la primera vez, desde el advenimiento de la Historia Nueva, que semejante hecho tiene lugar. Con anterioridad sucedió que una isla de gran tamaño se dividiera en islas menores o que ciertas islas fueran abandonadas por cuestiones estratégicas, pero nunca que un miembro de pleno derecho del Sistema perdiera su condición. Voces autorizadas sugieren que, tras la defección de hoy, se entra en una nueva era: la Poshistoria.

El discurso del Dado menciona el accidente nuclear como elemento que ha llevado al colapso efectivo de la isla, pero el constante deterioro de la vida en Empiria desde hace décadas invita a pensar que dicha tesis es una coartada. La liquidación efectiva de la isla transmite a la comunidad sistémica una información tan novedosa como rotunda: no sólo es posible reconfigurar el Sistema, sino que es posible borrar parte del Sistema. Desde hoy Empiria ya no existe, y su integración entre los Ajenos exige una clave para designar su territorio.

(El mapa de los Ajenos es un fragmento de mundo bárbaro, que no merece nombres. Los territorios se mencionan por relación a la isla del Sistema más próxima. Verbigracia: «La isla a ochenta millas náuticas de Realidad» es el territorio Ajeno más cercano a la isla del Narrador. Se lo supone habitado por supervivientes del Gran Norte, espacio casi mítico abandonado durante la Historia Moderna. Estas perífrasis son incómodas, pero su uso es obligatorio en el Sistema.)

El Narrador piensa de nuevo en la Caída. En ese réquiem por una parte del Sistema encuentra materia para reflexiones que lo mantienen largo tiempo despierto. El neumático, hoy, es devorado por la urgencia del calendario.

La Historia Nueva proclamó un desiderátum radical: acabar para siempre con el aspecto piramidal de las sociedades. Aquel empeño, que procedía del venero inagotable de los pensadores y revolucionarios de la Historia Moderna, fue asumido por la *intelligentsia* del Sistema, en particular por los Ideólogos del Dado, como el mayor programa de reformas de los últimos siglos y, por extensión, como el proyecto emancipador más profundo desde el nacimiento de la escritura. Pronto, la asunción del empeño quedó eclipsada por el formalismo organicista del día a día, y tan feliz propósito se invirtió. De hecho, la agudización del aspecto piramidal del Sistema es el aspecto más evidente de los últimos decenios. Una élite minúscula, un puñado de privilegiados al margen de los dictados del Sistema (el Sistema es la encarnación de esas personas; esa élite *es* la sustancia gris del Sistema), corona la delgadísima cúspide de la pirámide, cuya base no deja de crecer con el tiempo. Tanto que las hormigas que pululan allá abajo, al nivel del suelo, no alcanzan a ver la altura del edificio que construyen. Y tanto, además, que la función histórica de las pirámides, nacidas en la Historia Antigua como receptáculos para el cuerpo de los faraones, renace con fuerza. Sólo que en su centro, en vez de momias venerables, se esconden los sueños robados a decenas de generaciones. En ese sentido, la pirámide del Sistema no abriga cadáver alguno, sino que es un cenotafio de la dignidad. En su interior no hay nada, salvo vidas dilapidadas.

El Narrador se siente hoy más librepensador que nunca. Desde las páginas de su cuaderno, las ideas arañan, las palabras queman. Ese viejo cuaderno que huele a cuero ya no es un diario: es un arma. No confiesa; revela.

El Narrador se está convirtiendo en un hombre peligroso.

Durante la tercera visita a la playa estalla el enigma: el neumático ha desaparecido. Y con él, la nota.

Una rodada ancha y profunda indica que el navegante ha tomado el camino del mar para volver a dondequiera que esté su hogar. El Narrador se siente traicionado. La confianza depositada en la nota («No se esconda») le lleva al reproche más amargo de cuantos existen: la vergüenza. Vergüenza por haber confiado en un extraño; vergüenza por haber faltado a su cometido; vergüenza por haber pretendido ser alguien que no es. Una violencia intacta, una forma de furia largo tiempo aplacada y al fin explícita explota en la playa desierta. Quien pudiera ver a ese hombre arrojando piedras contra el mar, con tozudez de gimnasta y codicia de niño, sentiría piedad por él o pensaría en la locura.

El Narrador recuerda una anécdota de la Historia Antigua: un poderoso monarca azotando con trescientos latigazos al mar por haberse tragado sus barcos. La sombra burlona de aquel rey hace que se detenga: absurdo, vencido sin réplica, sudando su furor.

El ascenso le lleva casi una hora. Sus músculos están agotados. Al llegar a la Estación, al borde de la hipoglucemia, redacta un informe de urgencia para el Sistema. Al fechar el informe, se da cuenta de la estupidez que está a punto de cometer. Mejor ignorar un acontecimiento que narrar dicho acontecimiento de forma falsa. Entre esconder un hecho y construir una falsedad, la primera opción es más segura. El navegante no ha existido. El neumático no ha existido. Y la nota…

La nota baila ante sus ojos como una pavesa: «No se esconda». No. La nota tampoco ha existido. A buen seguro que está en el fondo del mar. O se la ha llevado el viento.

Las diecisiete Sustancias de Realidad mantienen entre sí una cohesión forzada, aunque felizmente funcional. Hace décadas, tras la muerte del Rector (términos como *Tirano* o *Conductor* han sido borrados de la historiografía realista), sus hombres de confianza, herederos de cuarenta años de oligarquía, realizaron una pirueta de riesgo, pero que ha merecido las alabanzas de los Ideólogos.

Fue voluntad del Rector que un Rey heredara la dirección de la isla, pero que afrontara dicha dirección como un figurante, vale decir como un hombre de paja, un estafermo de prestigio, un factótum edulcorado. Los logros de esa operación quedarían en la contabilidad del Rey, en su haber innegociable, prestigiarían su figura. A cambio, y al amparo de las nuevas formas, los hombres del Rector disfrutarían de una vejez tranquila y subterráneamente, que es como se consolida el Sistema, sus ideas pervivirían. El efecto de esta reelaboración es tan polémico como eficaz.

Por un lado, Realidad conserva, como genotipo indestructible, las cualidades que el Rector quiso para la isla; por otro, las Sustancias, articuladas en torno a una disciplina plural, han podido organizar un atisbo de independencia. Todos han salido ganando con la operación salvo la Verdad Histórica, flor expuesta a multitud de vientos e inexistente más que como símbolo.

Los conflictos se han resuelto sin excesivo encono, aunque las peculiaridades de algunas de las Sustancias de Realidad han creado fracturas que durante décadas han conmovido sus cimientos. Se ha pagado con sangre en ocasiones; en otras, con el sometimiento a una casta de poderosos. No en vano, el mandarinato es la profesión de fe más enraizada en suelo realista. Escapar a su sombra a estas alturas de la Historia Nueva (o de la Poshistoria: el Narrador no acaba de acostumbrarse a la nueva nomenclatura) se antoja una operación, si no imposible, complejísima.

Un repaso a los acontecimientos de los últimos cinco años, desde su llegada a la Estación Meteorológica 16, informa del desierto de los días. Algún avistamiento episódico, ejercicios militares ante la costa, visitas de los superiores para ponderar las instalaciones, reuniones de trabajo con burócratas de Realidad, un volumen de archivos que habría ahogado en papel a los operarios de tiempos pasados. Hay también fotografías que festejan este lustro: la primera, su preferida, la que el antiguo responsable de la Estación le tomó el día de su llegada. Su mirada franca, vacía de presagios, un hombre orgulloso de la responsabilidad adquirida, pieza clave en uno de los vértices de Realidad, capataz de un empeño esplendoroso: la vigilancia.

Detrás de la cabaña de revelado y diagramación, en un tramo de césped cubierto por margaritas de un color rabioso, yacen tres cuerpos sin nombre. Aunque viajaban sin documentos, el Narrador los consideró siempre una familia. Fueron escupidos por el mar tras una tormenta. No se encontraron restos de la embarcación. Un hombre alto, huesudo, al que los peces habían devorado el rostro; una mujer pequeña y frágil, maravillosamente intacta; un niño de apenas tres años, con las piernas quebradas como listones de madera. Las autoridades decidieron que fueran enterrados sin ceremonia, con la eficacia exenta de piedad concedida a los Ajenos. El Narrador pensó en ellos durante semanas. Un día los olvidó. Pero esta tarde algo, un impulso sin nombre, conduce sus pasos hasta donde reposan.

En pie sobre el manto de flores, las manos en los bolsillos y el aire salado en el rostro, piensa, por vez primera durante este tiempo, en una posibilidad no contemplada. ¿Y si los extraños no fueran Ajenos que buscaban su lugar bajo el sol de Realidad, sino Propios que huían de una existencia angosta y desgraciada? La pregunta es como una bandera en el viento.

El Narrador es un técnico del idioma. Acepta su uso como instrumento analítico antes que como recurso expresivo. Asume el triunfo de la racionalidad sobre la emoción, de la causalidad sobre la metáfora. A menudo también sus notas para el cuaderno poseen el aspecto aséptico y descarnado de los informes enviados por el Dado. *Mutatis mutandis*, la lengua como dictado universal de una conciencia que opera por encima de intereses particulares. Para vencer al genio engañador soñado por la filosofía, se instauró la duda, el método, la disciplina del *cogito*. Para vencer al demonio perverso de los hechos contrasistémicos, se organiza la prosa, cierta prosa, esta prosa.

Una imagen amanece: el Narrador es consciente de ser un hombre que mientras escribe es observado por un censor implacable. Pero no es la censura del alma en incandescencia, a la búsqueda de un medio de expresión cada vez más refinado y potente, cada vez más audaz e insobornable, sino la vigilancia del funcionario que reconoce que la escritura es peligrosa. Al tiempo, saber que se sabe *esto* significa un paso decisivo en la dirección de la ruptura. El Narrador reasume la conclusión alcanzada en días pasados: su conciencia práctica se ha contaminado sin remedio; es ya, también, una conciencia inquisitiva.

En consecuencia, desea forzar la trama del lenguaje para que exprese aquello que anhela ser expresado, reventar las costuras de la gramática, apurar las posibilidades de la semántica para extraer una visión destilada, radical, libre de la Estación, de Realidad, del Sistema. Acatar, en resumidas cuentas, que una frase como: «Solo, aquí, en la frontera de este pequeño mundo, me siento en la disposición de ánimo idónea para que cualquier cosa suceda, para aceptar cualquier acontecimiento», es un acto revolucionario.

El episodio del neumático le ha hecho olvidar la Caja durante días. La conciencia posee compartimentos, huecos de armario, nichos de cementerio. O mejor, tanques dentro de una gran piscina. Espacios estancos, en los que el agua no fluye, no discurre, no viaja. Quizá ahí radique la diferencia entre el carácter grande, de genio, activo, y el carácter pequeño, de rutinas, pasivo. Uno es vertical, permeable; el otro, horizontal, impermeable. Mientras en aquél las fuerzas hidráulicas están en proceso, moviéndose sin descanso, en éste hay reductos y cárceles, cadenas que lo incapacitan para una dialéctica del mundo y sus accidentes.

La Caja, pues. Y siempre su nombre escrito en ella, el laberinto de sensaciones que produce. El latido de la luz allí dentro, vivo como el corazón de un pez abisal, llamándolo sin remedio. Qué es la Caja, se pregunta ante ese latido. ¿Una trampa? ¿Un reclamo? El elefante blanco. Sí, eso es. La Caja es ya su elefante blanco, responde con lucidez angustiada, que lo traspasa como un venablo.

Abandona la cabina. Huele a mar en la Estación. Es un día espléndido, en que Sustancia 16 brilla como una joya purísima. Es difícil imaginar que lejos de este horizonte existan la difunta Empiria, navegantes de neumáticos, el Dado y su prosa. Otro compartimento estanco, una nueva mentira codiciosa que mantiene al Narrador ligado a su minoría de edad. Porque esta Naturaleza radiante no garantiza nada, no explica nada, no alivia ningún dolor. Porque lejos de este horizonte Empiria ya ha perdido sus contornos, hay remeros que cruzan océanos, y el Dado, como el ojo insomne de un reptil, no sueña, no descansa, nunca duerme.

Filadelfia, 10 de febrero de 1996. Deep Blue 1-Kasparov 0. Amanece una nueva era. El hombre se ha derrotado a sí mismo.

A la conquista de un paradigma que articule la relación entre cúspide y base de la pirámide, el Sistema apuesta como elemento de cohesión por el más eficaz de los lacayos: el miedo.

En el haber del Sistema debe apuntarse que sus directores son lo bastante sagaces como para procurar que este miedo mude de rostro con frecuencia. La policía más exitosa es la que cambia de uniforme. Porque las máscaras, incluso las más aterradoras, devienen inútiles si se reiteran. Lo que infunde temor no es el rostro que se oculta, sino el antifaz encubridor. No se teme el detrás, sino el delante. El miedo es siempre mediación. El miedo es siempre disfraz.

Este miedo mutante se concentra en el declive del bienestar. Si décadas atrás los Propios temían volar por los aires cada vez que tomaban un avión o subían a un vagón de metro, hoy temen verse reducidos a escoria segregada por el propio organismo social, desechos escupidos hacia las filas de los Ajenos debido a la penuria económica. Este temor al derrumbe financiero es un guante de seda que recubre un puño de hierro. Y es que semejante miedo, siendo menos cósmico que el temor al terrorista, es mucho más infeccioso, pues no sólo atañe a la persona singular, sino a una compleja constelación de significado: hijos, esposos, familia. Se teme no tanto la debacle del propio ser como su onda expansiva.

El Narrador espiga en su biblioteca señales del tiempo por venir, estelas del fuego que ya pasó. En una novela escrita en el interludio entre las grandes contiendas que enterraron la Historia Moderna, una frase le roba el aliento: «La gran derrota, en todo, es olvidar, sobre todo lo que te mata, y morir sin llegar a comprender jamás hasta qué punto los hombres son bestias. Cuando estemos al borde del hoyo no nos pasemos de listos, pero tampoco olvidemos; hemos de contarlo todo, sin cambiar ni una palabra de las lacras que hemos visto en los hombres, y entonces liar el petate y bajar. Es suficiente como trabajo para toda una vida».

La noche es un temblor.

Hipótesis general para una teoría de las correspondencias.

Existe una relación directamente proporcional entre hermetismo y muerte. En la medida en que una vida, una trama o un acontecimiento se enredan en el hermetismo, la salida más natural a este enredo es la desaparición, la suspensión, la destrucción. Cuanto más se aleja una experiencia de la posibilidad del sentido, más segura será su caída en un proceso de disolución. El propio hermetismo de la argumentación es un argumento en favor de la hipótesis. Ser oscuro es una forma eficacísima de ser desgraciado. La ecuación es simple: jugar al espectro es el primer paso para convertirse en espectro. La cortesía en la expresión no sólo previene contra la incomprensión, sino también contra la muerte. Las formas complejas tienen mayores posibilidades de fracaso que las formas simples.

Encarnación particular de la anterior teoría.

Un tejido inextricable se ha adueñado en las últimas semanas de la vida en la Estación Meteorológica 16. Los sucesos parecen presos en una red de araña perversa, tejida por un animal tan industrioso como temible.

Preguntas para el insomnio:

1. ¿Se puede establecer algún vínculo entre la aparición de los ingenieros y la aparición de las ballenas?

2. ¿Es legítimo considerar la Caja como manifestación todavía incomprensible de algún mecanismo de control o punición?

3. ¿Existe una relación en un marco global de los acontecimientos entre la descomposición efectiva de Empiria y la progresiva agudización de la conciencia del Narrador?

4. ¿Debe ser interpretado el navegante del neumático como encarnación de alguna metáfora ilustrativa?

5. ¿Hay un Algo, hay un Alguien, hay un Lo Que Sea que observa, y juzga, y sanciona?

Las aves planean como ménades enloquecidas. Solas, en parejas, en bandadas. Dispersas o agrupadas. Como lluvia tenue. Como racimos de materia oscura y pesada. Espléndidas a veces, feroces en ocasiones, siempre indiferentes, vigilan sus presas de tierra y agua, convertidas en cazadoras anfibias. Ratones, peces, liebres, insectos.

El Narrador puede pasar horas contemplando su danza delicada. Ese viejo sueño: volar, partir, marchar. Hombres arrojándose desde campanarios, tejados, colinas; hombres diseñando aparatos tan sencillos como sutiles. Hacedores de alfombras mágicas. Qué misterio en esas alas abiertas a las corrientes aéreas, qué dulzura inabarcable. Un prodigio cada día, pero que ya a casi nadie conmueve.

Si el Narrador pudiera volar, piensa tras los Minox, dónde le llevaría su viaje. A casa de sus hijas, quizá. A otras islas desconocidas, quizá. Al País sin Nombre, quizá.

O al Dado, por qué no.

Ninguna persona a quien el Narrador conozca ha visto el Dado. Y sin embargo, tiene que existir un punto exacto dentro del Sistema, un lugar físico, mensurable, donde el Dado transcurra: un lugar al que volar, al que partir, al que marchar. El Dado es el enigma. No. Mejor dicho: el Dado es el Enigma. Otra mayúscula. Sistema, Caja, Dado, Narrador.

Enigmas todos.

La gaviota que parece sonreír en las faldas del viento, con el vuelo como única expectativa. En él se explica, se resume, se contiene. Y cuando grita su música insomne, cristalina y quebradiza, es como si sobre la cabeza del Narrador arrojara un puñado de piedras.

Si alguien contemplara al hombre ebrio de sol que está echado en la tumbona, con gafas de cristales oscuros y un grueso libro en su mano derecha, el gesto reposado y suave, desnudo de cintura para arriba, lánguido y sereno, pensaría en un turista de vacaciones en alguna de las Sustancias meridionales de Realidad.

Una mosca zumba grosera, pero su música no provoca en el Narrador aspavientos ni ira. La piel recibe esta luz generosa como lo que es: una ofrenda. Ni siquiera hay un resquicio para que en la conciencia se filtre, como un veneno lento, cierta insidiosa evidencia: que el Narrador está trabajando. Aunque, hasta donde su memoria alcanza, no existe ningún artículo del código de la Estación que prohíba que su tarea se realice así, medio desnudo, postrado bajo el sol, devanando la peripecia insólita e hilarante de un poeta con peluca reconvertido, por azar, en plantador de tabaco.

En torno al mediodía, la vigilia cede paso al sueño, el libro cae, la tumbona se convierte en un lecho, el Dado sigue escupiendo sus informes estadísticos sin que mano alguna los compute. Al contrario, durante su trance el Narrador sueña con un hombre pálido, vestido de rojo, que se dedica a destruir, con aplicación pero sin furia, cientos de lectores de sucesos y medidores de presencias.

—He soñado con un terrorista —dice en voz alta al despertar.

Y sonríe con franqueza, casi con lujuria. Es la primera risa franca que recuerda en mucho tiempo.

La tarde es un plácido pasaje. Estudios de matemática aplicada al control demográfico y una hora dedicada a la Historia Moderna. Separación Iglesia/Estado; conquistas democráticas; sombra del Leviatán.

A la noche, en la cama, una dulce, larga masturbación.

Mientras el sol dibuja su vertical poderosa, el navegante del neumático reaparece frente a la playa. Perceptible a simple vista, el Narrador corre hacia la Estación para tomar los Minox y regresar a la atalaya. Enfocando los prismáticos, descubre con estupor que el navegante está mirando hacia la Estación con unas lentes idénticas. La revelación especular hace que sus piernas flaqueen. Sólo esa vacilación le hace comprender que quien lo observa desde el neumático no es él mismo, porque el navegante no tiembla como él ha hecho. Pues por lo demás, el que está allí, protegido tras los prismáticos, *es* el Narrador. El mismo corte de pelo, la misma barba de días, idéntica cicatriz en la mejilla derecha.

—Me estoy volviendo loco. O no: ya lo estoy. Ya estoy loco.

El pensamiento es instantáneo como una cuchillada. Aunque la óptica lo desmiente. Porque la figura permanece imborrable, infalible. Al retirar el Narrador los prismáticos, su gemelo se mantiene firme. Al volver a enfocarlo, su posición no ha variado. Lo escruta, lo vigila, lo contempla con pasión.

—Quieto como un lago —dice el Narrador.

Y la imagen lo conmueve. Un hombre idéntico a sí mismo, de pie en un neumático en medio de las aguas, lo contempla quieto como un lago.

El hechizo dura. El Narrador siente cómo el sol calienta su coronilla y sus hombros. El espejo, el hombre que es como un lago, rompe el embrujo al bajar los prismáticos. Del bolsillo de sus pantalones saca algo que agita. El Narrador siente un pulso en la boca: es la nota que redactó en la playa. Antes de desaparecer en dirección a mar abierto, el hombre del neumático saluda con el puño derecho en alto. Mientras se aleja, el Narrador reconoce el volumen, las formas familiares del cuello y la espalda.

Es como verse partir a uno mismo.

El otro espejo, el de azogue, le devuelve una mirada extraviada. Dos ojos que han visto lo que no debían, que han conocido a su propio fantasma. La impresión de ayer perdura en su brutalidad. No ha dormido en toda la noche. No ha atendido a sus obligaciones desde que el navegante partió. No ha comido, no ha defecado, no ha hablado con su esposa. Apenas recuerda un transcurrir mineral, la mirada en el techo de su dormitorio, las manos inertes, el repaso a lo visto una y otra vez, como quien devana una película. Su vida es hoy ella misma archipiélago, fractal de ese Sistema en que vive.

¿Y si hubiera ya no un Narrador en cada isla, sino un doble del Narrador de cada isla? ¿Y si ese doble inesperado fuera algo más que un acaso, no un azar terrible pero por ello mismo irrepetible, sino una norma oculta en el corazón del Sistema, la duplicación fáustica del hombre que es Ajeno y Propio a la vez, censor y perseguido a la vez, burlador y burlado a la vez, y cuyos papeles, mezclados en una retorta diabólica, se intercambian en la tragicomedia?

El mar es un yelmo quieto. Dónde se esconde su igual en esa llanura infinita, qué vértigo de las olas y de las horas lo lleva y trae a recaudo de su casa portátil. «La Realidad es una catástrofe», escribió su gemelo sobre el neumático, junto a la cabeza del caballo. Para quién era esa frase sino para él, ignorante de lo que sucede a su alrededor, preso sin saberlo en una trama fantástica que lo devora.

En el espejo de azogue son los ojos de un anormal lo que contempla. Una burla macabra late en el fondo de esa mirada. El Narrador siente que en su interior algo florece como un accidente de la carne. Quiere huir lejos esta noche, pero lo aterra el silencio del mundo. Un niño sin hogar no merecería más piedad que este hombre asustado.

La farmacia de la Estación resulta inocua. Aspirinas con que combatir la fiebre, cápsulas para la acidez de estómago, analgésicos contra el dolor de muelas o las cefaleas. Una química insuficiente. Nada con que sofocar este insomnio de cuarenta y ocho horas que dibuja animales azules en el piso, propaga acúfenos en el fondo de cada estancia, hace temblar las superficies que parecen tapizadas de agua. Un hombre aterrado no aquieta sus temores con cataplasmas ni placebos. Dormir se convierte en la consigna. Huir al sueño para escapar del fantasma. Pero los agujeros están sellados por una tupida tela.

—Hace dos días —confiesa a su esposa— me vi como en un espejo. Estaba frente a la playa, contemplando la Estación, y antes de perderme en mar abierto me observé a mí mismo durante un rato insoportablemente largo.

—¿Quieres que vaya? —pregunta ella.

El silencio del Narrador es una negativa. No soportaría la presencia de su mujer bajo el mismo techo.

—No les digas nada a las niñas, por favor.

La estática de la línea crepita como aceite en una sartén.

—Alguien estará escuchando estas palabras —dice ella.

—Alguien, sí, cierto —dice el Narrador—. Pero no importa: la Realidad es una catástrofe.

Ella calla. Él cuelga sin dar crédito a sus propias palabras. El mundo sucede sin pausa. La noche lo descubre desesperado por dormir, la nariz hundida en documentos tediosos: tratados de derecho internacional, fragmentos de silvicultura, manuales de taxidermia.

Al filo de la medianoche, como una bendición, el cansancio lo rinde con un golpe exacto, rápido, urgente, igual que un puñetazo en la sien. Lo último que recuerda, antes de desplomarse, es un párrafo ominoso: «Al expirar, el cuerpo humano pierde un peso de veintiún gramos. Paracelso opina que ésa es la medida exacta del alma».

Despierta con la boca como ceniza, alfileres en las sienes, un dolor sordo y profundo en la base de la espalda. Los músculos parecen goma arábiga. Un brazo, el izquierdo, ha quedado atrapado en el sueño bajo su propio tronco. Lo acosa esa sensación horripilante de que una parte muerta se ha adosado a su estructura, como una rémora fatal o una prótesis fallida. Desprenderse de esa impresión de carnicería le lleva su buena media hora. Al fin, bajo el chorro de agua fría, el brazo recupera su función en el mundo. Respira aliviado.

Sobre todo porque, con el transcurrir del día, descubre una evidencia. Por vez primera en cinco años ha faltado a sus obligaciones durante setenta y dos horas, descuidando el funcionamiento de los artefactos, ignorando sus deberes con el Dado, estando sin estar. Sin embargo, nada ha sucedido. Ninguna voz humana o maquinal ha reclamado su presencia; ninguna instancia visible o invisible ha llamado a su puerta; la Estación sobrevive a pesar de su deserción: los controles vomitan la codificación del Sistema, el lector de presencias se mantiene alerta con su vocación habitual, la hierba en torno a la Estación sigue creciendo a su ritmo. Los náufragos escupidos por el mar continúan en sus tumbas; los restos de los perros en la suya; pasajeras y hermosísimas, las nubes que el nordeste desplaza. Llama a su mujer y la tranquiliza. El orden ha vuelto. Dormir ha despejado su cabeza. No volverá a suceder. Se escucha y sabe que miente, que contempla la actuación de un ventrílocuo.

—Te echo de menos —dice antes de colgar, comprendiendo que ésa es la mayor de sus mentiras.

En su interior, como la primera flor tras la lluvia, una obsesión: reencontrar al gemelo.

En la Historia Moderna desaparece la tibieza de las edades tranquilas. El mundo se organiza en torno a la rebeldía, la desesperación, el asalto a las formas del poder y sus símbolos. Todo tiembla, es volcánico, se conmueve. Es una época de hombres iluminados, mujeres intensas, masas enfervorizadas. El ingenio avanza, la claridad aumenta, la literatura desempeña un papel capital. Un escritor de aquel periodo, uno de los mayores y sin duda el más fecundo, cede a la posteridad una frase legendaria: «La novela es la historia privada de las naciones».

Con el advenimiento de la Historia Nueva, una vez la aceleración del tiempo desemboca en las guerras más atroces, se relaja el ariete, el empuje se adocena, el bienestar regala anuencia. Vuelve el viejo borrego, pero con otro disfraz. El pánico a los dioses ya no genera adeptos, pero tampoco es momento para más palabras ardientes, adornadas de adoquines levantados, comuneros filósofos, furias a la carrera; triunfa una consideración morigerada de la vida y sus consecuencias. Ya no se disputa por la fatalidad, sino por la negligencia. La moda se hace efímera, como el talento, y el Sistema aprovecha el resquicio para colar de matute a sus tentadores. De vuelta al redil y a la mansedumbre, nunca antes se ha visto tanto esplendor. El esplendor de la náusea, del regocijo, del dispendio. Hay que acortar las expectativas para alargar la pereza. La poesía es un eslogan; la ciencia es una cátedra; la agonía es sólo deporte.

En la Poshistoria el paradigma también muta. Del matrimonio entre la apatía y el Esto Ya Lo Hemos Visto surgen nuevos vástagos: el anhelo de muerte, las ofrendas al tedio, una violencia refinada pero vacía. Todos ellos parecen marionetas de trapo ante lo que parece suceder ahí fuera, aquí dentro, en las postrimerías, en el puro centro. El Narrador se frota los ojos tras horas de estudio.

Es un hombre codicioso. Quiere saber.

Cada época tiene su bardo. Ya no son hombres de bigotes lánguidos o barbas en forma de tubérculo quienes socavan los cimientos del mundo desde la soledad de sus bibliotecas, exiliados de las policías del mundo. Tampoco son dandis que cultivan sus pueriles adicciones a la vez que saludan tras el cristal del monóculo. Hoy son muchachos sin rostro, con aerosoles como arma, los que perfilan el devenir del Sistema en los quitamiedos de las autopistas, en los galpones donde se guardan locomotoras, en las cristaleras de las entidades bancarias.

Sus nombres son logaritmos de una matemática inédita o alias de origen incierto; su aspecto resulta difuso: capuchas oscuras, máscaras de Guy Fawkes, guardapolvos arrancados de olvidadas ficciones. Trabajan siempre solos, de noche o a plena luz del día, inmunes, impares, indistintos, sin cuidado de la posteridad, golpeando con el cálculo de la arrogancia. El Narrador ha visto a menudo a las cuadrillas de limpieza borrando sus recitaciones, empleando lejía, cal y pintura blanca para ocultar sus consignas, sus dibujos, sus murales. Sus mensajes son un cóctel de palabras e imágenes, animales híbridos que apelan tanto a la retina como a la conciencia, centauros lógicos. Su audacia ha llegado incluso hasta los alrededores de la Estación, donde uno de ellos, K3K, expresó su furia sin sangre en un panel memorable: un mono sentando en un despacho mientras contemplaba con placer un cráneo humano.

Piensa en el caballo del neumático. No se lo puede arrancar del recuerdo.

Piensa en los caballos que en la Protohistoria alentaron el sueño de los primeros hombres desde pantallas de piedra.

Piensa en las pinturas de Chauvet, realizadas hace treinta y dos mil años, cuando todo era oscuridad.

Piensa en los caballos nacidos de mano humana desde que el animal simbólico tomó posesión de este pedazo de la vastedad estelar.

Piensa en manadas de caballos llegando desde el origen.

Las Estaciones se conciben en un momento clave de la Historia Nueva, que marca una modificación revolucionaria dentro de la esencia del Sistema. Es el momento en que el antiguo complejo capitalista, presente a través de la fábrica, la máquina y el acero, muta hacia una manifestación menos tangible: el cibercapital.

Una de las características de este tránsito consiste en desplazar el polo de poder que vertebra el mundo. Ese núcleo ya no lo conforman el dinero ni sus múltiples texturas, sino la información, que se instala en la intimidad de cada Propio hasta el punto de infectar el tejido de lo cotidiano. El poder parece haberse adelgazado, sutil como un gas, pero es obvio que también se ha intensificado. Se ingresa en otra etapa evolutiva: el teléfono inteligente se transforma en la prótesis por antonomasia del *Homo sapiens*. La filosofía del control posee un único artículo de fe: «Cualquier dato es aséptico hasta que le interesa al Sistema. En ese instante, se convierte en información».

El fenómeno es longevo como la política. El control de la sociedad es piedra angular para el sostenimiento de toda forma de poder. Lo novedoso es su dimensión. La tecnología es la clave que articula dicha posibilidad. Desde que cada Propio vive conectado a una constelación comunicativa, se transforma en diana de los mecanismos de control del Sistema. Es el individuo quien, al integrarse en la retícula de las redes de información del cibercapitalismo, deviene objeto de escrutinio. Cada pensamiento que expresa, cada vínculo que favorece, cada deseo que manifiesta es absorbido, metabolizado y archivado por un inmenso tesauro policiaco. Ya no su código genético, sino su mundo privado, el del deseo y sus fantasmas, se convierte en rastro, cifra y síntoma.

Desde una perspectiva histórica, esta forma de control satisface el imaginario absolutista. Literalmente, el Sistema se convierte en Dios, pues accede al sueño último de las estrategias de dominio: la intimidad ya no de las alcobas, sino de las conciencias.

Junto a este giro copernicano, que convierte a la información en clave de bóveda del mundo contemporáneo, tiene lugar otro hecho que plasma una ambición largo tiempo aplazada, la constitución efectiva de un sueño hace siglos acariciado por la humanidad, aunque a la postre preterido: la construcción de un auténtico esperanto de la comunicación, el idioma sistémico.

Este idioma, exhibido por sus muñidores como la bandera que libera al hombre de la maldición más arbitraria que le fuera impuesta, la de Babel, viene a superar los insatisfechos anhelos de los maestros de la Historia Antigua, vence los reiterados fracasos de las inteligencias que impulsaron la Historia Moderna y afina los procedimientos de los lógicos y matemáticos que cimentaron el prestigio de sus disciplinas en las décadas previas a la Historia Nueva.

La exigencia del sistémico como instrumento de uso obligado en cada isla homogeneiza un vastísimo aparato de emociones, pensamientos e incluso actitudes. Por primera vez nacen individuos cuya lengua materna tiene su misma edad. Aunque las formas de expresión vernáculas mantienen su vigencia, pues se hablan en familia y se imparten en la escuela, este segundo depósito de comunicación acorta la distancia entre lo público y lo privado. También provoca una réplica agresiva por parte de las comunidades originales de hablantes. Todo modelo comunicativo implantado mediante coerción provoca una negativa proporcional a la fuerza de la imposición. Rehusar el empleo oral y escrito del sistémico ha generado, de hecho, la exclusión voluntaria de amplios fragmentos de Propios.

Pero el Sistema no toma ni tolera rehenes.

Una bengala rompe el cielo. El Narrador corre hacia la atalaya con los Minox al cuello. Su gemelo ha regresado. Pero no viene solo. A sus flancos, como emanaciones, otros tres navegantes escudriñan la Estación. Así que regresa a su cuarto de estudio y toma la vieja Canon con la que su predecesor lo retrató cuando era un novato bajo este mismo cielo. Dispara con ella veinte, cincuenta, doscientas veces mientras los navegantes, *¡quietos como lagos!*, parecen aguardar a que su retratista se agote. De vuelta en el estudio conecta la terminal de descarga al puerto del ordenador. La avalancha comienza. El sol les ha robado el rostro a los navegantes. Se advierten sus ropas, su estatura, los remos, el perfil de los neumáticos, pero uno tras otro, una y otra vez, los rostros aparecen oscurecidos por la fuerza de la luz, cuatro óvalos en sombra a los que, por más que se empeñe, el Narrador no consigue poner rasgos.

Cuando ya desespera, la penúltima fotografía obra el milagro.

Una nube ha cruzado ensombreciendo a los viajeros. El Narrador se arrodilla ante la pantalla. Son él, su mujer y sus hijas. No hay duda. Son él y su familia quienes están atrapados en la imagen fija de una pesadilla en el mar. De regreso a la atalaya, el vacío. El transcurrir de las aves es la única música que quiebra la paz de las aguas. El Narrador percibe un ahogo. Una mano invisible aprieta su tráquea y sabe que llega el desvanecimiento. Un latido desigual y sus piernas se doblan igual que trapos húmedos. Lo último que siente, antes de la oscuridad, es el sabor amargo de la hierba en sus labios.

Telón.

El doctor es un hombre diminuto. Usa anteojos y luce un bigote grueso. Su cabello es del color del cobre. Huele a armarios cerrados. Es un dinosaurio, la caricatura de una época extinta. Pertenece a otra sensibilidad, a otro gusto en el vestir. El tiempo se hace una finta a sí mismo.

—Dígame qué recuerda.

Su voz es aflautada. Un hombre lleno de helio.

—Perdí el sentido —dice el Narrador.

—Dos veces —dice el doctor—. La primera en la atalaya. Usted mismo lo dijo. Volvió de ese desvanecimiento y telefoneó al Panóptico. Por eso estoy aquí.

El Narrador parpadea como si despertara de un día completo de sueño. Hay una lámina de hierro detrás de su frente, donde los pensamientos se forman.

—La segunda vez se desmayó en esta misma cama. Cuando llegué estaba usted inconsciente.

Por encima de la cabeza del doctor se ven estanterías repletas de libros, reproducciones de pinturas célebres, fotografías de las niñas. El mundo se suelda como una cadena cuyos eslabones se hubieran desgajado. Realidad regresa a la realidad.

—Está usted agotado. Mal alimentado, pocas horas de sueño, un ritmo circadiano alterado.

El Narrador piensa en la Caja, en el Dado, en los Ajenos. La sospecha es la pasión más primitiva que existe. No. Se equivoca. La más primitiva es el miedo.

—Voy a proponer su baja temporal.

Esas palabras. Qué angustia alejarse del mar, volver a casa, perder de vista la Estación.

—Me repondré, doctor. No querría abandonar mi puesto. Son cinco años intachables.

El doctor sacude la cabeza.

—Su hoja de servicios es intachable; su salud, no.

El hombre diminuto extrae una pluma fuente. Hacía años que el Narrador no veía una. De estar vivo, su padre tendría la edad de este viejo.

—¿Quién es usted? —pregunta el Narrador.

—Alguien que se preocupa por su bienestar —dice el hombre de helio.

La luz, de nuevo, se apaga.

En la parte trasera del vehículo militar, el Narrador ve cómo la Estación se aleja. Cinco años sin admirar esa perspectiva. Cinco años encerrado tras ese muro no muy alto pero macizo, de aspecto imponente, tras el que la 16 se despliega. Lo que esas palabras pueden significar: cinco años.

El Narrador se bebe el paisaje. En su recuerdo, esos campos a su derecha estaban incultos, esas estructuras con aspecto de invernaderos no existían, y a lo lejos había grúas hoy desaparecidas. La red de circulación también es distinta. Antes había recodos, revueltas, meandros. Ahora el automóvil discurre como una flecha. Lo que sí recuerda con precisión es el Panóptico, el tubo oscuro y acristalado brotando del suelo como un gigantesco tallo. Piensa con recelo en el hecho de que su voz resonó ahí dentro no hace mucho:

—Envíen un médico, por favor, he perdido el conocimiento.

*Perder el conocimiento.* Analizado con frialdad, el lenguaje es aterrador.

El vehículo cruza junto al Panóptico como una mosca ante la sombra de un elefante. En algún momento del trayecto, el Narrador se duerme. El abrazo de la esposa al llegar a casa. Las hijas en torno a la cintura. Ese triple calor que es una promesa, un refugio, quizá su verdadera isla.

—Sólo necesito descansar. Pronto estaré bien.

En los ojos de las mujeres hay candor, esperanza, confianza en lo que sus palabras sugieren. Pero cada mueble es también una travesía de cinco años: esa cama en la que no recuerda haber dormido nunca, esos espejos que nunca le han devuelto su reflejo. Recuerda la fotografía que ha quedado en la Estación, oculta en la entraña del ordenador. Se siente abrumado. En alguna parte, hay una familia en el mar.

En una época en la que el mito se confunde con los hechos, un rey disfrazado de porquero regresa a su reino abandonado hace tiempo, cuando hubo de partir hacia una guerra lejana. Todo es nuevo y a la vez viejo para ese héroe de la Historia Antigua: la esposa que no lo reconoce; la fragancia del mar jamás olvidado; el perro fiel que descubre quién respira bajo los miserables ropajes. La violencia que lleva en su interior, la circunstancia de acudir a su casa para reapropiarse de su lugar bajo el sol de los hombres y de los dioses, hace que esa sensación ambivalente de pertenecer a los vivos y a los muertos, al recuerdo y al olvido, no lo incomode.

Miles de años después, el Narrador carece de esa coartada del furor en su reconquista del reino. Es recibido con amor y gratitud, sin rechinar de dientes. No posee la rebelión como palanca en la que apoyarse para comprender que la vida, sin él, ha seguido su curso, y que lo ha hecho tibia, sosegada, sin estrépito. ¿Lo hiere que esta primera mañana sus hijas lo abracen con afecto pero sin risas? ¿Lo lastima advertir que su taza de café está desportillada, que su mujer no se ha peinado antes de sentarse a la mesa, que al otro lado de los muros nadie ha constatado su presencia trayendo flores o un grito de júbilo?

Pasa el día con un sabor amargo en la boca y unas décimas de fiebre. No sale de casa. Apenas come. Recorre las habitaciones que su dinero ha comprado en busca de señales de quién era antes de partir hacia la Estación. Descubre cartas que no recuerda haber escrito, fotografías de un viaje olvidado, ropas que un día le pertenecieron. Antes de acostarse, agotado por no haber hecho apenas nada durante el día, acepta que la tristeza es una pasión espantosa.

Una zona residencial de Atributo 16. Plátanos, magnolios, parterres perfumados. Cada perro lleva su correa. Cada coche tiene su plaza de garaje. Los carteros conocen a los vecinos. Los ancianos son pulcros, visten bien, veneran al Rey. La vida es cordial, sensata, previsible. Sus superficies reflejan pasiones al uso: adulterios aburridos, pequeñas corruptelas, parafilias que se toleran con paciencia. La mejor policía de las costumbres es esa aceptación democrática de que cada cual posee su cuota de oscuridad. La deformidad de las almas se aplaude sin estridencias. No se juzga al vecino salvo en la cama, de noche, al amparo de las propias miserias. La religión es una forma de mentira asumida con sentido práctico; del Sistema no se discute con la familia; el pan y el circo están reglados.

El Narrador recorre ese nicho ecológico como un animal llegado de otra glaciación. Cinco años lejos de las evidencias cartesianas de la ciudad lo convierten en un círculo cuadrado en estas calles. Finge serenidad cuando dentro de él arde un fuego. Un paso de cebra es un abismo; una guardería, un bosque repleto de alimañas. Sólo tiene ojos para lo que los demás ignoran: las cámaras de vigilancia ocultas en los ángulos de las mansardas; los autos negros que esconden funcionarios insomnes; el tictac inaudible de la banda sonora del Dado. Él viene de ese mundo. Es un centinela entre hombres y mujeres que nada saben. Ítaca no está infectada de pretendientes, sino de ciegos. Su pensamiento ha quedado tras los muros de la Estación, encerrado en una pantalla de ordenador, las lentes de los Minox, la cabaña de revelado y diagramación. Se toma el pulso, respira hondo, mira cómo las agujas de su reloj se desplazan. Recuerda con rencor al hombre de helio.

—Un día en este clima y me siento ahogado. El exilio de un exilio —dice en voz alta, para nadie.

Una niña que huele a goma de mascar lo mira con asombro.

Sentado frente al Narrador, con su corte de pelo militar y su corbata negra, impecable en su traje de tres piezas, que le sienta como una segunda piel, el funcionario del Consejo lo interroga con una calma teñida de tenacidad. No tiene edad. Es perfecto en su anonimato, como un enviado de las tinieblas, engranaje intercambiable de una fuerza que no cesa. La ronda de preguntas consume dos horas exactas, ciento veinte minutos de confrontación y examen. Transcurre entre sonrisas, diplomacia y saber hacer. En ningún momento es violentado ni amenazado, aunque hay una guadaña asesina en la habitación desde el primer minuto. El poder es transparente. Así que acaba por confesarlo todo, salvo el episodio del navegante y la existencia del cuaderno.

Mientras escucha su relato, comprende que en estos últimos meses su percepción de la Estación como lugar de disciplina se ha intensificado. También comprende que, desde el momento en que el médico le concedió la baja, sabía que este interrogatorio tendría lugar. Él ya había escogido en su corazón qué decir y qué ocultar. Cuándo asumió esa opción es algo que, sin embargo, permanece inescrutable. Qué misterio, la conciencia.

Al irse el interrogador, su mujer acude preocupada. Durante la entrevista ha sido invisible, como un termitero en los cimientos de una construcción. Él la calma con medias verdades. Se está convirtiendo en un maestro del disimulo. Bromea sobre su dolencia y distrae a su esposa con un par de anécdotas robadas de novelas que ha leído con provechosa presciencia. La ve sumisa y al tiempo lejana, buscando el modo de abandonarlo sin causarle daño.

Ante esa perspectiva, el Narrador aprieta los puños.

Abre el cuaderno y mira la escritura de insecto. Su intimidad cabe en ese aluvión gráfico. Pisadas que se arrastran por la nieve ardiente. Torreones en un cielo blanco. Sol negro sobre la playa del sentido. El Narrador es un filósofo del lenguaje.

En el último instante, mientras preparaba su maleta, supo que ésa era la única evidencia comprometedora que quedaba en la Estación. Por eso no guardó el cuaderno junto a sus ropas, su tubo de dentífrico, la novela que estaba leyendo, sino que lo protegió con su propia piel, entre el pecho y las prendas que lo cubrían.

Un acto de insumisión, piensa. La escritura es insubordinación. Ningún lugar es tan íntimo como el que comparte un escritor con su escritura. Ni los amantes están tan cerca en su hora de fiebre; ni los hijos en su esplendor de la carne; ni el Sistema en su vigilancia que no duerme.

Aquí no existe nada más profundo que la propia mirada. Entre un hombre y sus palabras, ninguna frontera es posible. Por eso cree amar las novelas. Son el último refugio frente al afuera, lo diverso, cuanto no es la conciencia. Quizá está siendo confuso al expresar esta idea. Pero no importa. El significado encuentra su camino a través de la palabra. Aunque fracase, aunque esos signos no logren aferrar ni una ínfima parte de lo que la vida muestra, el Narrador sabe que ese fracaso es el único instrumento que posee para ser libre. Libre en el hambre, en la prisión, en la sed, en el desamor, en la guerra.

Contempla a las niñas a la hora de la cena. Aunque lo que siente por ellas está más allá de las palabras, un día, cuando muera, ambas podrán acudir al cuaderno. Si ha sido sincero, si ha sido justo consigo mismo, ellas hallarán en el cuaderno lo que ninguna otra evidencia les podría explicar acerca de su padre. Al fin y al cabo, nada en el aspecto de un hombre explica qué clase de persona es. Pero la prosa no perdona.

La deshabituación al Sistema es compleja. Fuera de la Estación, la operatividad de esa constelación de orden y escrutinio se diluye en un teatro de formas plácidas y en apariencia intrascendentes. El don de la invisibilidad es el argumento decisivo que articula el hecho. El Sistema actúa por delegación, traslada a los Propios su enigmática pervivencia. Lejos del medidor de presencias, hay sin duda otra vida, otra forma de discurrir, otras formas de discurso. Las islas *suceden.* Tomar noticia de esta evidencia es como dejar de recibir una droga. Los contemporáneos del Narrador no viven de espaldas a la verdad del Sistema, pero esta verdad se inocula en su torrente sanguíneo de un modo que no deja huellas. Es parte asumida de su cotidianidad, una educación inconsciente, un «como si» mayúsculo. Se vive «como si» el Sistema no existiera. De igual manera que se vive «como si» el Sol nunca fuera a estallar en un lejano futuro. No por obvia, la diferencia de escala y grado resulta menos poderosa. La esencia de Realidad es, en el fondo, desconocida para los realistas. He ahí un triunfo de la voluntad de poder. El mayor que existe, acaso.

De pie, en el mercado de la fruta, su oído permanece atento a las opiniones más nimias. Por hábito, el Narrador es incapaz de escuchar sin juzgar. Una manifestación de desagrado ante los precios de algo tan inocente como un quilogramo de manzanas esconde un iceberg de resonancias. Obviando sospechosas etimologías, *política* y *policía* son palabras que se parecen demasiado.

Al regresar a casa se cruza ante un semáforo con uno de los ingenieros, el teniente. Su saludo, no correspondido por el militar, queda en el aire como un pájaro sin rama.

Una mujer sustituye al hombre de helio. Es severa, hermosa de un modo antiguo, como el camafeo de una nobleza extinguida. Al dirigirse al Narrador, lo hace con una deferencia no exenta de desprecio. Sus órdenes son imposibles de eludir. Ante su voz caben la paciencia o el disimulo, pero no la negación. Mientras estudia sus análisis de sangre, escucha el latido de su corazón y rastrea las huellas de su deterioro, el Narrador se sabe expuesto a un cálculo pericial de muchos quilates.

La doctora está en el secreto de las cosas. Durante el rato en que él se viste, ella no aparta la vista en ningún momento. En su mirada alienta una rapacidad libre de juicio. Lo contemplan unos ojos educados en la ruina del hombre. Es difícil pensar en esa mujer en la intimidad de una casa, rodeada de niños o amantes, blandiendo una cuchara de madera o doblando ropa de cama.

A punto de marcharse, ella emite su veredicto:

—Está usted sano.

Los papeles que le tiende significan su salvoconducto para el regreso. El Narrador se siente conmovido. Amaga el gesto de estrecharle la mano, pero se conforma con una sonrisa sin palabras.

Fuera, en el bullicio de las calles, lo recibe una luminosidad altiva, cítrica. Esa noche telefonea al Panóptico. Tras charlar con uno de sus superiores, recibe la orden de reincorporarse a la Estación pasado el fin de semana. Su esposa recibe la noticia con un alivio imposible de ocultar. Las niñas, en cambio, se quejan sin disimulo.

El Narrador las acuesta esa noche. Sus hijas están mudando de piel. Hay una incomodidad de los cuerpos que hasta ahora resultaba invisible. Cuando abandona la habitación tras besar sus cabellos, deja la puerta entreabierta y arrima el oído como un espía. Pero de la estancia de las niñas, al cabo de unos minutos, sólo llega la respiración sosegada de dos personas que duermen.

Expuesta en su desnudez sin mácula, la piel del Narrador es leche pura. Sólo algún que otro nebus benigno, del color de las almendras, motea su palidez rabiosa. Sin vello, las venas expuestas como ríos subterráneos, el mapa de su interior se revela. Un candor explícito.

La playa, su tómbolo cuidado y limpio, bañado por las aguas suaves, bulle con la multitud que se apiña a sus orillas. Cuerpos que minutos más tarde, tendidos en la horizontal de la duermevela, serán sólo cadáveres expuestos, un cementerio de carne al sol. Hay toneladas de huesos y quilómetros de piel en este teatro, un volumen increíble de sangre bombeada, aire inspirado, mucosas reinterpretando el arte de la supervivencia.

El Narrador contempla a su esposa tumbada, la boca entreabierta, el labio superior teñido por un sudor incipiente. Respira con afán, como un niño que sueña con vampiros, y su busto tiembla igual que un fuelle. Mientras, el mar discurre apacible, surcado por veleros y barcos de pasajeros. Parece imposible que en su seno habiten monstruos. Pero él siente que todo es un trampantojo: la indolencia de sus paisanos, la inocencia de sus hijas que juegan no muy lejos de su mirada, esa bandera de Realidad que flamea puro viento, pura nada, puro trámite.

No hay solemnidad en esta hora ardiente. Los cuerpos, su masa apretada y violenta, se precipitan hacia la tarde bebiendo la fuerza oculta en los fotones. Esa concentración de anhelos, esa expuesta disciplina del músculo y la vena, remite a algo obsceno en su propio gigantismo. En calma, una plancha de mercurio sin relieve, el mar se repite a sí mismo.

Al entrar en la Estación, el Narrador siente que ha regresado a casa. Nada tan misterioso como la relación con los lugares. El mes pasado, al ver partir a sus hijas, creyó que su vida estaba esclavizada por la Estación y su significado. Hoy, tras apenas una semana en Atributo 16, la Estación no sólo le parece un lugar hermoso, sino un lugar *justo*, el lugar al que pertenece.

En novelas un tanto sentimentales, ha reconocido ese momento en que el héroe regresa a un ámbito que fue suyo: una heredad familiar, un paisaje feliz, una simple habitación. Contar un carácter a través de los lugares en los que ha vivido es un recurso habitual en el arte del novelista. El Narrador entiende hoy de dónde procede esa pasión por vincular hombres y espacios. Su pertenencia a la Estación sólo se le ha hecho evidente durante su ausencia. Ha tenido que perderla de vista una semana para saber cuánto la necesita a fin de sentirse completo. Ha descubierto que en la Estación ya no trabaja para el Sistema, sino para sí mismo, para su cordura e integridad. Como un farero, ese oficio extinto con la llegada de la Historia Nueva, el Narrador se vigila a sí mismo en esta soledad. Él es su mar y su luz. Al hacerlo se descubre, se define y se explica. La soledad es la verdadera metafísica. Reconforta tomar posesión de lo que abandonó.

Todo sigue en su lugar: lo temible —la Caja, la fotografía de los cuatro navegantes— y lo amable —sus libros, su álbum de sellos—. Está preparando la cena cuando el hombre aparece.

—¿Quién es usted? —pregunta mientras sostiene un huevo en la mano.

—Me llamo Buena Muerte —responde el visitante—. Desde hoy —dice mostrando un documento con el sello del Panóptico— viviré en la Estación.

En apenas veinticuatro horas, Buena Muerte se aclimata a la Estación. Su figura recorre las horas del día con la tozudez del sol. Sus atribuciones, contenidas en la prosa seca del Panóptico, se resumen en un sustantivo resonante: *centinela*.

Que el Sistema, o su sucursal en Realidad, haya decidido que el Narrador precisa de un sosia para desempeñar sus funciones, no le irrita. Debe confesar que su orgullo no se ha visto afectado por la aparición del ayudante. Es común que en las Estaciones existan subordinados que desempeñan tareas de refuerzo; el Narrador, en una época que le parece perteneciente ya a otra vida, acompañó a un vigilante un largo verano, años antes de que él mismo ascendiera en la jerarquía. De hecho, hay algo en el sigilo, eficacia y prontitud de Buena Muerte que regala al Narrador una satisfacción no ensombrecida por la envidia ni el rencor.

Buena Muerte es un fruto de las exigencias sistémicas. Sus manos, que se mueven con firmeza, resultan una metáfora precisa de las funciones del Dado: invisible pero eficaz, como el relator omnisciente de las grandes novelas de la Historia Moderna. De noche, frente a la cena compartida, ambos intercambian las primeras palabras del día que no tienen que ver con la Estación y su mantenimiento.

—¿De dónde es? —pregunta el Narrador.

—He pasado la mayor parte de mi tiempo aquí, en Realidad, aunque soy oriundo de Aldebarán.

Una estrella cruza como un mechón rubio la noche.

—Y siempre me he sentido de allí —dice Buena Muerte extendiendo su mano hacia el Oeste—, aunque no sé si alguna vez podré conocer la tierra de mis padres.

El Narrador no se atreve a decir si en la voz del centinela hay nostalgia o aceptación. Ambos se despiden con un apretón de manos.

—Me alegro de que le hayan destinado a la Estación.

Las cisternas tienen forma de bañera. Dos metros de longitud, ochenta centímetros de ancho, ciento veinte centímetros de fondo. Conectadas al sistema de calefacción de la Estación, son alimentadas con agua a la temperatura de la sangre humana. Para los neófitos, el Sistema prevé una prueba de inmersión en condiciones de completa oscuridad y silencio. Esta técnica de origen militar regula las condiciones corporales de los vigilantes y sirve como ejemplo de tortura, padecida o infligida. Conforma así una especie de frontera lógica. Muestra el terror al que se está expuesto en caso de captura y las formas del terror que se poseen como captor. La prueba no se puede efectuar en solitario, pues provoca en el sujeto del experimento una pérdida de la conciencia del cuerpo capaz de inducir estados paranoicos, alucinaciones e incluso muerte por ansiedad. Transcurrido un breve periodo, el sujeto no siente sus límites. Sus brazos se convierten en madera; sus piernas, en corcho; su vientre y su cráneo se confunden en una masa informe. La ceguera y la falta de estímulos sonoros crean un aterrador lecho amniótico. El sujeto transpira, grita, intenta escapar de la cisterna. La prueba opera con la evidencia del soma como cárcel.

Buena Muerte soporta la inmersión con tranquilidad durante los primeros diez minutos. En el undécimo, presenta síntomas de nerviosismo; en el duodécimo, el Narrador advierte en los sistemas de control cómo su corazón alcanza los ciento setenta y cinco latidos. En el decimotercer minuto, cada segundo que el cronómetro desgrana supone una eternidad para Buena Muerte. Cuando el Narrador lo arranca de la cisterna un minuto antes del límite máximo de exposición, el centinela se derrumba entre sus brazos como un guiñapo.

El Narrador redacta el informe pertinente al Sistema. En la casilla de calificación, escribe: «Excelente».

La memoria no cesa. La demolición efectiva de Empiria provoca una huida masiva. Las más ínfimas grietas bastan para la avalancha de la carne. A pesar de las estrictas medidas de bloqueo, cientos de empíreos se lanzan a las aguas en busca de un futuro. Su esperanza de vida es más fuerte que su miedo a perderla. Las islas próximas se ven sometidas a un asedio. Se producen respuestas que van desde la adopción desinteresada hasta el rechazo violento. El mar se cubre de abrazos y se abre como una tumba. También en el seno del Consejo de Consejos hay discrepancias. Varias islas, considerando el pasado de Empiria, muestran su disposición a recibir a sus naturales. La línea dura del Sistema apela a un principio no escrito, pero asumido por el archipiélago tras la descomposición de la Historia Moderna: la compasión no tiene cabida en la ordenación territorial del Sistema. Desde el momento en que el Sistema enuncia la división Propio/Ajeno, no cabe consideración de iguales hacia quienes han perdido el rango de pertenencia. El Sistema es teologal: hay luz y tinieblas. Y el Dado, recogiendo el sentir de las potestades, recuerda a los sistémicos que la fortaleza del archipiélago radica en su confianza en la exclusión. Los refugiados que hayan sido acogidos en alguna de las islas del Sistema tienen noventa y seis horas para regresar a territorio Ajeno. El riesgo que se corre por no plegarse a esa directiva es doble: no está sólo en juego un castigo por su conducta, sino que, por extensión, quienes hayan ayudado, cobijado o asumido a empíreos serán también sancionados con el destierro. La mayoría de las grandes fortunas de Empiria son vistas entre tanto en alguna de las capitales del Sistema. El doble rasero con que se mide a estos expatriados no contradice los dictados del Dado. El dinero es una virtud excluyente.

La Caja irradia una luminosidad verdosa. Su pulso no ha cambiado; sólo su color. Hechizado, el Narrador observa el latido de metrónomo. ¿Y si la Caja fuera un estado de ánimo? Buena Muerte no pregunta por su función. El Narrador acata su silencio como una enseñanza asumida por el vigilante antes de ingresar en la Estación. Su falta de curiosidad es demasiado transparente para resultar creíble. Hay una pedagogía previa en Buena Muerte que el Narrador no desea conocer. El invitado sabe cosas; todo huésped viene de alguna parte; el secreto está en el aire.

Tras la cena, Buena Muerte pide al Narrador que le enseñe el movimiento de las piezas de ajedrez. El Narrador recuerda a su padre en otra noche improbable, que sólo posee sustancia como trama de un relato. En su recuerdo hay una higuera, el canto de una lechuza, invitados que devanan una conversación intrascendente.

—Como la música —dice su padre—, el ajedrez le ha sido vedado a la mayoría de los hombres.

El Narrador recuerda una risa cantarina, quizá la voz de su madre, el sosiego de un mundo en calma, ligero, contingente y por ello hermosísimo.

—Jugar al ajedrez es muy sencillo; comprender el juego, *hacer* ajedrez, es casi imposible.

Un perro añade su ladrido al ulular de la lechuza; su padre, junto a él, tiembla a causa de una ráfaga de viento o de una emoción sin nombre.

—Llevo treinta años jugando al ajedrez, pero aún no he comprendido nada. Ni siquiera el nombre de las piezas.

Vencido por el sueño, el niño reposa su cabeza sobre el tablero. La luna enciende las guedejas de su pelo, la nuca desnuda. Parece plata; parece un escudo de hierro.

—Peón —dice Buena Muerte—. Alfil —dice Buena Muerte—. Caballo, torre, dama —dice Buena Muerte.

—Y rey —dice el Narrador.

En la fotografía de los navegantes existe una armonía que el Narrador no ha considerado con anterioridad, urgido como estaba por el parecido con su familia, devorado por esta casualidad que le ha sido dado capturar y preservar. Ahora que dicha semejanza resulta menos abracadabrante que diáfana, y aceptando con naturalidad esa circunstancia imposible, repara en que las figuras componen un ballet silencioso. Su orden no es gratuito. Posan para la eternidad. Su aparente negligencia es sólo una máscara. No hay displicencia en sus miradas, sino la intensidad de un método. Sin duda han reproducido antes, en algún taller demoniaco, este instante que les estaba destinado. En rigor, son actores. Y lo saben.

¿Son más hermosas sus hijas o estos duplicados llegados del mar? ¿Es más nítida su esposa o esta hechicera discreta que aguarda en pie con la prestancia de un tótem? La representación de sí mismo, ¿es fiel a la imagen que proyectaría el Narrador en caso de que alguien le exigiera un autorretrato? Sin embargo, lo más turbador de la fotografía no es lo que muestra, sino la aceptación que suscita. La violencia del absurdo es tanto mayor cuanto con mayor insistencia afirma su lógica. La lógica del absurdo y su espantosa eficacia. Ésa es la más inquietante metáfora a disposición del Narrador mientras la Estación gira en el seno del Sistema como un feto dentro del vientre materno.

Los días estiran su cuota de luz al máximo. Las islas septentrionales se beben este privilegio hasta la última gota. Gozosas, apuran el regalo de los cielos abiertos. El esplendor de tanta belleza derramada es más furioso y feliz en lugares donde se la añora durante meses. Pero ¿qué papel desempeñan los fantasmas en la economía de la luz?

Filípicas, arengas, catilinarias, diatribas, palinodias, insultos al público, reconvenciones, mítines, lecciones de prosodia, fragmentos de publicidad, dictados para niños, anuarios económicos, propedéutica empresarial, *doxa* inmunda, editoriales de prensa, ficciones a la carta, una saturación de palabras que inunda los canales con mensajes a menudo contradictorios. El Sistema envía a las Estaciones memorandos con la voz y el verbo de quienes se dicen representantes del *statu quo*, las costumbres, la memoria imperante, la élite, el vulgo. Hay iluminados, títeres, esclavistas y esclavizados, la calma y el éxtasis, la venganza, el soplo inspirado, y también, alguna que otra vez, un trasunto de las viejas, tenaces, nunca del todo marchitas verdades eternas. El Sistema procede a un cribado exhaustivo de ese ingente material y lo analiza al detalle, con minuciosidad suicida, llevando al límite el sentido postrero de toda forma de poder: la expurgación del lenguaje. Esta metabolización gigantesca, labor de los procesadores discursivos, metonímicamente llamados la Boca, es pieza esencial de la cosmovisión sistémica. El alcance de su importancia sólo puede percibirse asumiendo una perspectiva suprahistórica, la de un sujeto que ha llegado al final del camino, omega del tiempo humano desde el que pela un plátano mientras se instruye en el resumen sobre el estado del logos sistémico. Dado que para los realistas la filología es una ciencia capital, la clave de bóveda de todo posible *quadrivium*, eco de un eco que, desde el comienzo de la Historia Nueva, reubica a la palabra en su exacta tesitura, la de ser condena y a la vez privilegio, la de exterminar y salvar, la de disgregar y convocar, al Narrador, en esta hora que precede al anochecer, en que el calor del día arde todavía sobre la tierra como un alimento imperecedero, no le resulta insensata la idea de que el último hombre vivo recibirá la llegada del apocalipsis leyendo un informe de protocolo.

Visita del capitán ingeniero. Tras encerrarse en la cabaña un par de horas, se cruza con Buena Muerte y el Narrador.

—¿Algún problema con la Caja? —pregunta el militar.

—Apenas la vieja curiosidad —responde el Narrador.

El capitán mira sin simpatía a Buena Muerte.

—Retírese, por favor.

Buena Muerte obedece al instante.

—No bromee con la Caja.

—No lo hago. Creo haber sido muy paciente y tolerante con este asunto de la Caja. No sé qué es; no sé qué hay dentro de ella; no sé para qué sirve.

—Y así seguirá siendo. Las bromas están de más. La Caja es importante para la Estación.

El Narrador frunce el ceño. Comienza a aburrirlo esta conversación.

—Su profesión los amarga, ¿verdad?

Él mismo se sorprende ante sus palabras. El capitán no es su superior, no le debe acatamiento ni disciplina, pero un militar resulta siempre disuasorio para un civil, aunque ambos sean partes del Sistema. Cruzar límites es un deporte peligroso.

—Espero no haberle ofendido. Hace unos días me encontré a su compañero en Atributo 16 y ni siquiera me devolvió el saludo.

—Eso es imposible.

—No es imposible que una profesión como la suya, con tanta indulgencia hacia el secreto, los convierta en maleducados. Es lo que quería decir.

—Usted no lo entiende.

—Entiendo que para su compañero quienes no sean máquinas o gentes de su oficio resultan invisibles.

—No. Digo que no lo entiende porque es imposible que usted haya visto a mi compañero hace unos días.

Un silencio incómodo se instala entre los dos, como cuando alguien olvida el nombre de una persona.

—Mi compañero murió la misma noche que dejamos la Estación. Sufrió un accidente estúpido. Una plancha de acero lo decapitó.

Ante el gesto que el capitán hace de llevarse la mano derecha a su garganta, el Narrador siente el peso de una nueva burla.

Mientras espía con los Minox a una familia de gaviotas anidadas en la roca, recuerda la expresión del filósofo cascarrabias. Velo de Maya. Lo acosa la imagen del hombre patilludo, su rostro cincelado a martillo, el pelo blanco como una melena de león.

La vida es velo de Maya, *fata morgana*, ilusión perpetua. Todos los fantasmas que lo rodean, que no son lo que dicen ser, que desmienten lo que insinúan.

¿Y si fueran las cosas, y no las apariencias, las que engañan?

¿Quién es Buena Muerte?

¿Cómo alguien puede tener ese nombre y aspirar a ser *tolerado*?

¿Quiénes yacen en las tumbas de la Estación?

¿Qué son ya esos huesos que él ayudó a enterrar?

¿Estuvo él allí aquella mañana, o es sólo un recuerdo insertado en su memoria lo que conserva?

¿Y sus manos, las que dictan informes para el Dado, son las mismas que, contempladas a la luz del mediodía, se convierten en partes de una duda existencial, casi cósmica?

¿Puede un hombre excavar un hoyo en el suelo y resolver un problema ajedrecístico planteado hace un siglo empleando una misma inteligencia?

¿Quién era la persona que el Narrador se cruzó hace unos días en Atributo 16?

¿Por qué los muertos son invitados a quedarse a este lado de la raya?

¿Qué fuerzas operan a su alrededor que convierten lo vivo en cadavérico, lo ausente en real, lo probable en suicidio de la razón, lo imposible en posibilidad?

Los dioses de Empiria fallecieron hace siglos por agotamiento. El mundo en el que un día amanecieron ya no les era comprensible. Los hombres matan cuanto crean y un día deja de serles útil. En el futuro, o quizá ya hoy mismo, el Sistema levantará un monumento a los muertos que regresan. Velo de Maya, niebla del ser, gaviotas en círculos dejando caer contra las rocas su excremento ácido.

El sigilo, la limpieza, la eficacia de Buena Muerte. La ropa de cama de su litera en la cabaña está tan estirada que una moneda rebotaría al golpear la sábana. Sus platos quedan inmaculados, como si nadie hubiera comido en ellos. Su cabello huele a prado. Ordena sus papeles de trabajo con esmero implacable. Un tigre no sería más exacto en sus dentelladas de lo que él lo es al redactar un informe. Su silencio, por otro lado, es consolador. Buena Muerte sólo habla si se le dirige la palabra.

—¿Por qué dejaron sus padres Aldebarán?

Por un instante, el Narrador cree haberse equivocado. Quizá al centinela no le guste hablar de ese asunto. Pero no es así.

—Cuando el Sistema propuso que Aldebarán fuera despoblada, mis padres juraron morir allí. El plazo de cincuenta años que el Sistema dio para abandonar la isla les parecía que no tenía que ver con ellos. Entonces nací yo y todo cambió.

Hay una sonrisa nueva en el rostro de Buena Muerte.

—Quiero decir que no me esperaban, pero llegué. ¿Sabe lo que significa no ser esperado y llegar? Mi madre creía que no podía tener hijos.

—Pero se equivocaba.

—Sí y no. Pudo tener hijos, pero murió al tenerme a mí. El sentido del humor de mi padre ha sido siempre un tanto retorcido. Ahora ya sabe por qué me llamo como me llamo.

—Y también por qué su padre dejó Aldebarán.

—Sí. Supongo que aquel lugar se le hizo insoportable. Él había sido feliz allí, pero yo vine para arrebatárselo. Y aunque de mí no podía alejarse, dejó atrás lo demás, el lugar en el que amó y fue feliz.

El Narrador piensa en el coleccionista de sellos.

—¿Dónde está su padre?

Buena Muerte busca el Oeste, como siempre que habla de Aldebarán.

—Al cumplir yo catorce años, desapareció. Algo me dice que continúa vivo, pero no sé dónde está ni qué hace.

Antes de ingresar en el escalafón de las Estaciones, el Narrador trabajó para la Boca. De ahí procede no sólo su pasión por el lenguaje, sino su familiaridad con las técnicas sistémicas. Los miembros de la Boca son lo más parecido a una casta sacerdotal que el Sistema ha desarrollado desde la implantación de su actual modelo. Habría que remontarse a los imperios de la Historia Antigua, como el sumerio, el babilonio o el egipcio, para descubrir de dónde procede el deseo de triturar cada documento generado por el cuerpo social, reducirlo a sus componentes últimos y clasificarlo como peligroso o indiferente.

Esta pasión hermenéutica evidencia un principio que el Sistema ha hecho suyo sin rubor: toda policía es policía del discurso. El discurso es el abecé de la singularidad humana, y lo es en un doble sentido. De un lado, el discurso es el reino de la libertad, el instrumento que libera las potencias, el lugar efectivo y eficaz donde la humanidad se plasma, evoluciona, progresa; del otro, todo discurso posee un aura oscura, pues por puro, alegre o salvador que sea su contenido, siempre habrá una inteligencia dispuesta a volver del revés su sentido. Todo discurso es, pues, revelador y a la vez culpable, ofrenda y dolo. La Boca es un gigantesco aparato de sospecha; la filología, un empeño bélico.

En el último memorando recibido en la Estación, con el número de catálogo 07-07-DK16, bajo el epígrafe *Reservado* y con la leyenda *Reenviar a los Forenses* cifrada en rojo, el Narrador descubre, con algo que su vocabulario sólo puede describir como pavor, una frase dictada a su fiel cuaderno: «Solo, aquí, en la frontera de este pequeño mundo, me siento en la disposición de ánimo idónea para que cualquier cosa suceda, para aceptar cualquier acontecimiento».

La última raya ha sido traspasada. El ojo anida en la corriente sanguínea. El afuera ocupa el lugar del adentro.

Descubrir que el Sistema ha violado la entraña del cuaderno resucita ciertas impresiones.

El Narrador conoció a su mujer en los despachos de la Boca, las llamadas catacumbas, cuando ambos trabajaban para los Forenses desmenuzando intrigas. Allí él le pidió que abandonara su puesto para vivir juntos. Recuerda todavía su argumento, teñido de lo que entonces podía parecer ironía y quizá ya era presciencia o fatalidad:

—Basta con un lingüista en casa.

Ella aceptó la sugerencia con más gratitud que impresión de renuncia, sin sentir que estaba faltando a una verdad vital, y él asumió sobre sus hombros no tanto el sostén de su aún pequeña empresa familiar, cuanto el simbólico y mucho más pesado empeño de adherirse al mundo del control. Acaso fuera su primer y más hondo yerro, el eslabón decisivo que forjaba una cadena temible. Incluso hoy ignora por qué lo hizo. Nadie en su familia, y nadie entre sus amistades, había seguido los derroteros de la vigilancia, y él, por su formación intelectual, se había sentido mucho más cerca de un mundo donde el Panóptico era antes un objeto de disputa que un aparato al que plegarse y para el que trabajar. La única respuesta que se le ocurre es que, a menudo, lo que más se teme ha de estar constantemente presente para convertirse en soportable. En el corazón del vigilante anida el rebelde. Cada pintor de paisajes encierra la brutalidad de una geometría sin alma. Abrazar la causa del Sistema se convierte, así, en la medida exacta para tolerarlo, del mismo modo que ingerir un veneno en dosis ínfimas es el mejor antídoto contra el efecto de ese mismo veneno.

Pero argüir semejante tesis mientras se admira por enésima vez el número de catálogo 07-07-DK16 se le antoja una especie de autoprofecía cumplida, la satisfacción de una trampa del sentimiento que convierte la piedad en el más perverso de los poderes del corazón.

Durante la noche pasan los pájaros fétidos del aeródromo. El cielo queda caligrafiado con la tinta oscura de sus motores. Un burdel violento. Cuando el sonido se rompe, en su diáfana aceleración, llegan el temblor del cuerpo en la cama, de los libros en sus anaqueles, de los platos en el fregadero. El asedio a la fragilidad, que sabe del terror a distancia, como un motivo musical reiterado. Salen en racimos violentos, cabezas de una hidra insomne, en vuelos nocturnos que los dirigen a algún lugar innominable de los mapas, más allá de la concordia y el progreso.

El Sistema alcanza aquí una de sus expresiones más depuradas. Por un lado, máquinas guerreras sin nacionalidad, que ejecutan órdenes en nombre de una bandera carente de rostro: la legitimidad de la fuerza. Por otro, vuelos sin tripulantes, pura inteligencia mortífera que surca una noche inhumana.

Ningún hombre debe agotar su vigilia en tanto recapacita hacia dónde se dirige y con qué fin. La destrucción de la carne no sucede desde la carne. Se procede de un modo limpio, aséptico, sin conciencia de por medio. Pues la conciencia es mucho más sucia que la sangre. Los reyes, los consejeros, los hagiógrafos lo saben.

El Narrador imagina los destinos de los cazadores, los territorios Ajenos donde se impone el castigo. Piensa en las fotografías admiradas en días pasados, en la violencia de aquellos rostros que sobreviven entre la inmundicia de las junglas, las crecidas de los ríos, los azotes de enfermedades que hace decenios se han erradicado: peste, cólera, tifus exantemático. Piensa también en que esos rostros acaso conocen pasiones que a él, hijo de los aviones sin tripulantes ni patria, le están vedadas hace tiempo. Por ejemplo, la ira o la vergüenza; por ejemplo, el entusiasmo.

De mañana, tras el habitual periodo dedicado a los estudios históricos, el hallazgo de una frase memorable, que revela algo más que una teoría literaria: «Es un grave error por parte del narrador filosofar y contarnos qué significa la historia que nos está contando; puede que no signifique en absoluto lo que él piensa».

La escritura y su eco, esa fatal pregunta. Para quién se escribe en realidad.

El Narrador admira a sus hijas como destinatarias del cuaderno, ya lo ha sugerido alguna vez. Un día futuro, cuando él no esté, sus niñas leerán esas páginas para comprender. Hay un patetismo en ese gesto que hoy le resulta repugnante. Descorrer el velo así no sólo es inmundo, sino falso. Como escribir desde la conciencia de aquel que sabe que va a ser leído en el futuro. Pero no se puede escribir así; no se puede contar así. Escribir así, contar así, implica falsificar el presente.

Hay que escribir y contar como si no existiera el futuro, como si ningún futuro lector pudiera acceder a las páginas ni a las historias. *Hay que escribir y contar como si el destino último de lo que se escribe y cuenta fuera no ser leído, no ser escuchado.* Porque de lo contrario siempre habrá un instante para la impostura.

La paradoja no encuentra espacio en la mañana radiante y feliz, plena de sol. No es día para tal introspección. La Estación parece hoy un lugar de recreo, una casa junto al mar, ubicada en un marco de privilegio, habitada por vecinos discretos, silenciosos, a quienes gustan la soledad y la paz, ignorantes de las aporías a las que conduce el ejercicio de la escritura, las falacias implícitas en esa ruina puesta en palabras. Admirados así, con la falta de astucia de un paseante ocioso, aquí no viven el Sistema y sus cuitas, sino el poco angustiado transcurrir de los indiferentes. *Vade retro*, Satanás. Vuelve allí donde se discute cada palabra. El Narrador cierra el libro y suspira.

De pie junto a la cabaña, con una regadera en la mano, Buena Muerte es una alegoría de la inocencia.

Las islas han desempeñado papeles antitéticos en la literatura realista. Son lugares de promisión y abundancia, Islas Bienaventuradas, o espacios de reclusión y condena, Islas Desventuradas. Los escritores de Realidad se han mantenido en un maniqueísmo estricto. La construcción de un imaginario preadamita por un lado y apocalíptico por otro ha hecho que sus ficciones sobre la insularidad se muevan en un conocido territorio pendular: islas felices, donde el hombre recupera lo mejor de su perdida naturaleza, o islas infernales, donde la geografía se impone como un castigo. A las islas se va a encontrar la Verdad acerca de Uno Mismo o a predicar el Final del Mundo. Toda isla es, en ese sentido, Dios o el Diablo, aunque el

Narrador, en su actual estado de ánimo, tiende a considerar con especial atención las partículas que vinculan. Así que se niega a abrazar la disyunción, proponiendo para su concepción insular otra posibilidad: Realidad es Dios *y* el Diablo. Habitar dicha conjunción es lo que hace de la Estación una aventura renovada cada minuto.

En los jardines secos de la antigua Honshu, desde la Historia Nueva llamada Poliplástico, monjes que han abolido sus certezas sobre el mundo construyen arquitecturas de roca y arena regidas por un principio tan sencillo como desconcertante. Con independencia de qué posición adopte el espectador para contemplar el jardín, le resultará imposible ver al mismo tiempo todas las piedras que lo forman. Admirada como réplica del Sistema, la metáfora de los monjes de Poliplástico es certera. La aprehensión del Sistema sólo es posible desde una perspectiva cenital, que sobrevuele la estructura del archipiélago. En su seno, diminutos y acaso grotescos, el Narrador no halla a Crusoe resucitado a la bondad ni a Juan en la Patmos de su desdicha, sino a un ser híbrido, generoso y pérfido a partes iguales, siempre frágil, patético siempre, sospechosamente parecido a un animal que escribe.

El Narrador contempla un sello de Aldebarán. Sobre un mar encrespado, simbolizado por una ola gigantesca y una costa abrupta, en forma de dientes de sierra, una carabela despliega sus velas latinas con insolencia. En su proa, con apasionado detalle, el grabador ha dispuesto la figura de un barbudo con una espada al cinto. En sus ojos habita una ferocidad que ha dejado huella.

Sirviéndose de una lupa, el Narrador estudia esos ojos interminables como el mar que los rodea. Son los ojos de un conquistador, de un pionero de una forma de vida honda y cruel en un estilo arcaico, fenecido, antes de que el Sistema descubriera formas de dominio que no tienen nada que ver con la singularidad de los hombres, sino con las estructuras maquinales. El talento del artista es tanto más conmovedor cuanto que la mirada del navegante pasa desapercibida para quien no emplee la lupa. El artista ha invertido horas y talento en cifrar un detalle que no resulta perceptible a simple vista. El secreto de su empeño sólo se revela mediante el empleo de una prótesis.

El Narrador se estremece de gratitud ante ese trabajo anónimo y frágil, que viene de otra época (el sello tiene más de ochenta años) y alumbra una verdad portentosa: lo importante en una actividad humana no es el resultado, sino el proceso. Piensa en la revelación tenida días antes, a propósito de la necesidad de una historia escrita o contada como si nadie fuera a disfrutarla, e intenta aplicarla a su propia peripecia. La recompensa de la virtud es la propia virtud.

El Narrador busca esa noche en los ojos de Buena Muerte un reflejo de los de su paisano de tiempos remotos, cuando el mundo aún no había sido cartografiado por completo, eviscerado como una res monstruosa, expuesto en su impúdica desnudez. Pero en los ojos de su compañero apenas ve otra cosa que cansancio y esa pizca de tedio que acompaña la rutina de los centinelas.

Una pesadilla arranca al Narrador del reposo. El exterior de la Estación lo reclama. Decide salir bajo la noche estrellada, buscando conjurar el miedo reciente. Una lucha desigual: él, solo, en un mundo donde hombres y mujeres danzan en salones con candelabros y velas, en los que resuenan partituras lascivas. Los bailarines visten de gala y están perfumados. Pero su aspecto es apenas una estratagema. Son cadáveres que intentan convencerlo para que se una a ellos. Reconoce una Danza de la Muerte en la que él representa el papel de seducido. Los hombres son dandis crapulosos, con gardenias en los ojales del traje y carnets de baile llenos de besos de carmín de jovencitas procaces; las mujeres, las madres de las polillas sinuosas, esconden en sus escotes rosas muertas y esquelas de duelistas. Sus alientos no huelen a verbena o espliego, sino a flores en descomposición. En sus bocas, las lenguas son órganos venenosos, vísceras estancadas. El Narrador corre de salón en salón, abre puertas y fatiga pasillos, pero llega siempre a una nueva estancia donde los danzantes lo acosan, mecidos por músicas amargas. La lentitud de los monstruos acentúa la sensación de desamparo.

Fuera, en la noche de verano, un cometa devasta el cielo. Una sombra a su derecha, cerca de la cabaña, lo distrae. Buena Muerte, desnudo, las manos pegadas a las caderas y los ojos pavorosos, una especie de héroe pagano, camina en círculos cada vez más estrechos, girando en un vértigo loco. El Narrador pronuncia su nombre y avanza una mano hacia el derviche. Antes de tocar el cuerpo que no cesa de girar, comprende que el centinela es sonámbulo. Lo contempla un buen rato hasta que los círculos cesan, Buena Muerte se sosiega y regresa a la cabaña. Un halo de irrealidad late en la Estación. Dos danzas macabras en una sola noche. En ambas, la sensación de ser el único hombre vivo bajo el domo infinito.

Buena Muerte no deja de sorprender al Narrador. Tres guirnaldas de margaritas adornan la mesa de la comida al llegar las mujeres. Con letra apretada y limpia, nacida en las aulas del Sistema, ha escrito el más breve y emotivo de los mensajes: «Bienvenidas». El Narrador desconoce cómo el ayudante ha podido saber que su familia ha sido autorizada a pasar diez días en la Estación. Misterios elevados a la enésima potencia. El mundo es una *matrioshka* de secretos. Pero el centinela permanece escondido. El Narrador lo busca sin éxito. Se ha evaporado como el humo de una salva.

—Es un hombre peculiar —le cuenta a su esposa mientras beben café y ella fuma su habitual cigarrillo posterior a las comidas—. Silencioso, eficaz, un tanto canino.

—¿Canino?

—Fiel como un perro, quiero decir.

Las niñas regresan de su paseo por la Estación escoltadas por el ayudante. El Narrador toma conciencia de la juventud de Buena Muerte en ese instante, al verlo junto a las niñas, que ríen y bailan con alegría. No tendrá más de veinte años. Dos imágenes hermanadas lo sacuden: las danzarinas de la pesadilla celebran al sonámbulo. Y concede a su conciencia, con un profundo estremecimiento, que la fidelidad de los perros no sólo puede ser amable, sino también onerosa. De noche, cuando los demás duermen, el Narrador acude a la cabaña de revelado y diagramación a hurtadillas, como un espía de su propio reino. La linterna con la que ilumina el interior de la estancia le devuelve a una calma antigua: mientras la Caja respira con su habitual paciencia, Buena Muerte reposa boca arriba, las manos cruzadas sobre el pecho, los ojos cerrados, el cabello en orden. Todo parece en su lugar.

Ningún hombre es una isla, asegura el poema.

El Narrador contempla a las almas que el azar ha reunido en el seno del verano. Piensa en las trayectorias tejidas en el tiempo para llegar hasta este instante. Lo acomete el vértigo. Como el arquero asomado a una torre alta, desde cuyos adarves contempla las llanuras, los oficios, la vasta y abrumadora actividad de las gentes y sus afanes, descubre su dibujo inserto en el plan sin objeto de un dios distraído. Buscar sentido al sinsentido. Qué otra cosa significan la política o la religión.

El Sistema se precipita en el transcurrir de sus hazañas y miserias, pero él sólo alcanza a reflexionar sobre los cuerpos que lo rodean: la mujer a la que ama o dice amar; el doble fruto de sus entrañas; el camarada al que una instancia burocrática ha vinculado. Añora a su otra familia. El mar no se la ha devuelto desde su enfermedad. Pasa horas encerrado en su cuarto de estudio, amparado tras alguna mentira blanca y no demasiado elaborada. Allí escruta los rasgos de los *doppelgänger* que viven en sus células como un tumor. El dictado de su igual, inscrito en el neumático, lo perturba con la fecundidad de una obsesión: «La Realidad es una catástrofe». Si tal pronóstico es cierto, el Narrador aspira a recibirlo consciente y en paz. Si su papel de notario de la amenaza debe mudar hasta convertirse en el de forense del derrumbe, no por ello torcerá el gesto.

Educado en la pedagogía del control, fortalecido durante lustros en el ejercicio de la sospecha, que ahora se haya convertido en plausible objeto de esas prácticas en vez de en eficaz sujeto que las ejecuta no le hará vacilar en su determinación. Algo en este día le devuelve un bienestar largo tiempo cortejado. A un lado del espejo o al otro, el Narrador se regocija. De noche, frente a la cena compartida, cuenta anécdotas de su época en la Boca con gracia irresistible. Su esposa, admirada, no lo reconoce. Hay algo satánico en la risa de ese hombre.

«Habría grandes bibliotecas, sofás profundos, los gritos de los niños fuera, mermelada de bayas, largas conversaciones en tumbonas. Las sombras se alargan, la muerte se aproxima suavemente. Hemos vivido una buena vida porque nos hemos amado. Quizá no sea así como termine, pero, si sólo dependiese de mí, me gustaría que terminase así.»

El párrafo es tan hermoso que la piel late. Porque hay lugares a los que sólo la literatura llega, comarcas de aflicción y alegría que sólo la palabra desvela. Imposible sustraerse a la universalidad de ese dictado; imposible ignorar que esas frases interpelan a toda la especie, que todas las islas hallan acomodo en esa palinodia de amor a la fugacidad de las cosas, al esplendor de las estampas más íntimas.

El Narrador retira el libro, se quita las gafas, contempla a la esposa que transcurre ignorante de las palabras que al nombrarla la fijan con la sagacidad de un daguerrotipo, a la existencia augusta en su minúscula fortaleza, al impacto de las viejas, renovadas fórmulas de afecto, miedo, esperanza.

Te amé. Te amo. Te amaré.

Nunca. Siempre. *Ahora.*

Se detienen los signos del cielo en la copa volcada de ese misterio que es la escritura. Un hombre dice sus temores, sus conquistas, sus dudas y anhelos. Al hacerlo, lo puede todo, a todos apela como un único pulmón. Su voz congrega. Ninguna campana convoca con tanto ímpetu. El hilo de oro de la literatura obra el milagro de que en el suceder del Sistema, en la efímera provincia de la Boca, el Dado o la Caja, los signos de los poderosos se reduzcan a cenizas frías. Pasa una mujer y un hombre se estremece; ríen dos niñas y un hombre se vacía de cólera y angustia. La muerte se acerca suave y liviana, con flores en el pelo. Los danzantes de la pesadilla nada pueden contra este campo blanco grávido de frutos negros.

Triunfa la página, los fantasmas son masacrados, la Estación se adormece.

La noticia rasga las costuras del viejo traje. Un tribunal popular, orgulloso de su título, retoma las riendas de Empiria, convoca a las ondas hertzianas del Sistema, destruye las dicotomías. Rechazando la dialéctica Propio/Ajeno, los notables de la isla reclaman para su territorio la condición de *Libre*, derogan fronteras, fórmulas políticas, trenos habituales, y proclaman, a quien desee oírlo, su voluntad soberana. Desde hoy, en la cosmovisión insular, la isla recupera su augusto nombre: Hellas, la tierra de las teogonías, la Grecia mítica ha renacido.

La Poshistoria ha durado un soplo. La convulsión es notable. Las estructuras de hierro vacilan. Altos funcionarios del Sistema, pálidos y biliosos, sacudidos por la ira de la insubordinación, ordenan folios que nada dicen. Sus voces golpean en el vacío, son logomaquia de locos. El Dado difunde órdenes disparatadas, se convierte en síntoma de un juego estúpido. La rebelión toma desprevenida a la jerarquía del archipiélago. El rey está desnudo.

Hellas imprime moneda nueva, instituye figuras arcanas —Ágora, Pritaneo, Bouleuterión— y postula una Constitución ambiciosa: relaciones con Estados amigos, libre circulación de ciudadanos de cualquier franja del planeta en su territorio, confraternización. La última Tule revive en la región devastada: hombres de toda condición y raza, sin religión o con ella, aqueos y troyanos, son invitados a visitar las ciudades memorables. Se recuperan los rótulos de una Edad de Oro de la conciencia. El Narrador acude a mapamundis de la Historia Antigua para saborear, con vocación de nómada, los topónimos redescubiertos, fruta fresca de la tierra irredenta: Esparta, Delfos, Olimpia, Mitilene, Atenas renacen como disparos en una primavera infinita.

Su pulso de hombre, un caballo feliz, se desboca. La Estación Meteorológica 16, diminuta y oscura, fragmento del cosmos sistémico, se precipita de cabeza en el terremoto de un tiempo vivo.

Reunidos frente al televisor como ante hogueras. El brujo catódico, el organismo insomne, el profeta sin Libro convoca a la tribu. Vértigo del mundo reciente, anámnesis de aquellos momentos que marcaron un antes y un después, pasan por la memoria del Narrador como una película. Durante años, con constancia, en la fecha de los fatídicos aniversarios, la pregunta mágica era: «Dónde estabas cuando todo dejó de ser como era».

El ataque a Cronos sorprendió al Narrador en una isla abrumada por el turismo, entre playas de arenas como seda y camelleros de dientes podridos. Aunque sólo días más tarde, en el *lobby* de un hotel de una de sus capitales ociosas, cerca de donde un maestro concibiera su novela acerca de una princesa cartaginesa, vio la cimitarra del vuelo 175 de United Airlines degollando la Torre Sur. Ese avión, que era una avalancha simbólica, probaba que el desierto de lo real profetizado por los Ideólogos del Sistema apenas servía como *boutade*. La Imagen los devoraba, pero sólo porque la Realidad resultaba espantosamente obscena. Años más tarde, fue la propia Realidad, la isla con ese nombre, la patria del Narrador, la que era devorada por otra Imagen, la de un puñado de trenes destruidos entre cuyos hierros, como enredaderas perversas, se habían adherido fragmentos de lo que un día fue humanidad: manos, brazos, ojos, bocas, genitales.

Hoy el televisor propone otra Imagen poderosa. La resurrección de Grecia, la posibilidad de un tercer sendero entre las fortalezas de los Propios y las ruinas de los Ajenos, devuelve al Narrador una experiencia purificadora de los signos. Los diez ojos que conviven en la Estación contemplan con algo parecido a la atrición, aunque también a la más pura fraternidad, los racimos de hombres y mujeres que en la isla oriental celebran entre abrazos la Parusía de la Dignidad.

Las niñas proponen bajar a la playa. El Narrador vacila. En las pocas ocasiones, durante los cinco años previos, en que sus hijas expresaron dicho deseo, él se escudó en coartadas más o menos legítimas: peligro, incomodidad, prohibición por parte de los estatutos. Hoy, sin embargo, el deseo infantil se convierte en coartada para su propio interés. Hace días que añora volver al lugar del desembarco. Buena Muerte le invita a que lo haga sin preocuparse. Él se quedará en la Estación. Su mujer también le invita a aceptar. De pronto, no parece una madre.

La excursión regala al Narrador una sorpresa. El camino de descenso se ha borrado en las últimas semanas. Pero otro descenso paralelo, incluso más diáfano que el primero, ha surgido como por ensalmo. El Narrador busca la fuerza humana que ha procurado la metamorfosis, pero no la encuentra. El camino parece construido como el antiguo, gracias a miles de pasos durante decenas de años, caminantes anónimos que han bajado y subido por ese filo vertical un número imponderable de veces. Es imposible que las pisadas que repite hayan sido ejecutadas en el tiempo que medió entre su anterior visita y la presente.

Al Narrador lo acomete una fiebre repentina. Juraría que su temperatura corporal ha subido hasta los treinta y ocho grados. Pero el entusiasmo de las niñas y la atención que deben adoptar durante el descenso le obligan a ignorar el misterio. De hecho, durante el regreso, asume que ha pasado unas horas hermosas en la playa salvaje, compartiendo la comida que su esposa ha preparado, jugando a lanzar piedras al mar, dejándose llevar por la mera contemplación de sus hijas tendidas al sol. De noche, en la cama con su mujer, pronuncia una frase oracular:

—El mundo me inquieta. El mundo es un temblor.

La poesía de semejante perla no encuentra eco a su lado. Un ronquido breve y violento desgarra la intimidad del cuarto. Su compañera duerme.

Hoy son Buena Muerte y su esposa quienes desean descender a la playa. El Narrador no preguntó ayer de qué hablaron durante el día. Si compartieron las comidas, las rutinas de la Estación. Mira a su mujer descender los primeros metros del camino y experimenta un soplo extraño. No son celos del hombre joven y fuerte que la acompaña, ni nostalgia de un tiempo ido. Sino una palabra más dramática: *rencor*. Sí, el rencor lo cerca. Rencor hacia ella, hacia su vida suspensa, íntima, inabordable, una vida a la que, como sabe mejor que nadie, él se obstinó en arrojarla. Por qué no está ella ahora mismo en la Boca, quizá enfrentándose al cuaderno de su marido, devanando el hilo de la lectura impenitente. Qué hace ella aquí, por qué caminos su tiempo se ha disfrazado del tiempo de la maternidad, con amistades predecibles, con amor predecible, con un esfuerzo, unos logros y unas penas predecibles.

—¿Adónde crees que vas?

Su exabrupto detiene a los excursionistas en su descenso. El Narrador se lleva las manos a los labios, como si hubiera escupido sobre un símbolo sagrado. La mujer lo mira con ojos de espanto. Buena Muerte contempla el mar, su nuca ancha y bronceada, las manos colgando a lo largo de los costados, una estatua vigorosa.

—Perdona. No quise decir eso. No sé por qué he dicho eso.

Ella comienza el ascenso. Él la detiene con un nuevo grito:

—No, por favor. Insisto. No sé por qué he dicho eso. No he sido yo quien ha dicho eso.

Pero ella pasa a su lado con furia tranquila.

—Ya no te conozco —dice—. Has sido tú quien ha dicho esas palabras y yo ya no te conozco.

Un viento frío los sacude.

—Y no te acerques, te lo ruego. Sobre todo no te acerques.

El Narrador la ve caminar hacia la Estación. Admirada por detrás, le recuerda a una niña de los cuentos de terror. Silencioso, indestructible, Buena Muerte desciende hacia la playa.

Encerrados en el cubo de cemento, piedra y cristal como cautivos. Ni una mirada durante el día. Una glacialidad absurda, tribal. Empleando a las niñas como corresponsales. Evitando a Buena Muerte igual que a un apestado. A media tarde, mientras estudia un volumen con las partidas de Tartakower y su esposa entra en el dormitorio, el Narrador le pide perdón.

—Estás enfermo —dice ella—. Este trabajo, la Estación, esta vida que llevas te ha enfermado.

Mira la boca vigorosa de su esposa y recuerda el rostro del capitán la vez que él mismo lo acusó de vivir entre secretos, de estar contaminado por ellos, de cortejar una oscuridad que convertía al resto de las personas en números, en objetos despreciables. Piensa con fatiga si a él le estará sucediendo algo parecido.

—No puedo dejarlo. Están pasando cosas aquí dentro.

Y al decir *aquí* se toca la frente, cuando en verdad se está refiriendo al espacio de la Estación, a la cabaña de revelado y diagramación, a cada planta de lavanda que crece bajo este sol, a cada cifrado que llega desde el Dado.

—Mañana nos vamos. Necesitamos estar lejos de ti; necesitamos estar lejos de *aquí*.

Y ahora es ella quien señala la frente del Narrador, y esta vez sí que se refiere al hueso duro y a la vez frágil, al muro detrás del cual transcurre un mundo gris y de acero, su fracaso como padre y como esposo, su desconfianza y su hastío, el universo enigmático que en los últimos meses lo ha lanzado a una espiral de estupor. No pelea por que se queden. Acepta su marcha con humildad, como un general que hubiera perdido a su ejército. Frente al plato de la cena, groseros como comedores de patatas, la familia devora en silencio, sin reproches ni lágrimas. Las polillas arden ciegas en la lámpara de cien vatios.

De una muy bella película, cuyo título no recuerda, el Narrador atesora una imagen certera. Al partir de su patria en busca de expectativas, huyendo de una vida agria, tenaz y violenta, donde los hombres son un surco en la tierra y las mujeres una semilla en los surcos, los viajeros son despedidos por sus familiares y amigos desde la costa, bajo árboles a los que se atan pañuelos. Cuando quien parte ya no puede distinguir las manos alzadas de sus familiares y amigos, la carne postrada y cautiva, que nunca o casi nunca abandonará el estricto marco de la isla, aún lo acompañan, como aves prendidas de los árboles, como bengalas en la noche clara, los rectángulos de lino y algodón que mueve el viento.

En la puerta de la Estación, extático y en calma, arropado por una flema que no reconoce como propia, el Narrador ve partir a sus tres mujeres. No hay poesía ni mito en esta herida. Apenas una lenta devastación, como la erosión de una roca. Rostros borrados en la arena. Así siente el Narrador la vida que lo abandona. Dos hijas y una esposa desapareciendo como palabras en una pizarra. El maestro ignora el texto. Ningún discípulo atiende a la explicación. El aula queda vacía.

Y sin embargo, en el último instante, al admirar las dos cabezas de sus hijas en la parte trasera del automóvil, esas cabezas que no se vuelven como sucedería en una película, esas cabezas que, dentro de esta isla llamada Realidad, son tercas, abnegadas y a su modo insolentes, cuando ve el doble perfil nacido de su propia carne que se evade de la Estación en silencio, con urgencia, sin afecto, comprende que algo decisivo comienza a ponerse en marcha, algo para lo que ninguna Caja lo ha preparado, algo que ninguna Boca alcanza a interpretar, algo que, por sí mismo, es otro vasto y aterrador Enigma.

El Narrador se vuelca en el trabajo con constancia casi maniaca. Repasa cada centímetro cuadrado de sus habitaciones mientras estudia al detalle, con escrúpulo suicida, cada fragmento de informe emanado del Dado, mientras imparte a Buena Muerte órdenes lo suficientemente precisas y a la vez lo suficientemente inútiles como para que en ellas trasluzca tanto su profesionalidad como su enojo. El Sistema le devuelve un día vacío, en el que parece que los sucesos, todos los sucesos, se hubieran tomado vacaciones. Calma total. No es un eufemismo. Calma en los parqués bursátiles; calma en el mundo de los esfuerzos deportivos; calma en las necrológicas; calma en las catástrofes que sacuden los mapamundis; calma en las fuentes de poder y decisión; calma en la rediviva Grecia; calma en el mundo Propio, en el mundo Ajeno, en el espacio Libre.

De noche, una vez Buena Muerte se ha retirado a la cabaña, solo y agotado por una tensión estéril, tras telefonear de modo infructuoso a su casa en un par de ocasiones, el Narrador enciende la pantalla de su ordenador y busca la foto de los cuatro navegantes. Cuando la abre, siente que en su corazón se perfila un dibujo negro, hondo, horrendo. Las tres acompañantes del remero original, las tres mujeres que lo flanquearon en su última aparición, la parte femenina de su familia duplicada, han desaparecido de la fotografía. Quedan el varón, el primer remero y los tres neumáticos que lo secundan, en idéntica posición a aquella en que los capturó la Canon, pero no existe huella de sus tripulantes.

En la contabilidad de los días, el Narrador ve trazarse una línea nueva, con aspecto de broma macabra: vidas soñadas, vidas imaginadas, vidas reales, vidas resurrectas, vidas borradas. Quién inyecta el misterioso suero que da y quita, coloca y descoloca, allá fuera, allá lejos, al otro lado.

Toma la decisión a media mañana, cuando comprende que ya no resiste un segundo más de espera. Las llamadas a casa han sido en vano. El timbre del teléfono vive en su pulso y en sus ojos, respira en cada poro de su piel. No se despide de Buena Muerte. Ni siquiera avisa al Panóptico. Sencillamente, abandona la Estación y echa a andar llevando su documentación, la ropa que viste, el cuaderno, el dinero preciso para llegar a casa en algún momento del día, antes de que la noche caiga.

Lo deja atrás todo: la biblioteca en la que refugiarse, los recuerdos de su padre, la melancolía de la Caja y el arrullo del mar, los deberes y las obligaciones, los dictados, el Sistema todopoderoso. Apenas llegado a Atributo 16, tras tomar un par de transportes, poco antes de la hora de cenar, siente, a la puerta de su casa, la estatura de su desaire, el punto sin retorno que ha alcanzado en su desdicha.

Todo vagabundo habrá sentido ese soplo gélido de la fatalidad, lo profundo del hoyo que ha decidido abrir bajo sus pies al ponerse en camino. Imagina a Buena Muerte buscándole en vano en cada rincón de la Estación, temiendo un accidente. Ve al fámulo, guardián de su ausencia, y comprende que se ha convertido en un fugitivo de sí mismo. Primero fue la enfermedad; ahora esta defección. Tendrá que rendir cuentas por este viaje. Sin duda, en algún momento futuro, tendrá que hacerlo.

Pero al entrar en su casa, al recorrer las habitaciones vacías y desoladas donde no hay nada, donde no hay nadie, donde sólo sobrevive el espacio sin adorno de las paredes y de los techos, de los suelos y de las puertas, de las ventanas y de las entrañas eléctricas, donde no hay huella carnal ya no suya, sino de las tres mujeres de su vida, olvida la huida, olvida la fuga, olvida el mundo Propio y el mundo Ajeno, y apenas alcanza a sentir el desgarro, la pérdida, la blancura insoportable del espacio.

«Qué ha pasado», escribe el Narrador esa noche en su cuaderno.

Y en ese preciso instante, cierra el largo capítulo.

# EN LA ACADEMIA DEL SUEÑO

Asegura Klein que ha soñado con el salto otra vez. Con la carrera del atleta, con su aproximación al abismo, con el impulso prodigioso que lo lleva a salvar la distancia entre las dos orillas con el mismo esfuerzo que le llevaría superar un tablón caído en el suelo. Que de nuevo ha admirado la elegancia del hombre que vuela sostenido por la fe en sus propias posibilidades, sin temor visible, más un pájaro que un mamífero, y que se posa en la otra mitad del mundo con la gracilidad con que un ave cambiaría de rama. Después de un sueño así, la jornada de trabajo posee algo de irreal, asegura Klein. Cómo enfrentarse a las demencias habituales, a los miedos cotidianos, a las indulgencias de cada cual con sus fantasmas tras haber conocido la levedad del atleta.

Por ejemplo, cómo enfrentarse a mis angustias.

—¿De qué se me acusa? —pregunto con tenacidad.

La misma cuestión desde hace un mes, coincidiendo con mi llegada. Y la misma respuesta que Klein, con constancia burocrática, como un suicida que contara cada pastilla, me traslada:

—*Acusación* es una palabra muy grave. Está usted aquí para curarse.

Sus ojos del color del cielo, inmóviles tras la frente poderosa, escrutándome como sólo un hombre del Sistema es capaz de hacerlo. Sus ojos que me juzgan y son severos sin disculpa.

—No me engañe —respondo—. Conozco mis derechos.

Pero en esto quizá me equivoque, quizá lleve equivocándome sin remedio desde que llegué. Porque en este lugar sólo Klein y cuanto él representa dicta los derechos.

Digamos que su nombre no importa. Aunque todos le llamen Klein. El nombre, por supuesto, es falso. Y no sólo porque no sea el suyo, sino porque él no es un hombre pequeño. Al contrario. Es un hombre grande al frente de una maquinaria gigantesca.

Me gusta la sonoridad de Klein porque me habla de la isla de donde procede, la Innombrable. Una isla cuyo recuerdo provoca pavor en el resto del archipiélago. En efecto, la Innombrable fue la isla que produjo los mejores cerebros del pasado siglo, tras precipitarse el Sistema hacia la Historia Nueva. También la que provocó los mayores desmanes. En la tierra de Klein, barbarie y cultura son una sola cosa, el mismo juego, idéntico logos: un furioso par de gemelos que incendiaron el mundo con la belleza de la música y los holocaustos humanos. Filósofos guerreros, denominó a sus paisanos un hijo de aquella isla. Es un justo aunque fatídico oxímoron.

Al llegar Klein a Realidad, dejó atrás esos mitos, cuanto le nutrió y cuanto ayudó a destruir. Él no parece renegar ni de lo uno ni de lo otro. Pero el Sistema, en Realidad, siempre se ha alimentado de sujetos impuros. Lo extranjero ha sido recibido en esta tierra como maná, abundancia, plétora. Y aún hoy, como ante mí, Klein experimenta el placer de ser dueño de un pasado luminoso y a la vez siniestro, que infunde esperanza y prevención a partes iguales.

Cuando la gente pronuncia su nombre, cuando Klein llena estas bocas, él mismo, a menudo, se sobresalta. El viejo dios nunca lo ha abandonado.

La lógica de la Academia del Sueño es simple. Es una escuela para niños perdidos. Llamar *niños* a hombres hechos y derechos, a mujeres que han sido madres, a catedráticos con libros y títulos a sus espaldas, no es gratuito. Al ingresar aquí, más allá de los méritos y la biografía, la brillantez o la mediocridad, necesitan volver a encontrar su lugar en el mundo, un lugar del que se han extraviado, por pereza o negligencia la mayoría de las veces, por mala suerte en ocasiones, por maldad en unos pocos casos. Aquí reciben atención y se les regala sosiego, vuelven a sentirse queridos, tranquilos, recuperados para la finalidad del Sistema: el amparo. A cambio, deben renunciar a ideas perversas, confusas o adulteradas que los han apartado del camino. Alucinaciones y quimeras son los mayores y más tenaces enemigos de la Academia, la masa espectral contra la que la institución se alza, el rival a combatir.

Algo que por el momento yo, como paciente, me niego a acatar.

Hubo un tiempo en que cierta imaginación osada se atrevió a pronunciar las palabras *alma, espíritu, intimidad.* Fue una época gloriosa pero falsa, en que se levantaron ídolos de barro, entre ellos, y no el menor, el propio Hombre. Transcrito así, con esa mayúscula inicial, el término puede provocar escalofrío, pero apenas es una cáscara podrida. En el idioma de Realidad, en el que la hache es muda, en el que se escribe pero no suena, la paradoja se hace aún más evidente. Detrás de esa gran palabra no hay más que un subterfugio del orgullo. Mucho más sencillo resulta suponer que, en una palabra casi homófona, hija de la lengua de otra isla cercana dentro del Sistema, el Hombre encuentra su verdadera esencia. Porque el Hombre es apenas *Ombra*: humo, vanidad, azar.

Los Ideólogos, los hermanos de Klein, se encargaron de culminar esa operación. Aceptada la máxima en virtud de la cual toda excursión a esas regiones sublimes escondía una trampa del lenguaje, algunos de sus compatriotas de la Innombrable vaciaron la dichosa palabra de sentido y la convirtieron en lo que es, un mero sustantivo. *Hombre*: unidad de medida, peso en la báscula, valor estadístico. Había en todo caso que enmascarar ese descubrimiento para que los hombres concretos, sus fieles, sus súbditos, sus medios para obtener el fin del amparo, no se rebelaran contra su verdadera condición. Por eso la Innombrable creó un lenguaje resonante y ambiguo, en apariencia lleno de significado pero huérfano de sustancia. A la cabeza de aquella revolución, los Ideólogos marcaron el nuevo Evangelio. Se había descubierto la falacia del lenguaje. A cambio, semejante conocimiento permitía la dirección de los asuntos de las *almas*, de los *espíritus*, de las *intimidades*. Como los sacerdotes de las viejas religiones, supieron que el Cielo, y con él la Tierra, estaban vacíos de objeto, pero que para protegerse de la temible libertad que ese vacío engendraba había una vez más que encarnar al Cielo en la Tierra, vestir al rey desnudo para que no enfermara. Ese conocimiento dramático, que los dejaba a solas con sus miserias, pero también frente a frente con el privilegio de su astucia, debía serle ocultado a la multitud.

La Academia del Sueño es, desde esa óptica, uno de los intentos más exitosos por ocultar una verdad incómoda. Quienes llegan aquí, de un modo u otro, han descubierto por su propia experiencia que el Hombre, a pesar de todo, a pesar de esa mudez inicial, a pesar de su piel quebradiza, existe, respira, duda, y en consecuencia es peligroso. Aquí el Hombre vuelve a ser *Ombra,* despojado de inquietud y feliz de sentirse a resguardo, y al mismo tiempo confiado, vana y ridículamente, en que continúa manteniendo su autonomía. Esa pantomima que se desarrolla desde la Historia Antigua y seguirá vigente hasta la próxima glaciación, al convertirse la Tierra en miseria y hielo, es el fundamento de cualquier gobierno instituido en este mundo. Conceder a los hombres un simulacro de libertad cuando en el fondo, desde que nacen hasta que mueren, son sólo miembros de una gigantesca rueda, pacientes del sueño.

Porque sin policía del pensamiento no hay progreso ni paz. Qué sería de tantos campeones del optimismo si en las fronteras de la vigilia no quedaran unos pocos guardianes de la responsabilidad. Los bárbaros los devorarían, violarían a sus esposas e hijos, se comerían a sus animales, defecarían sobre sus camas, sus lienzos, sus muebles de diseño. Sé de lo que hablo, pues he desempeñado ese papel en la Estación 16. Claro que mi rango no es el de Klein, pues él representa al topógrafo de la *limes,* señor del fielato tras el que aguardan los circasianos, los escitas, los ávaros de mil rostros, mil cabalgaduras, mil idiomas. En cada época, desde que el Sistema es Sistema, ha sido necesaria la existencia de una Roma para dar sentido a cuanto queda fuera. No hay posteridad sin disciplina, y si para ello hay que pagar ciertos tributos, no será Klein quien se niegue a hacerlo.

Klein dice que el hombre del salto le recuerda a su padre. El padre abandonó a la madre de Klein durante su embarazo, así que durante mucho tiempo Klein sólo supo de él por las palabras de sus tíos y tías, de algún amigo de la familia reencontrado por azar o costumbre. También por una pequeña fotografía, desdichada y prohibida, que la madre de Klein conservó a expensas de su propia dignidad. Su madre clavaba alfileres en la imagen del hombre apuesto, vestido con uniforme militar, vencedor de mil afrentas pero a la vez constructor de una historia de infamia. Junto a los alfileres, derramaba lágrimas. Los humores de su cuerpo compensaban las heridas de las agujas. La contabilidad del amor, feliz o desgraciada, suele ser siempre la misma: tiende a cero. Klein se ha defendido de ella con la vocación del trabajo. Entregarse a una causa, no a una persona; a una música, jamás a los instrumentos que la ejecutan.

La fotografía del padre, que Klein arrancó de las pertenencias de su madre cuando ella murió, me contempla desde su despacho en la Academia del Sueño, miles de pasos por encima de las formas del consuelo o el apego, concisa en lo que anuncia y promete: los ojos de un hombre desaparecido, cuyo olor Klein nunca sintió, mirando al futuro, es decir, a ninguna parte, lejos del juicio de sus semejantes.

Aunque me pregunto por qué cada noche ese rostro surge impenetrable, audaz, mostrando sus facciones en medio del salto, diciéndole a Klein algo en una lengua extraña y encantada, que su ánimo, por el momento, no alcanza a descifrar.

Llegué aquí con una historia confusa y un cuaderno confiscado para su lectura. Mi peripecia resulta abrumadora. Responsable de una Estación Meteorológica, la 16, durante los últimos meses mi vida se ha visto sacudida por cambios inmensos. Imposible separar ya la alucinación de la realidad, el esbozo del resultado, la escoria del oro puro. Apariciones, muertes, accidentes, fantasmas venidos del mar, mutaciones de los objetos, una familia en descomposición, con la catástrofe de Empiria como telón de fondo y mi propia biografía mordiéndome los talones y el corazón: un emboscado de la cordura. Juro que he perdido a mi esposa y a mis hijas, que abandoné mi puesto sobrecogido por la fatalidad, que una conspiración se abate sobre mí y cuanto me rodea. Menciono palabras alucinadas: *perros, Caja, ingenieros, Dado, neumático.*

En el léxico del Sistema, esta quiebra tiene un nombre: posesión. Los poseídos son aquellos que se obstinan en recuperar la hache inicial de la odiosa palabra. La eficacia deja paso a la duda; la anuencia a la rebelión; el criterio común al gusto propio. Los poseídos tropiezan con la piedra del amparo y lo vomitan todo: cuidados, afanes, pertenencia. Se convierten en lobos en una manada de perros, en bestias que devoran a su propia camada.

Si yo fuera un hombre vulgar —un contable, un obrero, incluso un actor—, el Sistema me purgaría sin miramientos. Pero hace tiempo que he trabajado mucho y bien para la Ideología. Antiguo experto en la Boca, protegido por Forenses de alto rango, mi deriva hacia la Estación Meteorológica suponía según Klein un paso hacia un futuro sin duda importante. En mi contrato con el Sistema se menciona un plazo de siete años de permanencia en la 16, y yo ya había cumplido cinco. Mi quiebra en la fe ha sido tardía. Dos años más de estancia en esas fronteras del tedio, y la osmosis habría sido completa. Estaba cerca de conquistar un rango importante en el escalafón del Sistema. Según Klein, yo ni siquiera lo sospechaba, pero mi fidelidad estaba a punto de mutar en una vida regalada. Qué me haya llevado a fracasar tan cerca del objetivo no es cosa que los Ideólogos puedan permitirse. Por eso estoy ahora aquí, a buen recaudo.

En la Academia del Sueño no hay diseños curvos ni lugares donde demorar la vista. Nada de *liberty*, modernismo o nostalgia del *Jugendstil*; nada de adornos vegetales o rincones bucólicos; nada de frisos mitológicos. Ángulos rectos, superficies diáfanas, ojos lavados por las geometrías esenciales: rectas, monolitos, paralelepípedos. Erigida sola e imponente, sobria en su estatura, funcionalista, la Academia huye del laberinto y del regocijo de los constructores de espacios para la melancolía. Su arquitectura esconde un mensaje claro: la cura es posible y diáfana, como un curso de agua o un triángulo equilátero. No hay vocación de confundir ni engaño de la mirada. Cada cosa es lo que sugiere. La efectividad como consigna; el resultado como fin; la seguridad como epítome. Tantos magos se han devanado los sesos buscando una supuesta verdad en construcciones alambicadas, imposibles de aprehender mediante la palabra. Arcos ojivales, rosetones violentos, garabatos de piedra. Nada de eso rige en esta comarca sensata. La matemática complace porque es atea y porque carece de escrúpulo. El mundo transcurre blanco y sosegado en estos departamentos de la eficacia. Klein es su gestor y albacea, el patrón de un barco con rumbo preciso, sin cantos que lo distraigan. Las sirenas, en estos mares, enmudecieron hace tiempo.

He solicitado un tablero de ajedrez y la posibilidad de visitar la biblioteca. Me han sorprendido los fondos de que dispone la Academia y el hecho de que Klein conozca los secretos del juego milenario. Hemos hablado con fruición de Pinel y de Korchnói. Mi suspicacia se ha relajado en estas últimas horas.

Klein ha mencionado mi cuaderno, la prosa serena y a la vez confusa, el desplazamiento hacia una glosa de la duda. El Narrador —nombre con el que me denomino en mis papeles, según Klein un rasgo de coquetería que a él le ha inspirado ternura, como cuando Julio César habla de sus actos en tercera persona durante las campañas militares— escribe de modo notable según mi intérprete, aunque hay en su prosa un punto de impostura que parece disgustarle. La mentira de quien sabe que está escribiendo. La autoconciencia de la representación. El espejo del espejo del espejo. Las reflexiones del Narrador, según Klein, son vendas sobre una herida aceptada con gusto. Las páginas del Narrador ofenden a Klein si caen en el dramatismo, la emoción o el desencanto. Le agradan en cambio si se mantienen en la digna eficacia del forense.

Documentos. Archivos. Almacenaje. Qué increíble esa confianza en la escritura como depósito de virtud y experiencia.

Aventuremos la siguiente hipótesis: la vigilia es peligrosa. La vida es demasiado intensa, demasiado densa, demasiado llena de presagios. Hay una hipertrofia de cosas, personas, paisajes. El mundo distrae, corrompe, envilece la tibieza que el Dado ansía. Un sujeto herido por cuanto le rodea sentirá en esa proliferación de estímulos un espacio para la polémica. Encrucijadas, millones de objetos de consumo, un mapa repleto de destinos atractivos. El Dado no quiere que los sistémicos sean apáticos y busquen sólo las coordenadas cotidianas, pero es nocivo que el mundo que queda fuera de sus centros de trabajo y habitación se convierta en una posibilidad siempre abierta. Debe conciliarse la quietud con el tránsito, educar a los hijos en una idolatría inocua, que el Sistema no se disuelva en una apatía emasculadora, pero que tampoco florezcan los intrépidos.

La Academia es una escuela de humildad. La oveja es su animal totémico. Klein dice que aprendió de los cosmonautas. Ellos fueron los primeros maestros. Regresaban de la oscuridad vacía, de los espacios absortos, del universo inabarcable con una necesidad radical de sueño. Al tocar Tierra y regresar a su atmósfera, eran encerrados por los ingenieros en cámaras de reposo. Tras hidratarlos, alimentarlos y reacostumbrarlos a la gravedad, los inducían a dormir durante dieciséis horas, veinte en algunos casos, excepcionalmente un día entero. Cuando despertaban, aquellos eslavos de ojos azules y pómulos altos estaban felices y apaciguados, daban gracias por poder abrazar a sus familias. Sus ojos eran como estanques vacíos. La información que habían cosechado estaba ya bajo llave. Pioneros de una época heroica, sus réditos no les pertenecían, sino que pasaban a engrosar el haber de los burócratas. Creían ser dioses, pero sólo eran heraldos. Muchos murieron sin gloria aunque también sin escarnio. Sus lápidas nadie las recuerda.

Valentina, Yelena, Yuri. Esposa, hija, héroe. Klein ama esa fotografía, que me enseña con devoción. En ella Ga-

garin, desnudo de medio cuerpo, yace en el suelo, en una estampa campestre, tendido junto a su esposa y a su hija mayor. Las dos hembras se parecen. En el rostro mofletudo de la niña, sentada sonriente sobre el regazo de su madre, se respira la salud y el ardor de las mujeres generosas. Es una representación de la felicidad en la Tierra. En los ojos del tripulante del espacio, el hombre que orbitó por vez primera el planeta más bello, no hay rastro de la melancolía infinita de los fundadores, sólo una callada ironía. Es posible que su canción predilecta, la que silbó de regreso, se esconda en sus labios como una promesa de olvido: «La Madre Tierra escucha, la Madre Tierra sabe».

Es la canción con la que se duerme a los pacientes de la Academia.

En ese instante en que el hombre del salto alcanza la orilla, se vuelve hacia Klein e insinúa una palabra que no se llega a escuchar, el sueño se desvanece como una bombilla cuyo filamento de tungsteno se quebrara. Su rostro se resume en los labios estirados hacia las orejas por una gran sonrisa de fauno; los dientes lobunos, anchos y nítidos, como teclas de un piano; los rasgos que se apagan como un negativo de la felicidad. Klein siempre despierta aturdido por la amplitud y vigor del gimnasta, por su fiereza. Es entonces un hombre paradójico, más que nunca el defensor de la *limes*. Porque descontando al personal médico de guardia y a los vigilantes, él es la única alma que vela en la Academia del Sueño. Y la única también cuyos sueños escapan a la T29.

Exceptuada la invención de los dioses, el hallazgo de la sustancia T29 es el suceso más importante en el camino hacia una humanidad sometida. Tecnología y poder se dan la mano aquí de forma satisfactoria. Faltaba salvar este escalón para pisar el ochomil del definitivo sosiego.

La ecuación era sencilla. Había un recinto de libertad en el devenir de los hombres, de las sombras, de los «juguetes de las brisas», por emplear el verso acuñado por un clásico de la Innombrable. Esa parcela eran los sueños, el eslabón último, pero también el más sutil, que mantenía al hombre fuera del alcance de sus mentores. Un hombre atrapado en una cárcel podía soñar con manadas de animales salvajes en los territorios Ajenos; un hombre entregado al suplicio, el hambre o la asfixia podía escapar cada noche de su cadalso mediante el expediente de sus sueños. El Dado y sus filiales eran incapaces de expugnar la fortaleza escondida tras los huesos temporales del cráneo. Luego apareció la T29, la piedra de Rosetta de la hipnología. Porque la T29 logra lo que ninguna pedagogía del pensamiento podría haber imaginado alcanzar. La T29 impide soñar.

Así como en la masa del océano están contenidas todas las pinturas habidas, las pasadas y las futuras, así en la masa del cerebro están contenidas todas las representaciones del mundo, incluso las que no llegarán a forjarse. El esplendor de esa tierra inabarcable que es el cerebro asombra aún más en el sueño que en la vigilia. Por eso la T29 es la conquista más profunda, pues sin tener que negar el inconsciente, lo anula y preserva en una estancia vacía, como una entidad conservada en hielo pero incapacitada para las operaciones de la vida cotidiana o el menor de los esfuerzos.

La T29 fue sintetizada por vez primera en la Innombrable, años después de la última Caída, en pleno proceso de reparto de culpas y reescritura de biografías. Cómo se pudo llevar a cabo tal hazaña en un momento tan delicado, en el que la política debía restañar con la menor pérdida de sangre posible las heridas sufridas por el cuerpo sistémico, es algo que aún hoy permanece envuelto en sombras. Sólo unas pocas personas, y ya todas muertas, conocen de dónde surgió el esfuerzo que puso en marcha el proyecto, aunque es evidente que los cerebros que llevaron a cabo la síntesis de la T29 se habían formado bajo los paradigmas del Imperio. En cierta medida, existe una justicia poética en el hecho de que el sueño de un mundo regido por la Innombrable, un anhelo destruido en los escenarios bélicos, se prolongara mediante el trabajo de sus científicos. Por supuesto el hallazgo de la T29 fue guardado con celo, y aun hoy, en el vademécum del Sistema, esa sustancia *no existe.*

La última Caída regaló a los sabios un capital humano abundante. Miles de heridos y mutilados, soñadores de pesadillas infectas a quienes atormentaba lo vivido, bien porque lo habían padecido, bien porque lo habían ejecutado. De hecho, a la vanguardia de la investigación se empleó una élite de asesinos, un grupo de treinta y seis miembros, hombres y mujeres que durante la Caída habían trabajado para la Innombrable en sus aparatos de exterminio. Ellos fueron los cosmonautas de la T29, los regresados del continente de las tinieblas interiores. Porque esas personas habían cometido atrocidades sin número, y sus sueños estaban poblados por íncubos. La T29 les regaló la esperanza de un alivio. Lo que no se sueña es como si no hubiera existido.

De ahí a derivar el empleo de la sustancia en otro tipo de sujetos, sólo mediaba un paso.

Cuando estaba en la Innombrable y desarrollaba su tarea en las facultades de medicina, en una época en la que todavía no era el que hoy dice ser, el futuro Klein accedió a los archivos y expedientes del plan para el empleo de la T29. Así descubrió que su padre había sido una de las cobayas del experimento. Y así intuyó también las razones de su deserción, por qué en determinado momento renunció a la posibilidad de continuar al lado de su familia.

La vida familiar de los verdugos es a menudo llamativa por su sobriedad, pero el padre de Klein prefirió ahorrarse esa experiencia. Su familia fueron la guerra y el asesinato. Klein jura que nunca ha podido leer el apellido de su padre sin sentir cierto escrúpulo. Por eso me abstendré de reproducirlo en el nuevo cuaderno que para mi sorpresa me ha sido entregado al solicitar permiso para escribir.

El hombre del salto vivió durante años en el epicentro de la Caída. A su alrededor, mientras el mundo temblaba y se cometían los mayores desmanes, se reveló como un ejecutor insensible al cansancio. El catálogo de atrocidades que llevó a cabo es sólo comparable a la ecuanimidad del esfuerzo que aplicó en su labor. No parece que haya sentido placer en conducir a buen término sus misiones, sino que lo animaba una disciplina de la eficacia y el deber. El carácter asertivo del padre de Klein ante las órdenes recibidas mostraba así su rostro más sólido. Un hombre de piedra en medio del caos.

Por eso me tienta pensar que la alegría que muestra en el sueño es la de quien, tras conocer los efectos de la T29, ha sentido un alivio profundo, casi infinito.

En los albores de la Historia Nueva, un hombre llamado Eugene Aserinsky registró durante una noche el movimiento de los ojos de su hijo mediante un encefalograma y una electrooculografía. Así mapeó por vez primera las comarcas del sueño. Hoy, sentado al borde de la cama en la que el paciente al que conoce como el Narrador está a punto de experimentar los efectos de la T29, Klein recorre las estancias que Aserinsky fatigó ante el lecho de su hijo hace décadas.

El esquema fundamental del sueño es más sencillo de lo que cabría suponer: entre cuatro y seis periodos de estroboscopia, con la danza de los ojos bajo su estuche de carne, se combinan con dos fases estacionarias, de detención y aparente sosiego, que pueden durar hasta dos horas como máximo. Klein me contempla en este prolegómeno del sueño, en el que parecería que nada sucede, pero donde asiste con la emoción del primer día a sus fases decisivas. Advierte cómo mis ondas alfa se ralentizan; se admira más tarde al ver cómo aparecen los llamados husos del sueño y las ondas alfa se convierten en ondas zeta; poco a poco, aunque sin pausa, asume cómo el sueño penetra en el mundo delta, mis músculos se relajan, mi pulso se aquieta, mi metabolismo parece petrificarse. Pero todo es un espejismo que prepara ya la explosión de actividad, ese discurrir vívido, mágico y arcano en que los ojos se mueven a la velocidad del rayo, la afluencia de sangre al cerebro crece en más de cien puntos porcentuales, la piel se vuelve cerosa, la respiración crece y decrece como las agujas de un sismógrafo, los más fascinantes sueños nos acosan... Y sin embargo, bajo el dique invisible de la T29, la fase REM no tiene lugar.

He aquí el milagro de la bioquímica, la faceta prodigiosa que la sustancia opera en los pacientes, la posibilidad de hurtarles la sacra y magnífica posibilidad de escapar a mundos asombrosos. El sueño delta se dilata en una playa inalterada, vacía y tenue, limpia de presagios, y mañana, al despertar, conversaremos con la habitual sequedad, amparado yo bajo mi dignidad herida, desempeñando él su papel de policía. Uno de los logros de la T29 es el hecho de que los pacientes no sean conscientes de haber perdido la facultad de soñar. Van entrando en noches negras, sin sucesos, con absoluta naturalidad, y un día, si se les preguntara qué recuerdan de sus noches durante los últimos meses, muy pocos, por no decir ninguno, podrían responder que han dejado de soñar.

Pero lejos de la Academia, en el teatro de los afanes, no existe una T29 que impida a los hombres evadirse a sus terrores. De bruces con la realidad, el apaciguamiento no es posible. Los dominios de Klein mueren entre los muros de la institución. Fuera, a capricho del poder y sus símbolos, el mundo transcurre en su dialéctica. No hay ilusión que valga.

Mis evidencias, las que reseñé en el primer cuaderno, no son vanas. El Sistema se desmorona, sus grietas son cada vez más anchas, los poros de su piel (la metáfora *no* es discutible) se agigantan cada día. La sal y sustancias minerales que mantenían al organismo vivo amenazan con desaparecer. Como una esponja expuesta al sol inmisericorde de un planeta sin ley, la linfa vital del Sistema se escurre sin remedio. Pero los Klein de este mundo fingen que no lo saben. Aunque negar la realidad no los ayudará a vencerla, su contumacia en la ceguera los preservará hasta la derrota. Dejarán cadáveres furiosos y ruinas por doquier. Prepararán las salvas en honor de su propia miseria. Se disolverán con agitación y ruido, como insectos gigantescos. Quienes lleguen detrás tendrán que demoler sus estatuas y flagelar cada mástil. No los vencerán sino a sangre y fuego. Como tantos otros, Klein ha aprendido a discriminar lo que representa de lo que sabe. Y como un animal poderoso, dueño de su manada, cuando defeca su pánico lo hace en soledad.

Durante el día ha crujido sobre el cielo azul y eléctrico la trama de los bombarderos. Llevo tiempo escuchándolos. Y no me equivoqué en mis juicios. Llevan la muerte en su entraña. Lejos de nosotros, cierto, pero hasta cuándo.

Una vez que la T29 ha cumplido su tarea, el Sistema está listo para la siembra. El temor de los moralistas del pasado siglo, aquellos extravagantes que combinaban la mescalina con el comunismo y la redención del Hombre con la purificación del Yo, se hace efectivo en las salas de la Academia del Sueño. Los Ideólogos reescriben en la pizarra blanca de los niños dormidos. La colección de sueños que poseen encriptados en terminales diminutas, del tamaño de un grano de arena, es un museo del orgullo contemporáneo. Basta derivar ese fragmento de silicio hacia los hemisferios cerebrales de los pacientes para que la cascada de un mundo hermoso se derrame en sus córtex. Qué no hallará cabida en la alucinación bendita de la nanotecnología: vistas de una Naturaleza lujuriosa, excursiones a las más sublimes músicas, el recto discurrir de una ética de los afectos.

El Sistema precipita aquí sus dones en una ininterrumpida cadencia de milagros. Limpios del cáncer de la sospecha, los pacientes de la Academia del Sueño renacen a una forma más alta de consentimiento. Los conversos, una vez más, son los más fieles ciudadanos del orden. Es hermoso según Klein verlos emerger a esa nueva ciudadela, atildados y pulcros como camareros de cóctel, las copas de su flamante renacimiento llenas del vino dulce de la dicha. Renacidos a una esperanza limpia y sin error, devueltos al Sistema como lechones recién paridos por una madre protectora y nutritiva, sus primeros pasos, un poco vacilantes, siempre emocionan a Klein. Porque queda en él un vestigio de los fuegos de la emoción arcaica, el orgullo de quien, a escondidas del Dado y de sus directrices, conoce el privilegio de una sensibilidad adormecida.

Yo no le juzgo, aunque le disculpo por ello. Hijo de un homicida y de una mujer abandonada, Klein es un cúmulo de desgracias convertidas en triunfo. En esa ecuación hay una alquimia muy bella.

Soliloquio de Klein esta tarde, ante una copa de vino. Lo encuentro tan comunicativo como pesimista. Su discurso es minucioso:

—El Sistema es una tela de araña. Nítido y exacto en su centro, los hilos que emanan de él son una orfebrería delicada. Sus asesinos son incapaces de advertir lo magnífico de esta trama. Las heridas en el dibujo son cada vez más profundas. Exhausta, la araña hace tiempo que abandonó la caza en beneficio de la defensa. Le basta con sobrevivir a los insectos que se adhieren a los bordes más lejanos y desde allí amenazan con destruir su corazón. Esos aviones que surcan los cielos no hacen otra cosa que aplazar la debacle. Hemos crecido demasiado. Ésa es nuestra condena. Las islas ya no toleran tanto peso, tanta densidad. A sus costas llegan cada día demasiadas naves de locos y fugitivos. Nos están conquistando desde fuera. Nos están devorando por las extremidades, con el latido de mil fieras que se estremecen junto a una carroña. Esta arquitectura bellísima, que ha costado generaciones levantar, el paraguas de protección que el Sistema significa, es corroído cada día, como la sal del mar destruye las redes y el viento lacera las piedras. Nos disolvemos en silencio; nos desmoronamos como catedrales; nos desvanecemos como actores de cine mudo. Experimento una inmensa pena en esta Academia del Sueño, donde la T29 se yergue poderosa pero pronto ya inútil, cosechando frutos que a nadie importan. Porque la catarsis de Empiria es una derrota intolerable y el orgullo de los Ajenos, una alimaña insaciable, que crece como un cáncer ya ni siquiera secreto. Nos queda, como consuelo, la tierra quemada.

Apunto sus palabras embelleciéndolas, otorgándoles un sesgo sacramental del que carecen, como un industrioso biógrafo. Brillan con luz propia en mi nuevo cuaderno. Cuando hago el gesto de cerrarlo, Klein se levanta, lo toma en sus manos, arranca la página que he escrito y la rompe en pedazos. Por fortuna, gozo de una fecunda memoria literaria.

*Noche* y *tinieblas*. Esas palabras acuden a mi boca al pensar en los días pasados en Atributo 16 tras mi huida de la Estación. Nadie a quien llamar, nadie a quien acudir. Como una rata en un laberinto, en la casa despojada de muebles y presencias, aovillado en el suelo frío y limpio como cristal, preso en el espacio vacío y resonante, donde cada paso es un disparo y la voz es un filo, consciente de haber perdido un tiempo precioso y sin un guía del que servirme para recuperar los rastros perdidos. Allí, yo, helado y diminuto, un animal incómodo, cautivo de mis miedos, pensando en lo que dejaba atrás, angustiado por su propia presencia, a pesar de que ni siquiera había un espejo que reflejara mi espanto.

Noche y tinieblas, sí, minutos convertidos en horas por efecto de la soledad, víctima de un desamparo sin medida, olvidado por mi familia y, sin embargo, sabiendo que pronto, en cualquier momento, sonaría el timbre de la puerta, la llamada áspera de una autoridad todavía sin gestos ni nombre que acudiría a pedirme cuentas por mi marcha, a arrancarme del estupor de bestia hambrienta, sedienta y paranoica en que la casa vacía, la casa de mi esposa y de mis hijas, la casa sin dueños ni voluntad, me convertía. Esta vez no fue el doctor de la voz de helio ni la doctora con perfil de camafeo quienes atendieron mis heridas. La llamada de Buena Muerte al Panóptico explicando mi desaparición hizo que quien se personara fuera un médico militar. Pocas palabras, gestos medidos. Una disciplina desplegada con la furia callada del que está acostumbrado pero también condenado a mandar. Al bajar, oliendo a mugre, descubrí un *jeep* estacionado frente al portal. Rodeándolo, con una curiosidad acaso no exenta de envidia, el círculo abigarrado y nada solemne de los vecinos. Entendí en ese instante qué debe de sentir un acusado ante los jueces. Pero también comprendí, mientras viajaba hacia la Academia, la importancia de mi rango. Durante ese desplazamiento desde Atributo 16 hasta mi actual residencia me moví en una entidad distinta al mero espacio, al mero tiempo. Fue como si la tapa de mi cráneo se alzara para mi asombro y beneficio, mostrándome el mecanismo interno de mi vida. Me fue dado contemplar los eslabones que constituyen mi humanidad, pero también la cadena en la que esos eslabones se engarzan. Asistí así a la visión del Gran Esfuerzo, asumiendo el hecho de que para el Dado nada es baladí, sino que todo es primordial. Comprender que ningún hombre del Sistema supone una cantidad desdeñable fue una evidencia que me sosegó y me hizo menos vulnerable.

Porque puedo decir sin ingenuidad que el Narrador del primer cuaderno era un hombre que desconocía esa piedra helada que es el cinismo, mientras que, desde que estoy aquí, desde que me fue desvelado el hecho de mi importancia para instancias superiores a mi desempeño, se ha instalado en mí un acento irónico, un poso que me atrevo a calificar de demoniaco. Quizá por ello me siento hoy capaz de contemplar mi pasado reciente sin nostalgia, con esa deferencia hacia sí mismo que un actor consagrado muestra al rememorar una actuación de décadas atrás, en el instante en que comenzaba a labrarse su reputación. Observo así mis años en la Estación y el vértigo de los últimos meses como si le hubieran sucedido a otro, y hallo en esa distancia un bálsamo difícil de explicar con palabras.

Quien por azar o invitación tuviera acceso a las páginas escritas en este segundo cuaderno se llevaría una falsa impresión de lo que está sucediendo. Mi fingimiento, que debo confesar no ha sido impostado, sino nacido de una errónea percepción de mí mismo en la ecología del Sistema, merece un contraanálisis.

No sólo me he equivocado de peripecia, sino de especie biológica. Soy un conejo de Indias, no Espartaco sublevado. Los privilegios que he creído poder arrogarme en estos últimos días —displicencia, ironía, combate de ideas con Klein y la *Weltanschauung* de la Academia— se desmoronan a la luz de mi reciente descubrimiento. Y es que la T29 comienza a dictar su imperio. Se desvanecen en esa especie de sopa primordial que es el tiempo muchos de los recuerdos, acontecimientos y circunstancias de mi vida pasada. Mejor dicho, de ese conglomerado de sentido que yo denomino *mi vida pasada*. Entiendo que no había valorado con el suficiente rigor la capacidad de la T29 no sólo para impedir el sueño, sino para borrar los recuerdos cercanos. Como una mancha de aceite que extendiera sin tregua su tamaño, este poder es especialmente perverso, pues revela una incómoda evidencia. Que la capacidad para soñar es capital a la hora de considerar la posibilidad de una vida continua y articulada. De este modo, el impacto que la T29 obra es mucho más profundo del que la simple amputación de los sueños provocaría. Al negar ese horizonte de alivio que es la vida onírica, la sustancia procede a un borrado lento pero sistemático de la biografía reciente, con lo que atenta de forma directa contra la piedra angular de toda experiencia sensible: la posibilidad de considerar la propia existencia como un relato inteligible. Acepto que en los últimos días estoy perdiendo no sólo mi capacidad para proyectarme en el mundo del sueño, sino fragmentos completos de mi vida, que comienzan a ser impregnados por esa mancha que he mencionado, destruyendo el tejido más íntimo que poseo: el recuerdo de mi propia narración, lo que garantiza en última instancia la posibilidad de pronunciar y escribir la palabra de palabras: *YO*.

Lo que he descubierto con horror soberano, mientras releía las páginas hasta hoy escritas en este segundo cuaderno, es que no recuerdo las circunstancias que me expulsaron de la Estación. Es cierto que recuerdo tener una esposa, que recuerdo ser padre de dos hijas y que recuerdo poseer una casa en Atributo 16, pero soy incapaz de recordar qué me impulsó a abandonar la Estación y regresar a mi hogar. Sé que mi esposa y mis hijas han desaparecido porque ese hecho está cifrado en el segundo cuaderno, cuando hago recuento de lo que han sido mis experiencias en la Estación, las mismas que se recogen en un cuaderno precedente que no se encuentra ahora en mi poder, pero ignoro las razones de dicha desaparición. Podría haber asesinado a mi esposa y a mis hijas y no lo recordaría. Mi esposa y mis hijas podrían haber huido a otra isla del Sistema *motu proprio* y no lo recordaría. Podríamos haber sufrido una desgracia familiar que justificara su ausencia y no lo recordaría.

Pongo un ejemplo para ilustrar mi angustia. He leído en las páginas de este segundo cuaderno el nombre de Buena Muerte, asociado según parece a la persona que llamó al Panóptico para informar de mi marcha de la Estación. Pero debo asumir que no sé quién es Buena Muerte, que un nombre tan simbólico me hace incluso dudar de su realidad. ¿Es Buena Muerte un fantasma de mi conciencia? ¿El recipiente de una monstruosidad sin rostro? ¿Un doble de mis deseos más secretos? De pronto la T29 se me aparece como el más temible ángel de la creación, capaz de detener el flujo de mi vida inconsciente, pero también de socavar los cimientos de mi vida consciente. Y al mirarme en el espejo esta mañana, antes de abrir el segundo cuaderno y escribir estas líneas, me ha asaltado una imagen digna de los más oscuros poetas de la Historia Moderna: la de un hombre cuya boca devora su propio cuerpo, una boca expuesta con la insolencia de unas fauces abiertas, puro odio, puro asombro, pura nada. Consagrarme al recuento de mi propia experiencia se ha convertido, pues, en la consigna. La anámnesis como fármaco; la escritura como remedo del recuerdo; mi conversión en reliquia.

Recuerdo la hazaña de aquel hombre que, privado de memoria a corto plazo, debía escribir cada mañana, sobre su propia piel, quién era, dónde vivía, el nombre de quienes le rodeaban. Robo tiempo al tiempo y minutos a mi ocio para volcar negro sobre blanco cuanto recuerdo de mi pasado. Supongo que, de un modo hasta cierto punto ridículo, como aquellos condenados que en los mitos de la Historia Antigua sufrían el tormento de la repetición, estoy reescribiendo en papeles que escondo en cada rincón de mi estancia una narración bastante parecida a la de ese primer cuaderno del que Klein me habló y en el que se condensan parte de las experiencias vividas por mí en los últimos meses. De hecho, todavía soy consciente de gran parte de lo vivido en la Estación, aunque hay un vacío instalado en mi memoria. Lo último que recuerdo con exactitud es haber estado enfermo, haber abandonado la Estación y haber llegado a mi casa de Atributo 16, haber recibido el alta médica de manos de una doctora y haber regresado a mis tareas en la Estación. Después, hasta mi llegada aquí, se ha instalado el vacío. Sólo ciertas líneas de este segundo cuaderno que hacen referencia a incidentes recogidos en el primer cuaderno me permiten cartografiar los sucesos que tuvieron lugar entre ese regreso a la Estación y mi siguiente y definitiva fuga. El resto es una fatigosa negrura.

Sentados ante un mapa tridimensional del Sistema, mientras divagamos sobre geopolítica y biopoder igual que diletantes que contemplaran las ruinas de una sensibilidad caduca, le confieso a Klein mi descubrimiento, pues he llegado a la conclusión de que la única estrategia que me permitirá escapar del experimento es asegurar que no me importan sus consecuencias. Es decir, debo mentir de modo rotundo, expresar que nada me importa estar perdiendo jirones de vida, para adivinar si así puedo huir de esta trampa.

—¿Puedo serle sincero? —pregunto a mi carcelero.

—Es lo que el Sistema desea de usted —responde Klein.

En el tablero pulsante, como estrellas fijas, parpadea el elenco de islas.

—La T29 no es tan importante por lo que ustedes, los Ideólogos, aseguran que promete, la negación del sueño, como por su consecuencia inesperada: la amnesia. ¿Me equivoco?

Ha tenido que existir un tiempo, hace años, muy lejos de este preciso instante en un lugar llamado Realidad, en que una mujer sencilla, dulce y vencida por la vida amó con pasión esos ojos claros.

—¿Qué le hace pensar tal cosa? ¿Acaso le parece una aspiración pequeña la prevención del sueño para quienes han errado?

—Yo no he dicho eso —contesto a los ojos serenos y a la vez duros—, pero creo que este regalo añadido les habrá hecho muy felices.

—Escuche —dice Klein—. El Dado, a pesar de lo que algunos opinan, es un lugar que existe. No es un símbolo ni un vacío. Existe del mismo modo en que existen esta habitación, nuestros dientes, mis zapatos.

La voz de los ojos claros hace una pausa dramática.

—Yo he estado allí. He pisado ese lugar, lo he recorrido con mis pasos, he ocupado con mi cuerpo el espacio que el Dado absorbe en la contabilidad del mundo.

La segunda pausa es más dramática que la anterior. Su impacto es similar al momento en que un solista se recoge antes de atacar un fragmento estelar, la explosión de esa supernova del talento que es una ráfaga inspirada de dos, tres, seis minutos de música ininterrumpida.

—Y le puedo asegurar que es el lugar más bello del mundo. También el más frágil.

La voz de Klein es la de un rapsoda, una especie de fervor más allá de las palabras, hirviendo en un caldero mágico. Si estas luces se apagaran, si la Academia entera se sumiera en una pausa eléctrica que adormeciera cada máquina y condenara la pequeña alma de cada fuente de energía, las palabras que salen de la boca de Klein nos iluminarían como antorchas y nos protegerían de la muerte térmica.

—Usted, como muchos otros, ha puesto en peligro esa belleza, esa fragilidad. Y yo, y otros pocos como yo en lugares parecidos a la Academia, nos hemos comprometido para que ese peligro desaparezca.

Hay una tercera pausa mucho más larga que las anteriores. Quizá sea mi turno para hablar, mi oportunidad para una réplica, pero estoy encadenado a esa voz, a su diapasón, a su ritmo secreto.

Klein continúa dictando.

—Es usted un hombre importante, ya se lo he dicho. Alguien dotado por el Sistema, crecido en Él, a Él consagrado. Por ello su defección es tanto más indiscreta. Dicho lo cual —concluye Klein con un tono que no excluye la posibilidad de que esté hablando con absoluta franqueza—, tiene usted mi simpatía y, hasta cierto punto, también mi admiración.

Al levantarse y dejarme aquí, bajo la égida de la tecnología que abriga el universo de las islas y sus gentes, mientras veo brillar esos fragmentos del Sistema que luchan por sobrevivir a la fugaz Poshistoria, al empuje y a la furia de los Ajenos, a las convulsiones endogámicas y exogámicas que amenazan esos mundos donde millones de corazones tiemblan sobrecogidos por el espanto o la alegría, Klein libera en mi interior una bomba calórica en forma de emoción, descorre un velo que no tiene nada que ver con la codicia, la ironía o el recelo. Ese velo estalla en mi boca, y en esta habitación de la Academia del Sueño, instantes después de que el hombre que, consciente y fatalmente, está robándome la memoria abandone este espacio compartido, siento en mi pecho una forma del misterio que se encarna en lágrimas. Hacía tiempo, y esto lo recuerdo con suma claridad, sin necesidad de apelar a ningún cuaderno, que no reconocía este sabor.

Diversas tradiciones han disputado acerca de las características del Dado. Las posturas existentes, o Escuelas, pueden resumirse como sigue.

La primera Escuela, denominada del Signo, sostiene que el Dado es una metáfora de metáforas, un crisol que integra una serie de valores no muy distintos de los que a lo largo del tiempo habría reunido un concepto como Dios: el Dado es Palabra Iluminada, es Fulgor del Verbo, es Nombre del Cosmos. Como el Viento Paráclito, el Dado está en todas partes y en ninguna, alza su voz pero no muestra su rostro, provee de agua y alimento pero nunca agota sus recursos.

La segunda Escuela, denominada del Peso, defiende la existencia física, tangible y efectiva del Dado, su presencia mensurable, constatable y cuantificable en un punto preciso del entramado sistémico: el Dado es Cosa, es Medida, es Cantidad.

La tercera y última Escuela, denominada del Vacío, defiende, al modo de la Escuela del Signo, que el Dado es una metáfora, pero añade que esta metáfora preserva una entidad fantasmal, un síntoma del arbitrio humano, pues no hay ninguna forma, ficticia o real, detrás de ese término bendecido por el uso: el Dado es Humo, es Nada, es *Flatus Vocis*.

Las dos primeras Escuelas han estado ligadas al propósito policiaco del Sistema y a su devenir hacia una teleología del amparo. En el caso de la segunda Escuela, la del Peso, es de recibo reconocer que existe un prejuicio muy sólido que ha vuelto sospechosos a sus seguidores. Es obvio que si el Dado, tal y como advierten los seguidores de la Escuela del Signo, es una metáfora, no hay necesidad de probar su existencia en el mundo real; en cambio, es obvio que si el Dado, como aseguran los seguidores de la Escuela del Peso, es un estado de la materia, se debe probar su fisicidad. Es posible que yo mismo me haya dejado contaminar por esta visión. De hecho, recuerdo haber mencionado en alguna parte de mi primer cuaderno «el vientre del Dado». Por descontado, como en el caso de Klein, los seguidores de la Escuela del Peso aseguran haber estado físicamente en el Dado, pero ninguno de ellos ha logrado aducir pruebas en beneficio de su estancia. Lo singular es que las razones para esta ausencia de pruebas proceden de la creencia misma en la existencia física del Dado. Quien ha estado en el Dado se encuentra obligado a no manifestar su emplazamiento. Este sospechoso silencio, fundado sobre una especie de pacto moral entre el Dado y sus creyentes materialistas, ha generado infinidad de disputas de orden doctrinal. (El Dado, conviene recordarlo, es lo más cercano a un dispositivo teológico que el Sistema ha generado desde el tránsito de la Historia Moderna a la Historia Nueva.) La circularidad del argumento de los seguidores de la Escuela del Peso se hace evidente al incurrir en una falacia insalvable: la fisicidad del Dado sólo se revela a aquellas personas lo bastante íntegras desde el punto de vista moral como para no revelar el lugar de dicho emplazamiento. *Ergo*, si alguien revelara el emplazamiento del Dado, estaría revelando un lugar falso, pues el Dado sólo se manifiesta a quienes merecen conocerlo. Como se intuye, el seguidor de la Escuela del Peso es juez y parte de su propio destino, lo cual compromete su posición, aunque, al modo de los antiguos creyentes, que durante milenios fueron capaces de regir el Sistema sin probar la existencia de ninguno de sus dioses, ello no lo convierte en menos poderoso. La Escuela del Peso y el Sistema han sido siempre aliados, como el caso de Klein evidencia. La posición de los seguidores de la Escuela del Vacío, la más sensata desde una perspectiva intelectual, es también la más incómoda desde el punto de vista de la legitimación del Sistema. Así, a lo largo del tiempo histórico, han sido los filósofos y los escritores quienes con más ahínco han defendido esta postura nihilista y a la vez libertadora. Despojado el Dado de un sentido providencialista, como Voz del Mundo, y negado como un lugar de peregrinaje, Punto Cero de la Ley, su mención se convierte en una añagaza para sostener los habituales entramados del poder y la sumisión: arriba/abajo, amo/esclavo, agente/paciente. El Dado, para los pensadores más importantes de la Escuela del Vacío, no es sino a) una hipóstasis más o menos afortunada de la Divinidad, o b) una carcasa hueca desde la que se ejerce de modo insaciable la función de recompensa y castigo ínsita a todo principio trascendente.

Pero exista o no un lugar en que el Dado se contenga, lo que puedo garantizar es que existe una nostalgia del Dado, una nostalgia de su luz. El Dado es como una estrella. Habla siempre desde el pasado. Cuando su luz, la información que destila, nos alcanza, la cesura entre emisión y recepción informa de la caducidad del empeño humano. Desde que vivo encerrado en la ciudadela de Klein y la T29, el Dado y su luz me han abandonado. Comprendo con un escalofrío que ese añorado emisor se ha convertido hace tiempo en mi único hogar.

No querría olvidar que, además de las Escuelas mencionadas, existe una cuarta corriente de pensamiento en lo que atañe al Dado, la más delicada y hermética de todas. Conocida como Personalismo, esta iglesia casi secreta defiende la existencia de una serie de individuos, llamados Zahoríes, que llevan el Dado dentro de sí, que en realidad *son* el Dado. El Dado no sería ya Logos, Cosa ni Humo, sino una especie de Genio del Mundo encarnado en una sociedad de mortales. La peculiaridad de estos Zahoríes es que ninguno de ellos reconoce la existencia de sus iguales, profesando un solipsismo radical. Poseedores de una verdad de verdades que por arbitrio, negligencia o costumbre seguimos denominando Dado, resulta notable que los Zahoríes transmitan a su progenie su abrumador conocimiento, conformando un espectro de herencias que ha provocado y todavía provoca disputas violentísimas. En todo caso, el número de Zahoríes es muy limitado, pues como el propio Personalismo insinúa, quienes detentan este poder no sólo gozan de una salud menguada, derivada de la responsabilidad que han contraído, sino que, al verse constantemente expuestos al conflicto con sus iguales, viven pocos años. El Personalismo añade, pues, al debate sobre la existencia del Dado una dimensión escatológica, profética, salvífica. Una falange de hombres y mujeres que legisla sobre millones de conciencias; la pavorosa cohorte de catalizadores de un principio de proporciones colosales; los intermediarios de una fuerza de fuerzas en los que se recluye el diagnóstico de un verbo arcano, de estatura casi mítica, que cierto filósofo plasmó en una canción enigmática: «Aquí todas las cosas acuden cariñosas a tu verbo y te halagan; todo ser ansía tornarse en palabra, todo devenir ansía aprender de ti a hablar».

Cada Constantinopla posee una puerta olvidada.

Hoy, mientras paseaba tras el almuerzo, hallé mi Kerkaporta en la parte posterior de la Academia, un hueco en el paño del muro casi mimetizado con la estructura original, apenas una cicatriz en el ladrillo. Al otro lado, el rumor del tráfico. Me aproximé con precaución y un poco de espanto, seguro de que una mano se posaría en mi hombro. Pero ningún esbirro impidió que sacara mis pies del recinto. Al cruzar el umbral, una sensación de alivio y, a la vez, de desdicha, como cuando el hijo pródigo, en las viejas parábolas, conquista la libertad y, con ella, pierde la seguridad de los padres, la comodidad del lecho, la garantía del alimento. Una última mirada a la Academia y salí a la calle.

Pensé en Klein y en sus ojos claros. Me deslumbró un sentimiento de fraternidad. Allá fuera, el mundo transcurría incólume. Quizá ya entonces supe que estaba perdido. Y no sólo porque careciera de documentos y dinero, o porque sólo llevara conmigo la ropa que me había puesto esa mañana y mi segundo cuaderno, sino porque supe que no tenía un lugar al que ir. El idioma hablado en la calle me pareció tan extraño como si alguien me hubiera interpelado en la lengua original de Poliplástico. También este Dado, el de la vida cotidiana, se dirigía a mí desde el pasado, pero desde un pasado mucho más remoto que el del Dado primordial. La información que mis paisanos me transmitían resbalaba como agua sobre una roca.

Mi conciencia, y con ella yo, habíamos cruzado en los últimos tiempos demasiados rubicones. Me senté exhausto en un banco, bajo un plátano. Alguien se acercó para preguntarme si me encontraba bien. Me costó un mundo hacerle entender que aquél no era mi sitio. Las palabras que se formaron en mis labios, aun perteneciendo a esa comunidad compartida por los habitantes de Realidad, parecían expresar un estado de cosas ignoto. Operaban en un espacio alternativo, incapaz de ser aquilatado, medido y reformulado mediante las estrategias gramaticales del idioma sistémico.

Dejé que pasara una hora. Y luego otra. Y otra más.

La gente iba y venía frente a mí. Todos eran Propios y a la vez Ajenos. Ninguno parecía consciente de que en el mundo podían coexistir un lugar como la Estación Meteorológica 16 y una sustancia como la T29. Vi a niños camino de sus juegos, de sus casas y familias, de otros niños; vi a parejas jóvenes acariciándose sin excesivo celo pero también sin pudor visible; vi a hombres de mi edad caminando solos o formando grupos, fumando, mesándose los cabellos, leyendo diarios deportivos; vi a mujeres tolerables, feas, hermosas; concentré mi mirada en cada rostro intentando descifrar en él al ingeniero de la Caja, a un remero en aguas prohibidas, a un improbable Buena Muerte.

Caía la tarde cuando abandoné mi banco. Sentía hambre y ahogué un bostezo. Fantaseé con la idea de que esa noche, por fin, la T29 no me fuera impuesta. A la izquierda, en dirección al mar, estaba la posibilidad de escapar, aunque fuera por unas pocas horas más. Nada me lo impedía. A la derecha, regresando sobre mis pasos, la Academia era un fragmento de orden, una querencia acaso primordial, el retorno al útero de Klein.

Al traspasar el umbral, sin gloria ni escarnio, Constantinopla seguía indemne. La ciudad podía dormir en paz esa noche y las venideras. Su secreto permanecería a salvo. Su tesoro no sería robado. Sus vírgenes resplandecerían sin agravio en sus túnicas. Nadie iba a entrar a sangre y fuego en el perímetro de sus logros.

Contemplada durante el tiempo suficiente, cualquier cosa acaba por convertirse en un acontecimiento. El mero transcurrir muda la naturaleza de lo banal en trascendental. Por humilde que sea, un hecho sometido a una atención desmesurada acaba por resultar fascinante: un rastro de saliva sobre la madera; una bolsa de plástico movida por el viento; las idas y venidas de una mosca en un frutero. Estos tres sucesos, admirados con penetración y paciencia, resultan tan mágicos y resonantes como la contemplación de la constelación de Andrómeda. El oficio de mirar es el más venerable. También la actividad preferida del sedentario. No hay que moverse para hacerlo. Es suficiente con abrir los ojos y contemplar lo que sucede.

Como la Kerkaporta, que continúa abierta.

Ahora sé que no se cierra nunca, que está siempre dispuesta para ser cruzada por quien quiera, cuando quiera. No es una trampa, sino una invitación. No es un umbral electrificado, sino un paso diáfano. No es sólo un acceso, sino mucho más. Aunque, transcurrido un tiempo en la Academia, lo difícil no resulta quedarse, sino desertar. Así que me dedico a mirar si un jinete turco se aproxima, si la tarde se desploma en un aguacero, si alguno de los vigilantes sale a fumar un cigarrillo.

Sentí vergüenza tras regresar de mi primer paseo. Supe que Klein había tenido noticia de mi salida, de mi demora en el banco, de mi retorno aturdido. Asumir ese conocimiento fue para mí una forma de derrota. No he aprendido gran cosa de ese gesto de altivez. Salvo que debo seguir mirando. Como ellos. Mis compañeros de clausura.

Hojeo el cuaderno con descuido, leyendo en diagonal las páginas redactadas desde mi ingreso, y comprendo que aún no he escrito sobre el resto de los pacientes. Vagamente he mencionado a otras personas, pero no me he detenido en sus singularidades. También aquí es tiempo de mirar. Mirar la palidez del hombre que fuma grandes, aromáticos puros; mirar la forma de rascarse los hombros de la mujer con el cabello teñido de color naranja; mirar la constancia con que cierto anciano pulcro y sosegado viste siempre de negro, de la cabeza a los pies.

Quiénes son esas gentes. Por qué están en la Academia. Qué desviación o delito los ha conducido hasta este instante. Qué historias atesorarían sus cuadernos si alguna vez, en sus momentos más tristes o felices, reclamaran para sí el rótulo de Narrador. Quién de entre ellos, en la confusa contabilidad de sus trabajos y días, tomaría nota del asombro que supone estar vivo en una isla llamada Realidad, en un lugar llamado el Sistema, en este aquí, en este ahora.

Mencionó su nombre al hilo de una conversación sobre literatura. Le sorprendió verme con la biografía de un escritor suicida entre las manos. Se acercó a mí con algo entre el recelo y la reverencia. Como si en vez de un libro yo transportara una bomba. Pero una bomba que le recordara su juventud. La libertad. La alegría. El compromiso.

—Era un escritor menor —anunció con evidente desprecio—, pero un insuperable publicista de sí mismo. Sólo los escritores mediocres se matan para hacerse célebres.

Tenía un fuerte acento meridional; la voz, un poco gangosa.

—Yo creo que era mucho mejor escritor que publicista de sí mismo —respondí, dueño del libro y, por tanto, autorizado a defender la memoria de su protagonista.

Nos enzarzamos en esas estúpidas jerarquías que tanto gustan. El mejor de su generación. El mejor de su siglo. El mejor de todos los tiempos. Esa bazofia sentimental. Él se presentó y yo comprendí por qué habíamos caído en aquel bucle de lo meliorativo y lo peyorativo. También comprendí qué podía haberle movido a considerar al escritor de la biografía un autor menor. Su propia mediocridad, por supuesto. Porque al decir su nombre recordé haber leído alguno de sus libros, incluso recordé que en la Estación, en aquel preciso instante, en las baldas de mi biblioteca, una de sus novelas estaría durmiendo un largo sueño.

Él había sido uno de los últimos novelistas de prestigio de Realidad, incluso cuando hacía tiempo que la literatura yacía en las catacumbas. Pero lo recordaba muy distinto a como lo veía ahora. En mi memoria lo veía ataviado con su boina de bohemio, pertrechado con sus buenas intenciones, acorazado tras su discurso sobre la importancia de la memoria. Un perfecto ejemplo del mandarinato intelectual, sonriendo siempre en las fotografías, como si un escritor tuviera motivos para sonreír. Y por alguna razón, quizá porque al fin había escrito un libro notable, había caído en desgracia.

Por juego, o por un capricho malévolo, le dije que me llamara el Narrador. Aquello pareció confundirle. Temía que estuviera burlándome de él. Pero hubiera sido fatigoso explicarle mis motivos. Además, él no los hubiera entendido. Me dijo que llevaba allí mucho. Comprendí que la T29 lo mantenía en un estado de semiletargo, como un reptil al sol. No había oído hablar de los sucesos en Empiria. Lo desconocía todo acerca de la resurrección de Hellas. Creo que incluso le hubiera resultado imposible señalar en el mapa de Realidad dónde se encontraba la Academia. Vivía, de algún modo, a recaudo de una gloria, la suya propia, que otras Academias, las del Gusto, habían alabado.

Al levantarme con el libro de aquel gran escritor suicida en mi poder, él hizo un gesto extraño, llevándose una mano al interior de su chaqueta y extrayendo un lápiz.

—¿Desea que le firme el libro? —preguntó.

Supe lo que la sustancia provocaba a la larga. Aquel despojo bien vestido y bien alimentado era el quilómetro final al que conducía la T29; aquel intelectual de la boina bohemia, de las buenas intenciones, de la cantilena sobre la importancia de la memoria, convertido en un simulacro de hombre, escupido entre las ruedas de la química, una piltrafa, un fantasma, una cáscara de cacahuete. Comparando su estatura con la del escritor suicida, no pude menos que experimentar un mordisco de piedad. Sentí un poco de compasión por él, por su pasado de fama y por su esplendor apagado, por aquella obra acaso inteligente que le había valido una reprimenda y que yo nunca leería. Por eso le dije que no se preocupara, que otro día traería un libro mejor para que me lo firmara. Por supuesto, uno de los suyos.

Paseo con Klein. Pájaros en los árboles, gente de blanco, risas frescas. Todo bucólico, un poco elegiaco. Como si la vida se estuviera convirtiendo en un cliché. Le pregunto por el escritor. Qué hizo para merecer estar aquí.

—No recuerdo que fuera tan bueno como para convertirse un día en alguien peligroso.

Se me han afilado los incisivos de la crueldad. Lo percibo cada vez que abro la boca. Klein ignora la pregunta. Seguimos caminando. La Kerkaporta, a nuestro lado, invita a una nueva meditación. Pero no decimos nada. Nos conformamos con mirar, asentir, continuar la marcha.

—Confundió talento con responsabilidad —dice Klein.

Me detengo, porque no sé de qué está hablando. Caigo en la cuenta de que se refiere al derrocado mandarín.

—No comprendo ninguna de esas dos palabras —digo—. No al menos aplicadas a ese escritor.

Klein insinúa un enigma:

—La curiosidad tiene estas cosas.

Está travieso hoy. Lo puedo sentir. Pienso en mi primer cuaderno. En qué habrá hecho de él. En la tentación de destruirlo. Piras de libros. Piras de hombres. Cuántas en ambos casos.

—No es habitual, ¿verdad? —pregunto.

—¿El qué?

Ahora es Klein quien se detiene, se acerca a un rosal exhausto, lo mira con lástima.

—¿Qué no es habitual?

Me escruta con esos ojos delicados y a la vez punzantes.

—Nuestra relación. Estos diálogos. Los paseos. La atención que me dispensa.

Él me recuerda que soy un hombre importante. Yo le respondo que no tanto como el escritor. Él aduce que el Sistema puede vivir sin escritores, pero no sin técnicos. Yo le sugiero que contrate a un jardinero más severo con las cetonias que han devorado el rosal.

Insisto: si se contempla durante el tiempo suficiente, cualquier cosa acaba por convertirse en un acontecimiento. Mientras espía el paseo de dos hombres cualesquiera, imagino al escritor de la boina bohemia en su habitación, volcando sobre la página un mundo de correspondencias misteriosas, hallando en esa caminata cuya conversación no puede oír, pero que puede imaginar, el aleph del universo, el cómputo de verdades rotundas, anheladas y edificantes que a lo largo de sus anteriores libros ha intentado cifrar en vano.

Paseo con Klein. Pájaros en los árboles, gente de blanco, risas frescas. Todo bucólico, un poco elegiaco.

Invito al escritor a compartir el puesto de Klein en mi paseo. Cuando me dirijo a él por su nombre, se sobresalta. Rezonga un poco y me regala unas cuantas excusas peregrinas, pero al final acepta con un movimiento adusto de su enorme cabeza. (Hoy no lleva boina, lo que revela un cráneo de tamaño absurdo, que hace pensar en un animal prehistórico. Asumo que se cubre por vergüenza, no por coquetería.) Es obvio que se siente excitado ante la posibilidad de que alguien lo haya reconocido. Quizá esa fuera una idea que consideraba remota, si no imposible, estando aquí. Debo decir que es el primer escritor al que frecuento, el primero a cuyo lado camino. Y no puedo negar que su compañía me halaga.

Con independencia del respeto que me merezca, admiro la disciplina que la escritura exige, la misma que yo, con humildad, he venido probando primero mediante la redacción del cuaderno expoliado y ahora mediante la de su gemelo. Amo la escritura por lo que de heroico hay en ella. Y no me refiero a un heroísmo destinado a los desfiles, las banderas y la parafernalia de los atavíos, sino a un heroísmo solar, de la inteligencia y la sensibilidad. Él, el poderoso destronado, me agrade o no, representa esa larga, gloriosa tradición de hombres y mujeres libres que encarna la escritura. Caminar a su lado es un poco como caminar al lado de miles de voluntades más grandes que naciones, idiomas, credos.

Deambulamos con desgana, como invitados a una boda que saben que el fotógrafo los tiene en el punto de mira, con esa negligencia estudiada de los adversarios, hablando de asuntos insignificantes y lejanos (no puedo olvidar que este hombre ha sido vaciado como una esponja de su memoria reciente), hasta que, a bocajarro, con violencia en mi voz, le pregunto por Klein. Qué sabe de él. Qué piensa de él. Cuál es su relación con él. El escritor vacila, incluso parece a punto de perder la verticalidad. Igual que si lo hubiera acusado de plagio. O de confundirse de siglo en una de sus novelas. Pecados veniales, cierto, pero desagradables.

—Klein —dice, y paladea el nombre como un alimento nunca antes probado.

En su boca el apellido del doctor recupera la magia de la Innombrable. El escenario de nuestro paseo se convierte en un paisaje repleto de osos, lobos, cavernas con dibujos anteriores a la Historia Antigua. Un lugar donde se comercia con la impiedad y se devora carne. No hay decoro en las transacciones efectuadas. Todo queda entre los hombres y sus conciencias. Las luces que brillan en las grutas son feroces. Y un motor de otra época grita allá arriba. *In weiter Ferne, so nah.*

—Klein —repite, y lo veo palidecer como si le hubieran extraído de golpe un cubo de sangre.

Qué enigma, las pasiones humanas.

—Ingresé en la Academia contra mi deseo —dice con los engranajes de la cordura recuperados.

—Todos lo hacemos así, supongo.

Mi interrupción hace que de nuevo vacile. Es obvio que no está en su mejor forma. Decido mantener la boca cerrada hasta que se libere de cuanto lleva dentro.

—Sí —concede, y lo veo hurgar en ese pozo cada noche más profundo que la T29 está cavando dentro de su memoria—. Sí, todos estamos aquí contra nuestro deseo.

Y nada más. Permanece quieto como un espantapájaros, boqueando en busca de una palabra que no llega, su cabeza semejante a una roca devastada por la erosión. Por hoy me temo que es cuanto podré conocer de su relación con Klein. De modo que continuamos nuestra caminata en silencio, ya no como duelistas o púgiles que se midieran antes de un enfrentamiento abierto, sino como jubilados precoces entregados al ocio.

Al alcanzar la Kerkaporta, lo invito a cruzar. Primero retrocede con espanto; después se aferra a mí como un niño asustado. El aliento le huele a leche tibia. La cabeza poderosa proyecta su vulgar espectro sobre mi ánimo. Sonrío.

—Está usted loco —dice—. O peor aún: es uno de ellos.

Yo le digo que he salido de la Academia por esa misma puerta sin que nadie me lo impidiera. Y que he regresado por voluntad propia. Que la Kerkaporta es una invitación de Klein a irnos, consciente como es de que, en realidad, ya no podemos movernos de aquí. Mientras pronuncio estas palabras, dando ejemplo, avanzo hacia la puerta, la cruzo aventureramente, me vuelvo para observar al escritor.

—¿Lo ve? No pasa nada.

Todo es confuso y sucede muy rápido. Algo enorme e invisible, una fuerza insólita, que si tuviera que describir diría que es un ariete, me empuja de regreso hacia el interior de la Academia. Siento cómo ruedo por el suelo, una madeja de calor, ropa y miembros. Una furia abrasadora me sacude. Alguien enciende una hoguera bajo mi cuerpo y percibo que una sombra benigna desciende sobre mí. Creo ser un vaso roto.

—Se lo advertí —dice la sombra—. Pero al menos ahora sé que usted no es uno de ellos.

Vacilo antes de preguntar:

—¿Qué ha sido eso?

La sombra responde al instante:

—Era el guardián.

—¿El guardián?

Y entonces lo que cae sobre mí son el silencio y la oscuridad. Antes de que me alcance la inconsciencia, oigo el sonido de unos pasos que se acercan. Por un momento recuerdo la hierba fresca de la Estación, la tumba de los náufragos allí enterrados. A duras penas consigo distinguir la voz de Klein:

—Maldito idiota. No ha entendido nada.

Durante los últimos años de la Historia Moderna, en un momento en que un mundo viejo se había desmoronado y otro mundo nuevo aún no había nacido, notario de un tiempo en que la experiencia de la reciente carnicería vivida hacía suponer que esa debacle de la razón no se volvería a repetir, un escritor preclaro, quizá el último o el penúltimo genio de la literatura de todas las épocas, pergeñó una breve alegoría.

Al mencionar el escritor del cráneo desproporcionado, mi flamante amigo en la Academia, la palabra *guardián,* intuí que me hallaba dentro de una parábola rediviva. Pues era cierto que, de un modo diverso al de la alegoría pero no por ello excluyente respecto a la lección que en ella se encerraba, la Kerkaporta de la Academia del Sueño se había abierto para mí *una vez,* aunque yo no había sabido comprender en toda su magnitud el significado de dicha apertura. Cuando mi amigo el escritor, a quien ahora yo no sólo trataba con indulgencia en lo referido a su estatura como creador, sino al que comenzaba a tomar cariño, se acercó a mi cama, lo primero que hizo fue entregarme un ejemplar de la historia del guardián de la puerta. Luego, con un gesto apático, sin palabras, se alzó las mangas de su jersey y me mostró señales de violencia en sus antebrazos. Como si dos enormes pulgares hubieran presionado su carne hasta el desmayo.

—Esto —dijo sin rencor— fue lo que me sucedió *la segunda vez* que crucé la puerta.

Esa misma tarde, mientras meditaba acerca de las palabras de mi amigo y releía unas frases de la parábola («Retorna a la infancia, y como en su cuidadosa y larga contemplación del guardián ha llegado a conocer hasta las pulgas de su cuello de piel, también suplica a las pulgas que lo ayuden y convenzan al guardián»), recibí la visita de Klein. Al ver sus ojos comprendí que estaba decepcionado conmigo. Sin embargo, no comentó los sucesos del paseo ni mi conducta fallida, del mismo modo que un maestro sensato no mencionaría ante su discípulo una falta cometida cuando ésta hubiera sido tan grande que su mero recuerdo provocaría una vergüenza renovada.

La Academia me había probado y yo había fracasado. Eso era todo. La oportunidad de escoger era una y sólo una. No había segundas partes. El espectáculo de una conciencia soberana se ofrecía una única vez. No debía confundir el libre albedrío con la indulgencia. Para cada prisionero existía una Kerkaporta, cierto. Pero esa puerta a la libertad sólo se podía cruzar con impunidad una vez, la primera y la última. El semblante de Klein se ensombreció.

—El ejemplo de Empiria se ha extendido. Las islas orientales del Sistema son un polvorín.

Había reproche en su voz. También una contención aleccionadora. Recordaba a un hombre que explica el derrumbe de aquello en cuanto cree, pero que a la vez mantiene una dignidad profunda en el gesto, en el tono, en la dicción del desastre. Imaginé a un oficial que depositara el estandarte de un imperio que ya no existe a los pies de su emperador, que mientras tanto está comiendo pastelitos de queso o haciéndose la manicura. Fue en ese instante cuando comprendí que Klein era, lisa y llanamente, un fanático, un perfecto heredero de su padre, el hombre del sueño. No sabía si compadecerle o alegrarme.

¿Qué sentía en realidad dentro de mí? ¿Placer? ¿Temor? ¿Indiferencia? Pensé en mi esposa y en mis hijas, intenté reconstruir sus rasgos, la sensación en mi piel de sus propias pieles. Me fue imposible.

—Qué ha sido de mi familia. Dígamelo, se lo ruego.

Un temblor recorrió los ojos de Klein. Sus hombros se relajaron. Tomó la historia del guardián ante la puerta y la hojeó. Yo podía oír cada latido de mi corazón.

—¿Se da cuenta? El Sistema se descompone y usted se preocupa por su familia. Ésa es la condena del mundo.

Supe que estaba pensando en su padre; supe que, en el fondo, no podía dejar de admirar a aquel hombre terrible que lo había dejado todo en nombre de un ideal perverso y alucinado, pero un ideal al fin y al cabo. Cuando el mundo ardía a su alrededor, el hombre del salto no había pensado en su esposa, en el hijo al que ni siquiera vería nacer. Se había conformado con el fuego, la furia, la crucifixión de la cordura. Se había entregado como una bestia a todas las atrocidades. En él no había existido conflicto entre lo particular y la idea. Jamás le habría preguntado a uno de sus superiores, en medio del campo de batalla, qué destino había corrido su familia.

—Me pide usted demasiado, Klein. Pide usted demasiado a quienes están aquí.

El temblor desapareció de su mirada. Volvía a ser un hombre de acero, impío.

—El Sistema se lo ha dado todo —dijo—. Y ustedes se preocupan por sus familias y por sus perros, por sus saldos bancarios, por sus vacaciones pagadas. Ustedes se preguntan si en su ausencia alguien se habrá acordado de regar las plantas.

Reflexioné a propósito de aquella imagen: regar las plantas.

Recordé la lavanda y el romero de la Estación. Sentí una gran nostalgia por cuanto había dejado atrás. Y anhelé regresar a mi hogar frente al mar. Esa noche, mientras la T29 fluía borrando un nuevo fragmento de lo vivido, me abracé al reposo con desesperación. Ansiaba encontrar en la celda negra, sin imágenes, un refugio donde transcurrir sin vergüenza ni pánico, libre de conjeturas.

Una mujer diminuta, casi enana, que rehusó darme los buenos días y apenas me miró, entró esta mañana en mi habitación para entregarme un sobre. Al hacerlo tuvo que ponerse de puntillas, como los niños desobedientes que en los cuentos infantiles quieren alcanzar la llave prohibida.

Junto al sobre me extendió un recibo que le devolví firmado. En el interior del sobre, que llevaba una nota manuscrita de Klein («Consérvelo con cuidado, Narrador»), encontré mi primer cuaderno. La mujer diminuta se despidió sin decir palabra, pero no olvidó dar un portazo al salir.

Resucitados mediante la escritura los episodios que la T29 había borrado, redescubro con cierto asombro la identidad de Buena Muerte, el desencuentro con mi esposa, la escena de celos junto al acantilado, la revelación de cierta fotografía en la que han desaparecido las acompañantes del remero. Leo las últimas páginas del cuaderno como quien llevara días sin beber. Tras alcanzar la escena final, mi llegada a la casa vacía y desolada, ese clímax de la miseria, el cuaderno cae de mis manos. Pienso con odio en la mensajera enana.

Esa tarde, bajo los tilos de la Academia, encuentro a mi amigo el escritor contemplando recortes de prensa de lo que adivino fueron sus momentos de triunfo. Le pido que me hable de su último libro, el que supongo le ha conducido a la situación en la que se encuentra, esa obra en la que, según Klein, «confundió talento con responsabilidad». Como me temía, su respuesta es que no recuerda nada de ella. Su soledad se me antoja inmensa. Es un hombre encerrado por culpa de unas páginas que no recuerda haber escrito. Existe en esa condena un elemento repugnante de crueldad, una derrota intolerable. Por qué Klein no le ha devuelto su libro, me pregunto, como ha hecho con mi cuaderno. Qué forma extravagante de tortura esconde tal negativa.

En mi trabajo en la Boca, cuando mi esposa y yo nos conocimos, desmenuzábamos cada palabra escrita y publicada dentro del Sistema porque una de ellas, cualquiera en realidad, podía contener el germen que lo destruyera todo, que nos destruyera a todos. El modo en que las palabras se combinaban para formar sintagmas, el modo en que los sintagmas creaban la música de la frase, el modo en que las frases ligaban los lazos del párrafo, el modo en que los párrafos construían la catedral de la página eran puestos bajo la lupa de una sospecha infatigable. En una recurrencia infinita, los escrutadores de Babel controlábamos a los hijos de Babel. Y acaso sin ser conscientes de ello, desconfiando del lenguaje que nombraba el mundo, aprendíamos a desconfiar del propio mundo.

Observo a mi amigo, que me hace pensar en un niño recién llegado a la vida con su pizarra entre las manos, una pizarra sobre la que se irán escribiendo sus experiencias hasta el día en que alguna horrible hermana de la T29 lo abduzca. Experimento ternura por él, por mí, por cada uno de nosotros. Una especie de llanto atenaza mi ánimo. Es curioso cómo en unas pocas horas los incisivos de la crueldad que sentía brotar en mi boca se han convertido en dientes de leche.

Desconozco por qué esta noche la T29 no nos es suministrada. Así que, por vez primera en semanas, sueño. Sueño con mi padre durante una tarde de verano. Sueño que entro en su habitación sin avisar. Él está de espaldas a mí, junto a un ventanal. Sus hombros se mueven arriba y abajo, como los de un nadador antes de lanzarse al agua. Lo llamo por su nombre, pero no se vuelve. Pronuncio de nuevo su nombre. Él continúa sin atenderme y yo me enfado, blasfemo y salgo de la habitación dejando la puerta abierta. A lo largo del sueño, en el que suceden muchas otras cosas sin relación aparente con la imagen de mi padre, no vuelvo a recordar su negativa a girarse, que en su momento me ha resultado sin duda una afrenta, una ofensa de adulto. Pero poco antes de despertar comprendo que mi padre, por alguna razón que nunca llegaré a discernir, ha estado llorando. Esa imagen suya hurtándome sus lágrimas, se convierte así en un gesto de amor. Por un instante siento que podría rodear nuestra casa, llegar al ventanal y admirar cómo llora mi padre. Lo que vería, y eso es algo que comprendo y acepto con una lógica antitética a la del sueño, con la misma rendida aceptación con la que se comprenden y aceptan los axiomas matemáticos, sería a un hombre viejo. Un hombre que se parece a mí como una gota de agua se parece a otra gota de agua.

Entonces comprendo que estoy despierto.

En la biblioteca de la Academia, escoltados por retratos de jerarcas, administradores y filántropos del Sistema, los pacientes, convocados de urgencia, aguardamos las palabras de Klein. Contemplo por vez primera el elenco de personalidades a las que el Dado ha decidido cobijar tras estos muros. Asumo que existen dos grupos diferenciados. Aquellos que, como yo, desempeñan cargos estructurales dentro de la ecología del Sistema, y aquellos que, como el escritor, viven en sus afueras, pero que por nacimiento, voluntad y obra son Propios de especial relieve. Parece que algo muy grave ha sucedido en Realidad, aunque no existe confirmación del Dado al respecto. Como es habitual en estos casos, nadie podría jurar de qué labios ha surgido la primera sospecha. Esperamos, pues, a que Klein nos informe de la circunstancia exacta en la que se halla la isla y, por extensión, nosotros dentro de ella.

Frente a mí, intacto todavía el vigor con el que fue concebida en los albores de la Historia Moderna, una copia de

*La lección de anatomía del doctor Tulp* me interpela con la formidable estatura de las obras maestras. En ningún lugar como en la Academia del Sueño este impagable recordatorio de que apenas somos otra cosa que muerte aplazada cobra su significado pleno. Los ojos de los hombres del cuadro exponen con callada admiración el ímpetu de siglos de ciencia y cultura. Almacenes de vísceras y sangre examinados por intelectos fértiles: la historia del mundo encerrada en un *memento mori*. Porque en esta estancia en la que nos reunimos a la espera de noticias, de veredictos, de dictámenes consoladores o despiadados, el camino que conduce desde el bípedo que en la negrura primordial de la Protohistoria devora carne cruda consagrado a brutales formas de autopsia hasta el refinado sabio que expone a sus discípulos la aventura interior de la máquina humana con metódica frialdad se me antoja un trayecto demasiado intenso como para obviar su belleza, pero también un viaje demasiado lúcido como para ignorar su advertencia. La búsqueda de la luz ha guiado ese fecundo arco que va desde las cavernas hasta las aulas, desde la mera supervivencia al refinamiento, pero el sustrato que sigue sosteniendo al hombre ya civilizado, capaz de pergeñar una sensibilidad apellidada Rembrandt, es el mismo que nos señala, en esta hora acaso fatídica y quién sabe si augural, que la flecha del progreso no es por definición irreversible. El cuerpo que yace exánime y sin capacidad de réplica al alcance del escrutinio del doctor Tulp se parece demasiado a cualquiera de nosotros como para no sentir que todo cadáver es autorreferencial, un sujeto no destinado a engrosar los archivos de la histología o de la craneometría, sino llamado a nutrir los combates de la retórica.

El viento sopla y agita la cebada. Entre tanto, el cosmos transcurre impertérrito. Desde la perspectiva del grano agitado por la brisa y desde la óptica de la estrella que hace milenios liberó toneladas de gas, pasamos inadvertidos, pasamos inanes, pasamos inocuos. Creíamos que moriríamos como Propios y es posible que abandonemos esta habitación sabiéndonos Ajenos. Abastecidos por el rumor, nos observamos con recelo pero también con afecto, como las hienas que disputan pero a la vez comparten un despojo. Prisioneros de un mismo reino y de una voluntad común, es obvio que la desgracia, desde siempre, ha unido más que la alegría. Y todos, de un modo u otro, intentamos adivinar en nuestro compañero qué profunda es la mina que la T29 ha cavado en su conciencia mientras esperamos a que lleguen los bárbaros.

Porque de eso trata el discurso de Klein por lo que puedo advertir apenas abre la boca. La profecía se ha cumplido; el poema de cierto genio de la lengua griega se ha resuelto en avalancha; la puerta de puertas, la Kerkaporta Sublime, ha sido sometida. Nadie parece reaccionar a lo que Klein anuncia desde su púlpito. No observo rostros demudados, gestos de espanto ni protestas furiosas. Nadie esconde el rostro entre las manos, blasfema o se levanta de su asiento para prorrumpir en llanto. Hombres y mujeres, Propios de la nomenclatura o Propios excelsos, como peces atrapados en una red de cerco, permanecemos mudos e inmóviles al administrar Klein el verbo de la desdicha.

Contemplo al escritor sentado a mi derecha, su boca un poco abierta, su perfil romo, la boina entre sus manos como un pan humilde y generoso. Este hombre, que sin duda *sabe* cosas, que sin duda *ha visto* cosas, transcurre sosegado y sin inmutarse, como si Klein estuviera leyendo el acta de una reunión de vecinos en vez de estar cartografiando los escenarios de una plausible revolución.

Miro a mi alrededor y hallo más viveza y asombro en los figurantes de la obra de Rembrandt que en mis iguales de la Academia. Es probable que la T29 se haya cobrado en ellos el salario de un viaje sin retorno. Es probable que todos hayan llegado a ese punto desde el cual no es posible el regreso a las antiguas posiciones, del mismo modo que, en el juego del ajedrez, alcanzado cierto momento de la partida, en especial cuando uno de los contrincantes se ha embarcado en una combinación de ataque que exige el sacrificio de piezas, no se puede aspirar ya a nada que no sea la inmolación o el éxtasis.

De manera que en esta biblioteca en la que Klein, al modo de Tulp, acaso le esté haciendo la autopsia a nuestra época, la correspondencia no parece encajar, porque en vez de un cadáver son decenas de muertos los que están siendo mostrados con desapego clínico. Aunque vista de otro modo, quizá la metáfora sí resulte viable, y sólo se hayan invertido las cantidades. Puede que Klein se esté dirigiendo a mí, que representaría en este *tableau vivant* a los alumnos que en el cuadro de Rembrandt siguen las explicaciones del maestro, mientras que el yacente, el cadáver, *la cosa estudiada* son los hombres y mujeres que me rodean y a quienes la T29 ha robado algo más decisivo que la capacidad de soñar.

Busco en los ojos de Klein una confirmación a esta lectura arriesgada aunque seductora, pero su mirada me rehúye. Solemne y avejentado, hablando sin papeles, hay una angustia en su voz que no me atrevo a calificar de impostada. Como si esta noche su padre, el hombre del salto, le hubiera visitado de nuevo, y antes de abandonar la escena, con la crueldad propia de nuestras más íntimas pesadillas, hubiera desvelado un secreto ignominioso. Toco el hombro del escritor, alzo las cejas y abro mucho los ojos en un gesto de sorpresa. Intento extraer de él una evidencia física de que las palabras de Klein están impregnando su ánimo con algo más decisivo que el sonido de unos fonemas. Pero en la mirada que me devuelve descubro la misma empatía que hallaría en la de un lucio que se asfixia fuera del agua. Hasta la codicia ha sido desterrada de su mundo. Ni siquiera se quejaría por verme hoy leer con placer la biografía de cierto suicida.

Fantasma entre fantasmas, sujeto anatómico, carne para Tulp.

El Sistema cae. Lo anunció ayer Klein. Fueron sus primeras palabras, pronunciadas con rotundidad, sin vacilación, al ocupar su puesto de orador. Yo las escuché resonar en la bóveda del cráneo, transformadas por la alquimia sináptica en un mármol perpetuo. Tres palabras que resumen un mundo nuevo, la insinuación de otra forma de vida.

La zona sur de Realidad y la mayoría de las Sustancias orientales de la isla han sido asaltadas desde el mar. La marea, que barre buena parte del Sistema, parece incontenible. Millares de Ajenos han ocupado Observatorios de Aves, Puestos de Frontera, Estaciones Meteorológicas. La estampida de hombres ha sido fenomenal. Los lectores de sucesos han crepitado en su noche mecánica. Y el miedo, el primer guardián de las cosas y del mundo, ha encontrado su hueco en el drama. Ni las alambradas, ni los perros entrenados, ni las pistolas han podido contener a los Ajenos. Por eso hoy la Academia guarda una curiosa forma de luto: el silencio. Todo está en calma, como un arroyo enfangado. No se oyen carreras, zumbidos de máquinas, voces que preguntan, sugieren, ordenan. El temor nos ha vuelto pudorosos. Como si las palabras pudieran romper el encantamiento, la última frontera que nos separa de lo Ajeno.

Releo mi cuaderno recuperado, sus intuiciones al respecto, y pienso en el Sistema como en un malabarista que mantiene en el aire pelotas de colores. Las pelotas giran en un torbellino naranja, amarillo, verde, añil, azul, violeta, rojo. Los colores son tan nítidos que, al moverse, las pelotas dibujan estelas. El movimiento constante genera un bucle perfecto, hechicero, con esa belleza sin mancha que regalan la geometría o la matemática. Cuanto más hermoso es el bucle, cuanto más diáfanos son los colores, con mayor intensidad se revela la negrura circundante. Cada color, así, conlleva por oposición el negro que lo cerca, lo persigue, aspira a devorarlo. El Sistema, el gran equilibrista, lanza las pelotas cada vez más alto, cada vez más lejos, cada vez con más firmeza. El lienzo que los colores proyectan no deja de aumentar, pero, de forma paradójica, la negrura no mengua. Siempre parece haber más oscuridad a discreción, una reserva infinita de vacío por colonizar. El Sistema se mueve en un cénit de orgullo y eficacia, es un espléndido panorama de soles, una galaxia en su acmé, pero de pronto algo sucede, una de las pelotas se extravía, es engullida por la negrura generando una secuencia errónea en el resto, una vacilación en la maquinaria, un desgarrón en la pulcritud del espectro. Una mancha penetra en la rotación, obligando al malabarista a resituarse en su cosmos. El equilibrio se recompone con rapidez, pero queda una herida en el cómputo. Uno de los colores ha desaparecido, engullido por el vacío. Etcétera, etcétera, etcétera.

La metáfora, como toda metáfora, es desafortunada y a la vez redentora. No alcanza a explicar lo que sucede, pero es la única herramienta legítima para hacerse entender.

Al reencontrar a una persona de quien el azar nos ha separado, existe a menudo un lapso de indecisión y duda. Sin embargo, algo en su forma de andar, en su modo de mesarse el cabello, incluso en su manera de ajustarse los pantalones, nos sugiere que la conocemos. Rumiamos esa imagen familiar y le buscamos acomodo en nuestra experiencia del tiempo y del espacio. La admiramos con paciencia. Estudiamos sus detalles. Mientras la pesquisa dura, la preservamos de cualquier contaminación externa. Como al buscar una palabra que no llega pero que sentimos viva en la punta de la lengua, esa búsqueda es un ejercicio extenuante y a la vez delicioso, siempre y cuando culmine con éxito. Es como rascarse un prurito.

El hecho de que vistiera de civil no me ayudó a reconocerlo, pero fue suficiente un gesto —un movimiento de los dedos de su mano derecha, acariciándose el lóbulo de la oreja— para que su personalidad se manifestara. Era el ingeniero superviviente, el capitán. Conversaba con Klein en un ángulo de los pasillos de la Academia, ambos recostados contra la pared como profesores en un descanso entre clases. Aquel abandono los hacía cómplices y me susurraba que se conocían de antes. Recordé una escena de una novela leída en mi juventud. Los perseguidos se reconocen entre sí por el modo en que fuman, con la marca de agua del tabaco hacia fuera. ¿La razón? Que el cigarrillo se consume así más deprisa.

Jugué allí, por unos minutos, a ser espía de un mundo cuyo sentido no comprendía plenamente, repleto de perseguidos y de perseguidores, un mundo que me seducía por su indefinición, aunque no supiera bien a qué lado de la ecuación situarme. En realidad, pensé observando a Klein y al ingeniero, llevaba inmerso en una historia de perseguidos y perseguidores desde que comencé a redactar mis impresiones en el primer cuaderno y a insinuar que el Sistema se encontraba en crisis.

Una tos amarga hizo que me volviera. Mi amigo el escritor estaba mirándome desde el fondo del pasillo. Tuve una revelación acerca de la estructura de nuestro pequeño mundo. Como aquel ya lejano día en la Estación en que, a punto de informar al Dado de que había detectado al remero frente a la costa, me abstuve de hacerlo cuando, en un instante casi mágico, que en el primer cuaderno califiqué de *epifanía,* me contemplé a mí mismo desde fuera de lo que estaba a punto de suceder, así, en ese minuto inolvidable, en los pasillos de la Academia, volví a descubrirme desde una perspectiva cenital, incontaminada, límpida como la hoja de un bisturí: el escritor me contemplaba mientras yo contemplaba a Klein y al ingeniero. Éramos el latido del latido de un latido.

Rompí el hechizo caminando hacia mi vigilante. Él huyó con torpeza. Parecía que moviera toneladas de peso al desplazarse. Me abstuve de seguirlo. Al regresar a mi observatorio, Klein no estaba.

Una vez el ingeniero echó a andar, lo seguí. Vaciló un instante ante la puerta de la biblioteca. Después penetró en ella. Dejé que transcurriera un minuto antes de aventurarme tras él. La gran estancia estaba en calma. Un par de pacientes dormitaban. Una mujer vestida de gris limpiaba los plúteos. El ingeniero, las manos cruzadas a la espalda, las piernas separadas, como un duelista antes de desenfundar su arma, estaba frente a la copia de *La lec-*

*ción de anatomía del doctor Tulp.* Siete hombres atentos, un maestro de ceremonias, el muerto. Reparé en las barbas de los actores, en la gama de estilos y preferencias. Una vez más me conmovió la blancura del cadáver, los rostros llegados de una época lejana y que, sin embargo, nos sobrevivirían. También la pervivencia de los símbolos, la insolencia de la técnica depurada, el triunfo de una belleza augusta. Pensé en qué lugar exacto del Sistema se hallaría el original de la pintura y me pregunté quién la estaría contemplando en aquel instante único del tiempo. Sentí una oleada de orgullo por el hecho de haber nacido Propio.

—No sabía que le interesara el arte —dije.

Pero mi ironía no surtió efecto. El ingeniero seguía inmóvil. Advertí que tenía los ojos cerrados.

—Esperaba encontrarlo aquí —dijo sin volverse ni abrir los ojos—. Lo supe desde el primer momento. Cuando instalamos la Caja.

Recordé el episodio de los perros muertos; recordé el lanzallamas en mi mano, el redentor y a la vez pavoroso segundo en que sentí que podría haberle prendido fuego a aquel hombre y a su compañero.

—¿Cómo está Buena Muerte? —pregunté.

El ingeniero abrió al fin los ojos.

—La Estación ha sido evacuada. El Panóptico lo ordenó hace semanas. Allí ya no queda nadie.

Volví a reconocerlo en el acto de acariciarse el lóbulo de la oreja. Era un gesto frágil y medido, que conmovía por su singularidad.

—Es bellísima —dijo—. Ninguna ciencia ha llegado tan lejos como esta pintura.

Había demasiados hilos tendidos en el ambiente, demasiadas puertas abiertas. Era una conversación a dos voces, pero con mil músicas en el aire. Intenté comprender algo.

—¿Sabe usted algo de mi familia?

Era la pregunta decisiva. El resto —la Estación, Rembrandt, el Sistema al completo— me era indiferente.

—Podemos descomponer el átomo, podemos curar el cáncer, podemos dar hijos a una mujer estéril, pero seguimos sin saber qué había dentro de la cabeza que pintó esa obra —dijo—. Como tampoco podemos detener la Caída.

Percibí con claridad la mayúscula en su boca. No dijo «caída», sino «Caída». Como buen realista, el ingeniero era un gramático entusiasta.

—¿Sabe usted algo de mi familia? —insistí.

Él me miró. Y sonrió con pena.

—No tengo autorización para responder a esa pregunta.

El mundo se disolvía, Realidad yacía en la morgue y él no estaba autorizado a responder a esa pregunta. Deseé golpearle bajo el mentón, un movimiento veloz y ascendente, para que los dientes le trituraran la lengua. Me apreté las sienes con fuerza. Busqué un instante de paz en la mirada del doctor Tulp.

—Usted me elude siempre. Jamás responde a mis preguntas.

—Es parte de mi trabajo.

—Pensé que su trabajo consistía en hacer que las cosas funcionasen, en dar respuestas.

Quería ser grosero, pero la ironía no me abandonaba.

—Sólo puedo decirle que su familia está a salvo.

No sabía si creerle. Pero necesitaba aferrarme a algo, a una Kerkaporta de carne y hueso, a una Ley de rostro humano, que me permitiera concebir la posibilidad de un futuro. Oí con nitidez un ronquido. Desde que el uso de la T29 se había suspendido, los pacientes soñaban el tiempo perdido en cada rincón de la Academia. Imaginé con vértigo los millones de imágenes que se sucedían en el cómputo de durmientes del Sistema, la apabullante cantidad de materia onírica que el mundo es capaz de producir en una jornada.

—Las cosas más bellas se construyen a menudo con los materiales más innobles.

Un oráculo en el aire. Delfos abandonando Empiria para aterrizar en Realidad.

—¿Conoce la historia del muerto? —prosiguió el ingeniero.

Negué sin palabras.

—Se llamaba Adriaan Adriaanszoon, aunque todo el mundo lo conocía por su alias: Aris Kindt. Era un delincuente de Leiden. Tenía cuarenta y un años cuando lo ahorcaron. A Tulp y a sus pupilos les gustaba la carne fresca.

Sentí un dolor intenso en la base del cráneo, los prolegómenos de una migraña.

—¿Entiende de lo que estoy hablando?

Me sentí traspasado por sus ojos, como si pudiera ver en mi interior, como si pudiera adivinar cómo en aquel preciso instante la migraña cobraba forma.

—Aris era un Ajeno en un mundo Propio. Por eso lo ajusticiaron. Por querer tomar lo que no era suyo. Por querer cruzar la raya. Es la narración más vieja del Sistema. La única que existe.

Al pasar junto a mí, reposó una mano sobre mi hombro.

—Creo que es usted una buena persona. Y cumplió su palabra en la Estación. Sé que nunca intentó saber lo que contenía la Caja.

Mientras lo veía marcharse, sentí una paz mezclada con estupor, la sensación que se experimenta tras sobrevivir a un accidente de tráfico. Antes de que desapareciera, le pregunté desde cuándo conocía a Klein.

—Desde que fui paciente de la Academia —respondió abandonando la biblioteca.

El transporte llega a medianoche. Dos camiones cubiertos con lonas de camuflaje. Los guardabarros están casi impolutos, lo que sugiere que los vehículos no han hecho un viaje largo. Los militares crean un pasillo entre ambos camiones y la entrada de la Academia. Van armados y parecen tranquilos. Un suboficial y cuatro soldados penetran en el recinto. Los soldados llevan al hombro grandes bolsas semejantes a sacas de correo. Trabajan un par de horas a buen ritmo. Mi impresión es que guardan documentación en las bolsas.

Regreso a la Boca y a sus rimeros de expedientes. ¿Por qué razón un mundo altamente tecnificado ha sido incapaz de renunciar al papel como depósito de información? Mientras veo a los soldados acarrear ese material, caigo en la cuenta de que el papel, el legajo, el expediente, genera en quien lo contempla un sentimiento de culpa. Una burocracia de silicio sería una paradoja.

Klein sale a conversar con el militar al mando, un teniente. Caminan en paralelo al pasillo de soldados, distendidos, como camaradas. El teniente se despide del doctor con un saludo militar. Los cuatro soldados son reemplazados. Se apoyan en uno de los camiones y encienden cigarrillos. Un par de compañeros se aproximan llevando botellas de agua y un termo. El relevo se dedica ahora a sacar muebles y ordenadores. Uno de los camiones se marcha. Klein vuelve a salir entre dos soldados que transportan una vitrina. Pero esta vez no va solo. Lo acompañan varios pacientes de la Academia, vestidos y con calzado de calle. Distingo entre ellos a mi amigo el escritor. Su boina lo hace inconfundible. Antes de subir a la caja del camión, la boina cae al suelo. Un soldado la recoge, la sacude contra su manga con gesto enérgico y se la devuelve a su propietario. La cabeza de tótem del escritor se perfila en la noche como una sombra china. El segundo camión diseña una rodada majestuosa en la entrada de la Academia. Contemplada con atención, recuerda una pieza de *land art.*

Rembrandt usaba pinceles exquisitos, albayalde, pigmentos secretos; desde la Historia Nueva los artistas emplean residuos orgánicos, basura y plástico, incluso mierda. La geometría de las huellas del camión es hermosa. Un cuerpo potente, lanzado en la dirección precisa y a la velocidad adecuada, cincela sobre la gravilla su singular trayectoria. Otro jardín de Poliplástico. Los futuros pobladores del Sistema, quienesquiera que sean y reciban el nombre que reciban, descubrirán otros modos de representación artística. La sed de símbolos jamás cesa. Me pregunto qué formas de arte serán las predilectas de la sensibilidad Ajena. Me pregunto también qué habría pensado Adriaan Adriaanszoon, alias Aris Kindt, si un día hubiera podido admirar *La lección de anatomía del doctor Tulp.*

Hojeo mi primer cuaderno hasta que el alba despunta. Lo encuentro a ratos insincero y a ratos revelador, con dos plumas al servicio de una sola sensibilidad. Mi conciencia se adivina escindida durante la redacción de esas páginas. Cuando acabo la relectura y me tumbo en mi cama, vencido por el cansancio, un delicioso olor a lavanda invade mis manos. Una vez más, las palabras han logrado que el mundo se manifieste mediante el mero hecho de nombrarlo. Daría un año de mi vida por que en este preciso instante mis hijas estuvieran aquí, aspirando este perfume maravilloso. Ojalá también el lenguaje pudiera devolvérmelas.

Cada noche se repite la operación de traslado. Pero son ya sólo pacientes quienes abandonan la Academia. Los camiones han sido sustituidos por una ambulancia, aunque el personal sigue siendo militar. Los pacientes salen de la Academia escoltados por soldados. Klein permanece invisible desde la noche del primer traslado. Al preguntar por él, sus ayudantes fingen ignorancia. Uno de ellos, no sé si más estúpido o más taimado que el resto, menciona un viaje fuera de los límites de Realidad. Los demás me miran con indulgencia, como si padeciera cáncer.

Entre tanto, he recibido una carta de mi amigo el escritor. Anuncia que lo han trasladado a Sustancia 17, la más occidental de las Sustancias de Realidad, y que allí hay campos de refugiados. Los denominan así por pereza en la nomenclatura, heredada sin duda de una época anterior, pues la gente no vive en tiendas al aire libre, sino en bloques de viviendas custodiadas por el Ejército. Mi amigo dice que le tratan bien y que no debo preocuparme. Que las noticias respecto a la suerte de Realidad son alentadoras. Que el Sistema es más fuerte de lo que creemos. Y que debemos confiar en el Dado y en los Ideólogos. Mi amigo dice que está seguro de que volveremos a encontrarnos y de que algún día, en un futuro no muy lejano, hablará de mí en su próximo libro. Me digo que quizá entonces, si la T29 no ha convertido para siempre su cerebro en un desagüe, me explique por qué motivo me espiaba en los pasillos de la Academia.

Paso la mayor parte del tiempo en la biblioteca, contemplando *La lección de anatomía del doctor Tulp*. El cuadro ha llegado a obsesionarme, y me he jurado que mientras viva a recaudo de estos muros, me aplicaré a memorizar cada detalle de la pintura. Es una especie de ejercicio que me he impuesto para no perder la razón. Porque siento que, aunque lo nieguen y nadie me dé información fiable, Realidad está desapareciendo. La repentina supresión de la T29 ha convertido a muchos de los pacientes de la Academia en durmientes insaciables. La mayoría duerme más horas de las que precisa, recuperando lo que les ha sido robado. Bajo los tilos comparten con fruición sus sueños, como actores que compitieran contándose la mentira más refinada posible. Desde que mi amigo el escritor se ha ido y Klein ha desaparecido, apenas hablo con nadie. A veces permanezco tantas horas en silencio que cuando oigo mi propia voz me sobresalto.

Klein ha vuelto, no sé si regresado de un viaje al exterior o resucitado tras su paso por las catacumbas de la Academia. Si existe una lógica en sus apariciones y fugas, se me escapa. Pero hay cansancio en su mirada y tiene los hombros caídos, como un hombre a quien hubieran agredido. Apelando a nuestra intimidad, le solicito una entrevista. Él me la concede al instante, lo que me sorprende. Tantas preguntas se agolpan en mi boca que permanezco mudo como un hijo cogido en falta ante un padre despiadado. Sentados en su despacho, de nuevo ante el mapa tridimensional del Sistema, asisto a una evidencia. Muchas islas se han sumido en una especie de penumbra, con sus perfiles manchados de hollín. Durante varios minutos contemplo el diseño del Sistema, la reordenación de sus piezas.

—Pensaba que no era tan grave —digo.

Realidad no es inmune a la mancha, que tizna buena parte de la isla, incluida Sustancia 17. Pienso en la suerte que habrá corrido mi amigo el escritor, en su gran cabeza servida en bandeja a los Ajenos.

—Es inquietante —añado al ver cómo avanza la invasión.

Distintos relojes marcan los husos horarios del Sistema. Día, tarde o noche se combate por doquier. Una codicia obscena impregna el archipiélago. Es difícil pensar en la existencia de una guerra anterior. E imposible hacerlo en la de una guerra posterior a la que se desarrolla ante nuestros ojos. Hoy más que nunca, el equilibrio entre lo individual y lo sistémico, entre mi vida y el lugar que esa vida juega en las expectativas del Sistema, resulta pura anécdota. Comprendo en un instante de monstruosa lucidez que todo se reduce a eso: a la relación entre historia e Historia. Una persona afortunada es aquella que puede aspirar a que la Historia no devore su historia. Nada más. Es cuanto hay.

—Añoro la Estación —digo al borde de la autocompasión—. Ojalá pudiera hacer girar el sentido del tiempo y regresar a mi vida aburrida, reiterada y previsible.

Klein se incorpora y acciona un interruptor. El mapa se apaga como una luciérnaga muerta.

—Puede irse cuando quiera. Ya no podemos hacer nada por usted aquí.

Su voz es calma, pero imperativa. Esta vez la Kerkaporta está abierta sin guardianes al otro lado, sin trampas malintencionadas.

—¿Irme? ¿Adónde podría ir? Nadie me espera en casa. La Estación ha sido abandonada. No soy necesario en ninguna parte.

Klein se cruza de brazos.

—Escúcheme —dice—. Escúcheme con atención.

Recuerdo al doctor Tulp, su lección magistral, el cadáver del mundo tendido a nuestros pies.

—El tiempo de los hombres como mi padre está aquí otra vez. Sólo que hoy el incendio proviene de otra parte. ¿Lo entiende? Incluso quienes guiaron a mi padre eran Propios. Pero esta furia de hoy nunca la hemos conocido. Ni en nuestras peores pesadillas.

Klein sonríe a alguna forma de la nostalgia que no consigo caracterizar.

—Se lo dije en este mismo lugar. Las islas se hunden sin remedio. Y ninguna fortaleza puede defenderlas. Tampoco yo.

Entiendo que es una confesión lo que escucho, una derrota admitida.

—Usted habló de una estrategia de tierra quemada.

Hay amargura en su rostro. Tulp no se hubiera permitido ese gesto.

—Ya no tenemos tiempo para eso. Estaba equivocado. O fui un fatuo. Basta con pensar en huir, en esconderse o en reinventarse. Es lo que están haciendo ahí fuera.

Y su gesto indica más allá de estas paredes, señala un lugar que no está en ningún mapa físico, sino que sólo habita en el corazón de los hombres. En sus mentiras, en sus aflicciones, en sus promesas de felicidad.

—A su modo —dice Klein—, ha sido usted una persona fiel al Sistema. Incluso con sus errores y su terquedad. Ahora merece una oportunidad.

La mano que tiende hacia mí me coge desprevenido. Miro los dedos gruesos como cuerdas, y me resisto a estrecharlos. Las preguntas se agolpan en mi boca. He recuperado el verbo.

—Dígame dónde está mi familia, Klein.

El doctor retira la mano.

—Si es verdad que ya nada importa, que todo está perdido, dígame al menos dónde está mi familia.

Klein acciona de nuevo el interruptor. El panorama del archipiélago se despliega ante nosotros. La misma mano que hace un instante me fue tendida, señala un punto en el mar, no muy lejos de Realidad.

—Su familia está en alguna parte de esa negrura, esperando para regresar aquí, a este lado de las cosas. Pero cuando lo hagan, cuando vuelvan a la isla, usted no deseará reencontrarlos.

Medito en las palabras que dijo el ingeniero al interrogarle. «Su familia está a salvo.» Las comparo con la información de Klein. Debo aceptar que no existe contradicción entre ambos mensajes. A salvo en la negrura. Quizá sea cierto que ellos estén aguardando por su particular salto.

—¿Cómo puedo confiar en usted?

—No tendría sentido mentirle. No a estas alturas de la partida.

La T29 parece un experimento sucedido a otros hombres. Qué ceguera combatir a los supuestos enemigos que estaban dentro, cuando era de fuera de donde vendría el impulso. Borrar tantos sueños cuando en medio del mar se forjaban realidades más feroces que el más audaz de los sueños.

—¿Qué va a hacer usted? —pregunto.

—Me quedaré aquí. Yo tampoco tengo ningún lugar al que ir. Y tampoco me espera nadie.

Una idea me ilumina. En el fondo, la Academia no es tan distinta de la Estación. Es otro observatorio en el fin del mundo, otra embajada del control. Lo único que he hecho es cambiar de lugar y ser degradado en la escala jerárquica. Por lo demás, aquí puedo jugar de nuevo a ser el hombre que espera y, como un mantra, repetirme cierta sabiduría revelada: «Llega un momento en que la dicha, la tranquilidad, consiste en haber desgastado muchas cosas a tu alrededor, de tanto rozarte con ellas, de tanto pensar en ellas».

Se suceden días idénticos entre sí, en que Klein, recuperado el significado de su apellido, ya no pilota esa nave majestuosa que era la Academia del Sueño al ingresar en ella, sino su pecio derrelicto. Me confirma que la suspensión del empleo de la T29 ha emanado del Dado. Incluso en las condiciones más adversas, con el Sistema entero pendiente de un hilo, el Dado no ceja en su empeño por controlar los resortes punitivos y de vigilancia. La consigna, en lo que atañe a la T29, es negar su existencia, no dejar huella de su uso, destruir cada archivo en que se haya podido constatar su mención. Me pregunto si los pacientes que la han probado serán también eliminados, pero acallo esa duda. Todos aquellos cuerpos surcando los caminos de la noche, como bengalas lanzadas al cielo que se extinguen en el mar. Quizá la carta de mi amigo el escritor la redactara un militar, un conductor de camiones.

Arde de nuevo en Klein la mirada del fanático. Cuando habla del Dado se enciende como un material incandescente. Pero a mi pregunta respecto al lugar físico del Sistema en que se encuentra, sonríe y se limita a tocarse el cráneo. Los brujos no revelan sus misterios. No dirá una palabra al respecto. Lo sé. Morirá en el secreto. Por otro lado, su apatía es profunda. Se empeña en esperar la llegada de algo o de alguien, de una orden que lo obligue a destruir la Academia o a volarse la tapa de los sesos. A su lado, fiel como un perro, me limito a seguirlo en su deriva y a tomar nota de su degradación.

Me he convertido otra vez en notario del tiempo. Pero esta vez soy el documentalista de un pequeño reino que ve cómo su esplendor se extingue. Klein me habla de sus años en la Innombrable, de su añoranza del idioma natal. Me sorprende descubrir que dejó allí una familia, rostros amados, una descendencia. Dice que en su isla hay un millón de lagos, interminables bosques de abetos, campos de coles, patatas, espárragos. Pronuncia esas palabras cotidianas con el mismo respeto con que desgranaría la lista de los presidentes del Consejo de Consejos. Hay júbilo en su voz al desplegar ese pasado ante mis ojos. Pero puedo ver cómo se agrieta.

El oficio de centinela es duro y aburrido. Lo sé por experiencia. Le pregunto si hace esto por dignidad o por orgullo. Él responde que lo hace por deber. Tiene que permanecer en este puesto hasta que todo haya terminado. En un sentido o en el otro. No espera que se lo agradezcan si las cosas se arreglan ni compasión por parte de quienes puedan llegar desde el otro lado y encontrarlo aquí. Utiliza fórmulas que me hacen pensar en mis lecturas de niño: «Un capitán se hunde con su barco». Hablando con propiedad, y sin cargar los acentos del patetismo, somos dos huérfanos: sin familia, sin oficio, sin hogar verdadero.

Y sin embargo, a pesar de la precariedad que nos rodea, somos capaces de organizar un fantasma de vida, algo a lo que denominar rutinas, un esquema de funcionamiento en el que colgar nuestras ropas, mantener unos hábitos de alimentación, atender el cuidado del cuerpo. Leemos, conversamos de ajedrez y numismática, una vez al día conectamos el mapa tridimensional para informarnos del devenir de la trama. El Dado continúa mandando informes que Klein descifra en su despacho. A veces me cuenta lo que sucede; otras calla y se muerde las uñas. Giro en un vértigo que no pertenece al calendario o al ritmo de las estaciones. Mis hambres se han apaciguado. Ya no ansío encontrar a mi esposa ni a mis hijas. Me conformo con las palabras del ingeniero («Su familia está a salvo») y con las de Klein («Su familia está en alguna parte de esa negrura»). Las atesoro en mi pecho como piedras preciosas y arrojo la llave que abre el cofre. Un día, si el azar lo quiere, reencontraré a mis tres mujeres. Si no es así, siempre habrá formas de la fatalidad a las que acudir para explicar su ausencia. No en vano, como hombre sin fe en los dioses, soy supersticioso. Tampoco intento penetrar en los supuestos misterios que han regido mis últimos meses. He abandonado la perspectiva de la conspiración. Ya no creo que existan correspondencias ocultas en el mundo, pasadizos secretos, un laberinto de laberintos.

Las cosas suceden. El enigma no está en los hechos, sino en su interpretación. Son nuestros pensamientos los que enredan el tejido. El mundo es diáfano, transparente, limpio; nuestro pensamiento del mundo es contaminante, sucio, envilecedor. El fango está dentro, no fuera. Estamos enamorados de la falsificación y de las tramas, de los meandros de la imaginación. Pero todo es mucho más sencillo de lo que pretendemos. Tulp lo sabe. Tulp es impermeable a la paranoia, a la sospecha fatigosa e infinita, que como la flecha de Zenón nunca alcanza la diana hacia la que apunta. Tulp amanece con su gesto de sabiduría dispuesto para la explicación, con la carne de Aris Kindt expuesta al escrutinio de los cirujanos, con el tiempo detenido en el brazo izquierdo de un delincuente. Un tendón que cumple su función mecánica, una vena por la que fluye sangre, los huesos sujetos al deterioro y el paso de los años. No hay ocultación. Ninguna. Me pregunto si no se esconderá ahí la única sabiduría posible. En haber renunciado a toda vocación de complejidad. En haber aprendido a conformarse con que las cosas sean lo que dicen ser. En haber conquistado un fortín inexpugnable: la claridad.

Estábamos comiendo bajo los tilos, solos, en paz, como propietarios satisfechos que contemplan la flamante fachada de su remozada mansión. Faltaban las parras que dan sombra y el sonido de los niños corriendo por el jardín, pero por lo demás se estaba bien con el estómago lleno y una ópera de Britten, *Billy Budd*, girando en el tocadiscos. No quise elucubrar acerca de los motivos de aquella elección musical, pero pensé en la intimidad entre hombres, en palabras como *violencia, coraje, odio, disciplina* y *honor*. Sobre todo, *honor*.

Klein había insistido en agasajarme con platos de su isla. La carne de cerdo estaba sosa; la sopa de repollo, aguada; por contraste, la cerveza era maravillosa, con aquel delicioso sabor a panceta ahumada. Comí y bebí con paciencia y gratitud, sin dejar nada en el plato ni en el vaso, como me habían enseñado mis padres de niño. Hacía mucho que no veía a Klein tan satisfecho. Durante el café, que el doctor sirvió en delicadas tazas de porcelana, apareció el ingeniero. Supe que la comida había sido planificada. Estaba en el centro de una representación. Klein silenció *Billy Budd.*

—Es cuestión de horas —dijo el ingeniero—. Un par de días a lo sumo. No más.

Llevábamos más de veinticuatro horas sin consultar el mapa tridimensional. De algún modo, sin necesidad de mencionarlo, Klein y yo nos habíamos rendido. Sólo esperábamos a que la ola llegara, a que mostrara su magnitud.

—El Sistema se está desplazando —prosiguió el militar—. Su baricentro ha cambiado, pero el conjunto logrará reubicarse.

Era como asistir a una reunión de iniciados en alguna forma de culto. Un álgebra enigmática se desplegaba ante mis ojos. Qué se desplazaba. Hacia dónde. En virtud de qué mecanismo. La fortaleza de la claridad se había revelado extremadamente frágil, desalentadoramente breve.

—¿Qué propone el Dado? —pregunté.

Si querían hacerme partícipe del juego, intervendría con gusto. Klein me miró como si hubiera blasfemado. El ingeniero contempló absorto sus zapatos. Yo no sabía si, al igual que Klein, él también era un seguidor de la Escuela del Peso. Me abstuve de preguntárselo.

—El Dado no propone —respondió Klein—. El Dado ordena.

—De acuerdo —dije sintiéndome a gusto al escuchar mi voz—. ¿Qué ordena el Dado?

Ambos midieron mi insolencia. Yo no era capaz de saber qué papel desempeñaba en aquel aquelarre, estaba jugando al juego a ciegas, como un ajedrecista a quien en mitad de la partida le cambian las reglas, el valor de las piezas, el objetivo final.

—El Dado ordena esperar —respondió el ingeniero—, pero mi propuesta es que Klein regrese a la Innombrable.

El doctor estaba ocupado en contemplar el tilo que nos protegía, su exuberante armonía. Bajo el techo vegetal era imposible pensar en Empiria, en la guerra, en la amenaza Ajena. El tilo era el gnomon de la cordura, la antítesis de la T29. Ahora sabía qué rol desempeñaba yo en la obra. Era el testigo. El testigo que dejaría constancia de la oferta del ingeniero, de la negativa de Klein, de la fidelidad y el orgullo que animaban a los dos. Lo que seguía sin saber era para qué lector estaba escribiendo esa escena.

—Mañana al mediodía —dijo el ingeniero—, un avión de transporte parte del aeródromo. Pasaré por aquí una hora antes.

Hubo apretones de manos y una sensación de telón que cae. Si todo había sido una comedia, mis dos acompañantes eran actores de mérito.

El día siguiente llegó y cada cual se mantuvo en su puesto. El ingeniero tendió su puente de plata; Klein se aferró a su renuncia heroica; consentido por ambos, vértice de tan curiosa geometría, yo me limité a contemplar la escenificación. Cuando el ingeniero me miró, le mostré las palmas de mis manos vacías. Comprendió que había decidido quedarme. Así que se fue pisando fuerte y sin volver la vista.

Recordé su gesto en la Estación, al informarme de la muerte accidental del teniente. Una hora más tarde, como había prometido, sobre nuestras cabezas el vuelo de un bimotor del Ejército rompió la paz de la Academia. Dibujada en su fuselaje, creí divisar una cabeza de caballo. Pero la imagen era tan improbable, estaba tan cerca de reiterar una alucinación, que opté por reír como un maniaco. Si Klein sintió curiosidad ante mi regocijo, se abstuvo de mostrarlo.

Pasamos el resto del día separados. Poco antes de dormir, mientras agotaba mi habitual sesión junto a *La lección de anatomía del doctor Tulp*, me sorprendió un olor a quemado. Guiándome por el olfato, salí de la biblioteca y caminé hasta el jardín.

Klein había tendido una hamaca entre dos tilos. A sus pies, en una hoguera vivísima, que dibujaba un intenso resplandor, iba arrojando papeles y fotografías que sacaba de una caja de zapatos. Me había encontrado con esa imagen en las novelas. Era el momento en que el protagonista decide borrar las huellas de su pasado. Una escena de renacimiento; una resurrección en toda regla.

Supuse que lo que allí ardía eran algunos secretos de familia, ciertas claves del programa de la T29 conservadas con celo hasta el último instante, partes íntimas de un conjunto único dentro del Sistema. No había ternura, dolor ni alivio en los ojos de Klein. Tampoco parecía incómodo por el hecho de que yo estuviera presente. Balanceándose como un niño saciado tras una tarde de juegos, me miraba con una sonrisa. Al quedar vacía la caja de zapatos, dejó de hamacarse y sacó su cartera. Dentro de ella guardaba el último eslabón de la cadena: la fotografía de su padre vestido con el uniforme de guerra de la Innombrable, el diamante que Klein había arrebatado del tesoro prohibido de su madre.

La lanzó con indolencia, como quien arroja un naipe perdedor sobre el tapete. La fotografía voló en línea recta antes de caer a plomo en el fuego, igual que si un imán la hubiera atraído. Desde mi puesto junto a la hoguera, con las manos en los bolsillos y una agradable sensación de calor en el rostro, admiré cómo el fuego consumía al hombre del uniforme, cómo la cartulina se retorcía hasta convertirse en una espiral de humo. Pude confirmar así qué superior era, desde un punto de vista incluso artístico, la cremación al enterramiento, la conversión del mundo de la carne en ceniza a su metamorfosis en pudrición.

Imaginé quién dispondría de mi cuerpo en el futuro, cuando muriera, pero el vacío que se abrió a mi imaginación hizo que mi ánimo vacilara. Me admiró descubrir qué solo estaba en el Sistema, cuánta negrura había a mi alrededor. Y recordé, ante el hechizo de una intimidad que se borraba para siempre, una fábula que mi padre me trasladó con el lenguaje propio de las alegorías.

El niño que tenía miedo a lo desconocido, dijo mi padre, era un niño rico en climas. Durante el invierno, sitiado por los mariscales del frío, sentía miedo de los pozos profundos, del agua oscura, del silbido del tren amotinado en los túneles, de la nieve que caía sobre las tumbas de los cementerios; en verano y primavera, corriendo por playas y parterres, le subían por las ramas de sus huesos los espantos de los insectos innumerables, los terrores de las lunas de rostros picados de viruela, los fantasmas húmedos de la orina al despertar, los perfiles del hombre del saco escondido en el zaguán de una casa repleta de mujeres vestidas de luto que se reían de su inocencia; a comienzos del otoño, con el retorno a las clases, aparecía el miedo a desvanecerse en el seno de la costumbre, como una hoja mecida por dedos crueles, el miedo a los extraños que asaltaban a los chiquillos en las estancias del sueño, el miedo a los infatigables asesinos de padres y madres emboscados en las encrucijadas de los caminos, el miedo a que en un descuido, contenidas en un bostezo, una tos o un estornudo, se le escaparan por la nariz y la boca el apetito, la bondad, incluso la cordura. Claro que a la hora de escoger entre las muchas clases de miedo existentes, apuntó mi padre, la que más le atormentaba al niño era la del miedo a lo desconocido. Que se supiera, contra el miedo a lo desconocido no existía ninguna receta milagrosa, ni remedios encerrados en botellas diminutas y opacas; tan sólo le quedaba a uno aguardar a que pasara como una sombra fugitiva, erizando el vello de los brazos hasta dejar la garganta seca, igual que cuando se lame una piedra. Con el tiempo, según se le fue quedando estrecha la niñez, también se le fueron quedando pequeños como trajes viejos los miedos que lo cubrían, y así, cierta noche, sentado a la mesa mientras cenaba, el niño se percató de que no tenía miedos que ponerse encima, y sin ellos sintió que ya estaba bien de taparse la cabeza con las sábanas, de contar ovejas hacia atrás para dormirse por sorpresa, de tomar cada uno de los atajos que los miedos le hacían dar para no tropezarse con ellos cara a cara. Y de ese modo sucedió que el antiguo niño temeroso, convertido en un valiente muchacho, zarpó en el primer barco cuando estuvo seguro de que sus miedos ya no le pertenecían. Para convertirse en un hombre sólo necesitaba enfrentarse a lo desconocido. De tanto navegar por el mundo, aseguró mi padre, regresó al hogar con el pelo blanco, la espalda encorvada y los ojos casi ciegos, sus pasos resonando como campanadas sobre el polvo del camino, con muchos años a cuestas y cansado de rastrear huellas, harto de darse de bruces, una y otra vez, contra el ancho muro de lo visto y de lo contado, pero sin encontrar nunca un solo pedazo de lo desconocido, una gota de oro entre tanto fango. Mi padre concluyó su fábula diciendo que quienes fueron a recibirle cuentan que traía consigo, intacta en el corazón como un perro fiel y fatigado, la misma determinación de la partida, aunque adornada con los fracasos y certidumbres de haber visto al fin cuanto existía.

Como la madalena en que un escritor de la Historia Nueva cifró la clave con que se desplegaba su infancia completa, así aquella hoguera en que un hombre abolía su pasado trajo a mi memoria las palabras de mi padre muerto, su paciencia cada noche al contarme la fábula compleja, la enseñanza revelada al compartir el pequeño holocausto.

Fue entonces cuando yo, tantos años después, yo, el niño improbable, yo, el centinela del Sistema, yo, el otro Narrador, advertí que el miedo a lo desconocido no era el más terrible, sino el primero, no el más grande, sino el más viejo. Y fue también cuando acepté por qué Klein y yo habíamos decidido permanecer en la Academia del Sueño.

No levantaron tempestades de polvo ni trajeron plagas de langostas al llegar, como las páginas de un libro arcano anunciaban, ni lo hicieron en compañía de bestias inmundas, por cuyas fauces se derramara alguna versión de los habituales infiernos. Tampoco vestían ropas de cadáveres ni adoraban rocas con cicatrices de petroglifos. Y por supuesto desconocían las cabezas jibarizadas. La música que acompañó su entrada en la Academia no fue la propia de un bronce estrepitoso ni una cacofonía opresiva. No había pífanos salaces, cornamusas paganas, tambores de guerra. Cumpliendo un destino que yo mismo había anunciado, penetraron por la Kerkaporta como quien recupera un antiguo solar, pero lo hicieron ordenada, pacíficamente.

Claro que esta vez no había existido asedio previo ni una lucha de trincheras silenciosa y agotadora. Había bastado con desembarcar a tiempo. Supuse que quizá la Estación les hubiera servido de lugar de descanso antes de llegar aquí. E imaginé a esos hombres y mujeres ascendiendo el camino que nacía en la playa, guiados por un enigmático remero y su familia, con una cabeza de caballo como emblema y aquel filosofema triunfante («La Realidad es una catástrofe») a modo de proclama. Aunque una vez más estaba soñando. El miedo a lo desconocido, como en la fábula de mi padre, me había hecho errar. Allí, al fin, la vocación de buena parte de mi vida cobraba sentido. Estaba ante los Ajenos.

Debo decir que la decepción me cubrió como un velo amargo. Dónde estaban las llagas de la malnutrición, las huellas de una existencia a la intemperie, la endogamia de generaciones. Por qué aquellas gentes no portaban armas absurdas, construidas con fémures de animales o mandíbulas humanas. Cómo era posible que el aire no hediera a su paso ni se inflamara al contacto con sus ropas. Pero la decepción dejó paso pronto al alivio. Algo dentro de mí, algo profundo y poderoso, tenazmente atendido y cultivado, había combatido las visiones maniqueas de un enemigo pavoroso. Algo dentro de mí sabía que si alguna vez ese contacto llegaba a producirse, que si alguna vez la Historia Nueva, la Poshistoria o cualquiera de las edades del Sistema me permitía conocer a quienes llevaba años aguardando, lo que encontraría sería algo no muy distinto a lo que veía: rostros semejantes al mío. Las intuiciones del primer cuaderno estaban más cerca de la verdad que los demonios de mi educación sistémica. La voluntad del Dado se me revelaba en aquella hora del reconocimiento como una prolongación exitosa de la propaganda. Una vez más, educar en el temor nos había vuelto débiles. Débiles y crédulos.

Dos mellizos formidables, muy altos, hombre y mujer, vestidos con ropas de camuflaje, se acercaron a Klein. Su parecido generó en mí una dulce sensación de embriaguez, cierta euforia sensorial. El resto del grupo, cinco hombres y tres mujeres, ataviados de verde oscuro, se dispusieron en círculo en torno al propileo de la Academia. No llevaban armas. Sólo mochilas, cuerdas, prismáticos al cuello. También mapas y cantimploras. No parecían una falange punitiva, sino un grupo de montañeros o una brigada de limpieza.

Una vez estuvieron al lado de Klein, la melliza hizo un gesto para que me acercara. No recuerdo qué lengua esperaba oír, pero al dirigirse a mí en perfecto sistémico, mi estupor fue transparente. Los Ajenos tenían acceso a las gramáticas, podían descifrar textos complejos, eran inteligencias aplicadas. A un nuevo gesto de la mujer, caminamos los cuatro en dirección a los tilos. Me sentía libre, feliz de haber errado tanto y tan estúpidamente, feliz de haber sido un completo idiota. Sí. Me sentía como en aquellas otras fábulas de mi niñez, no menos fascinantes cuando la voz de mi padre las desgranaba, y en las que los animales podían pensar, sentir y hablar. Éramos el Señor y la Señora Cerda, el Señor Lobo y el Señor Mandril paseando bajo una arcada vegetal, fraternos y sosegados, dispuestos para los viejos juegos peripatéticos. Fue Klein el que rompió el hechizo.

—¿Qué van a hacer con nosotros?

Cierto que ésa era la pregunta que nos inquietaba desde hacía bastantes días, pero en mi interior maldije al doctor por abortar tan hermosa farsa. Lo que el momento pedía era hablar de cosas bellas e inútiles: la meteorología, el cuidado de los rosales, la pintura flamenca. Tiempo había de sobra para regresar a los rigores de una disciplina y saber qué estaba a punto de sucedernos. Por el momento yo era dichoso en mi mascarada. Qué sentido tenía robármela después de tantos días en la Academia, encerrado en el puño de la T29, en las diatribas alucinadas, en los círculos infernales del Dado.

—Los llevaremos al mar, por supuesto.

La respuesta del mellizo desconcertó a Klein. El mar, por supuesto. No habíamos pensado en el mar. Ni por un instante el mar había formado parte de nuestras expectativas. De hecho, pensábamos que el mar quedaría borrado, que la excursión Ajena en los territorios Propios era una forma de abolir el mar para siempre, un retorno a tierra firme, otro comienzo evolutivo. Tantas noches pensando en que el mar iba a ser sellado, condenado al olvido, tachado de la enorme pizarra del Sistema, y aquellos mellizos querían llevarnos al vacío en torno a las islas, al centro de la negrura, a la boca misma de las ballenas.

—¿Por qué al mar? —preguntó Klein.

Esta vez fueron los hermanos los sorprendidos. Como si Klein hubiera planteado una pregunta tan estúpida que su mero enunciado era un insulto a la inteligencia.

—Porque nos espera un largo viaje —dijo la mujer—. Y ustedes van a acompañarnos.

Su hermano consultó el reloj que llevaba y nos dio cinco minutos para recoger nuestras pertenencias. Klein se apartó a un lado y negó con un gesto.

—No tengo nada que recoger. Estoy listo para irme.

Pedí permiso para acercarme a mi habitación y recoger mis cuadernos. Una de las mujeres que defendían el propileo me acompañó. Al entrar en la Academia, la miré de reojo un par de veces, queriendo hallar en sus pómulos, en la curva de su frente, en el corte de sus cabellos, alguna marca esencial que me dijera que era una Ajena, que en su cuerpo encontraría prodigios aterradores o vergüenzas desconocidas, que aunque ambos nos habíamos alimentado durante meses de una placenta de mujer, nuestras peripecias resultaban tan inconmensurables como las de dos especies diferentes. No encontré nada de eso. De hecho, mientras recogía los cuadernos y la admiraba allí de pie, en el umbral de mi habitación, apoyada en el quicio de la puerta con una postura innegablemente femenina, pensé que era sin duda una mujer atractiva, que en su singularidad, en el carácter irrepetible de sus rasgos, contemplaba una larga historia reiterada de mujeres hermosas, llegando desde el fondo de la noche para conjurar tantos miedos. Nos disponíamos a abandonar el interior de la Academia cuando recordé algo. Le rogué a mi vigilante que me acompañara a la biblioteca.

Por última vez entré en la estancia olorosa a papel y a madera. En ella reinaba el silencio. Pero no era un silencio opresor, sino balsámico. Me aproximé a la copia de *La lección de anatomía del doctor Tulp* y contemplé las figuras ya tan queridas, los detalles memorizados hasta la obsesión, el impecable rigor de los oficiantes. Luego avancé una mano, la derecha, que sostuve en alto, tendiendo un puente entre la postración de Aris Kindt y las exigencias de mi propio cuerpo. A su modo, fue un gesto bello en su extrañeza. Pero mi acompañante no emitió juicio alguno. Paciente, aguardaba a que yo terminara lo que estaba haciendo, fuera cual fuera su significado. Yo no sabía qué podía representar la obra de Rembrandt para ella.

Cuando dejamos el interior de la Academia, Klein y los mellizos estaban en la misma posición que al subir a mi habitación. Parecía que el reloj sólo hubiera corrido entre tanto para mí y para mi cuidadora. Y cruzando la Kerkaporta como un miembro más de un grupo de excursionistas, apretando mis cuadernos contra el pecho y sintiendo la respiración de Klein a mi lado, pensé en las cosas que dejaba atrás y en lo poco que me importaba hacerlo. Con algo parecido a la ternura acudió a mi memoria un refrán que le gustaba a mi esposa: «Lo peor no es tan malo cuando sucede».

# EN EL *AURORA*

Alguna vez fuiste un argonauta. En otra vida, en otro tiempo, cuando hablabas un idioma distinto y el mundo aún era joven, te echaste al mar a la conquista de una piel de carnero. Los textos guardan memoria de aquel viaje y te celebran con fórmulas resonantes: conquistador, piloto, aventurero: héroe. ¿Recuerdas tu nombre exacto? Anfidamante. Etálides. Meleagro. Polideuco. Telamón. El elenco varía según quien apadrine el texto, pero es indudable que estabas allí. Lenguas que hoy ya nadie habla así lo atestiguan. Hay cicatrices en tu piel que resumen aquel periplo, los hitos imposibles de olvidar: isla de Lemnos, Cólquide lejana, mar Negro. En los atlas del Sistema aún respiran las ciudades que frecuentaste bajo otra máscara: Batumi, Constanza, Odesa, Sochi, Varna. Tu huella quedó impresa en esas calles, bajo esos cielos. Tu huella, Narrador. Lo que un día podrías legar al mundo. De modo que, después de todo, este lugar no resulta nuevo para ti. Ya has estado en esta nave antes. Porque todas las naves son la misma nave que recorre el rumor infinito del mar. Y porque desde ella puedes ver el mundo como realmente sucede. Ver las playas desde el mar. Ver las ciudades desde el mar. Ver las tierras de cultivo y de barbecho; ver las tierras de regocijo y de atrición desde el mar. Pues quien una vez fue un argonauta, lo será ya para siempre.

Duermes en una estancia de tres metros de largo por tres metros de ancho, con dos literas metálicas adosadas a la pared y un ojo de buey como horizonte. Una bombilla en el techo; una rejilla de ventilación sobre el marco de la puerta; una sábana, una manta, un almohadón; una toalla vieja, gastada por el uso. Vistes un hábito cómodo: camisa de felpa, pantalón de dril, sandalias de cuero. Tienes un jersey con coderas remendadas para cuando el frío acosa. Y calcetines de lana que huelen a naftalina. También un gorro que conserva el aroma de los cabellos de su anterior propietario. Eres un cromo reiterado, una eficaz estampa. No dispones de lavabo ni baño. Debes abandonar el camarote cada vez que deseas alivio. Tu mundo se ha reducido una vez más. Dueño y señor de la Estación; paciente y confidente de la Academia; cautivo del *Aurora*. Y sin embargo, dentro de ti, sientes que todo se ensancha al mudar tu situación en el Sistema. Como si despojarse del espacio exterior agrandara la extensión de la conciencia.

¿Es posible que nadie haya reflexionado antes a propósito de semejante paradoja? ¿Acerca del hecho, que por momentos se te antoja indiscutible, de que cuanto menor es el espacio del que un hombre dispone, mayor es el alcance de su conciencia? ¿De que, llevada esta situación al límite, un hombre constreñido a vivir en un espacio que coincidiera con su cuerpo poseería una conciencia de dimensiones cósmicas? ¿No es ése el verdadero sueño de los filósofos: ser sólo pensamiento? ¿O, dicho de otro modo, negar que el mundo circundante, todo cuanto no es el yo, condicione en algo la soberanía del intelecto?

Qué orgullo se encierra en esa imagen. *Nulla res extensa*. Y la maravilla del infinito orbitando dentro del cráneo.

Ponderas un hecho del que fuiste consciente hace apenas cuarenta y ocho horas, cuando el hambre te atacaba en la cubierta del *Aurora* tras un día completo de ayuno. Si el organismo no fuera capaz de sofocar el ruido que de forma constante producen los intestinos, la vida de los humanos resultaría insoportable. El sonido de cañería que hacemos al respirar, al movernos de un lado a otro, al descansar en posición horizontal. Esa música infame y estremecedora. Lo piensas mientras estudias la bombilla que alumbra tus días en el camarote, mientras te obstinas en familiarizarte con el nuevo espacio en el que habitas.

Porque de momento todo sucede hacia dentro. El exterior es un enigma. Los Ajenos se niegan a responder a tus demandas, limitándose a alimentarte tres veces al día y a permitirte un paseo por la cubierta. Nadie te dirige la palabra, a no ser para transmitir órdenes sencillas: Sal. Entra. Come. Bebe. Vístete. Desvístete. Camina. Párate. No hables. No preguntes. Un decálogo para humildes. Todo debes fiarlo, pues, a tu habilidad para leer los signos del cielo, los accidentes de la costa, la situación de las estrellas de noche, cuando en escorzo, tumbado en el suelo, escrutas a través del ojo de buey las figuras que se dibujan en la altura inconmovible. No obstante, no puedes afirmar que esta vida de reclusión te disguste. Muy al contrario, es como si tu situación presente hubiera avivado ciertos fuegos que creías apagados, ecos de una disciplina que no te resulta del todo incómoda. No en vano, para soportar vivir en un espacio de nueve metros cuadrados hay que desarrollar formas exigentes de autocontrol. De lo contrario, uno se vuelve loco con rapidez. Por eso exhumas de tu recuerdo libros de confesiones, cartas desde la cárcel, vivencias de quienes conocieron el confinamiento. A tu estancia, para compartir estas coordenadas precisas, acuden rostros de revolucionarios, padres que nunca vieron crecer a sus hijos, mujeres que perdieron memoria de la piel de sus esposos, esa subterránea y fragorosa camaradería del sufrimiento que recorre como un calambre la Historia humana. Cada noche, antes de que la espartana bombilla que te alumbra mutile su aliento, conversas con esos espectros que te recuerdan que siempre, a despecho de las edades y el sentimentalismo, han existido la libertad y el encierro, la tentación más perversa y feroz: la dominación del hombre por el hombre. Lo curioso es que, de un modo sutil, difícil de expresar con palabras, te sientes más cerca de tu paso por la Estación, donde eras soberano del espacio y del tiempo, que de tu experiencia en la Academia, donde fuiste súbdito de la química y protegido de Klein. Reflexionas sobre este hecho a la manera de un doctor Tulp de la conciencia, desapasionadamente.

En cierta ocasión leíste que si cada día, a una hora determinada, se repitiera el mismo, idéntico gesto, por humilde que dicho gesto fuera —pasar los dedos por una grieta en la pared, caligrafiar un nombre sobre papel, contemplar un fragmento preciso de paisaje— serviría para salvar el mundo. Hoy sabes que esa idea es exagerada, pero que no por ello es falsa. Porque no es el mundo el que se salva con la reiteración, pero sí la cordura de quien lo habita. A falta de un sentido visible a cuanto sucede, y en tanto llega el momento de que te sea comunicada tu verdadera situación, el lugar al que el *Aurora* se dirige y lo que a ti y a Klein os es dado esperar, organizas tu jornada con la meticulosidad que disciplinaba tus horarios en la Estación. El tiempo de molicie y dejación de la Academia, aquel terreno abonado para la pereza y la irresponsabilidad, han quedado atrás.

Te despierta un reloj interno, que se anticipa a la llegada del Ajeno que trae el desayuno cada mañana, un chico rubio, apenas un par de años mayor que tu primogénita, y que recuerda a un grumete salido de las páginas de Verne. Intentas arrancarle al muchacho unas palabras cada día, pero permanece callado, pétreo, inabordable. Tras desayunar, evacúas con la exactitud y generosidad de un motor bien engrasado. Al baño te escolta un segundo muchacho, un poco mayor que el anterior pero igual de silencioso. Sentado cada mañana sobre la fetidez que emana tu cuerpo, piensas en el Sistema como en un inmenso aparato defecatorio. Te abruma la perspectiva de los millones de personas que en ese preciso instante, mientras una parte oscura pero primordial de tu cuerpo se desprende de ti, estarán realizando el mismo acto. El primer día te asaltó una sensación de ahogo al imaginar la masa de excremento que el Sistema genera cada veinticuatro horas. En días sucesivos, este asunto se ha convertido en motivo para filosofar. La mierda y el intelecto están más cerca de lo que jamás hubieras sospechado. Porque nada es tan íntimo para un hombre como su propia deyección, la cosecha diaria y renovada de su existencia metabolizada, convertida en abono.

De vuelta en el camarote, dedicas parte de la mañana a la corrección de tus dos primeros cuadernos y a la redacción del tercero. El mellizo que irrumpió en la Academia, tu captor, había confiscado los volúmenes de la Estación y de la Academia, pero ambos te fueron devueltos al segundo día de estancia en el *Aurora* junto al cuaderno en el que ahora escribes. La escritura se ha convertido en algo fundamental. Aquel adagio de la Historia Antigua, que tu padre te comunicó en alguna velada ya indiscernible de la infancia, se ha convertido en el epicentro de tus días: *Verba volant, scripta manent.* Obstinado y a tu modo feliz, demiurgo y a la vez copista, señor y vasallo del texto, inundas el papel de arañas negras. Has recorrido el círculo completo del lenguaje. Si durante tu formación en la Boca aprendiste a desconfiar de las palabras, desde tu catarsis en la Estación has aprendido a no confiar en nada más que en las palabras. Te preguntas qué habrá sido de tu amigo el escritor, de su gloria devastada.

Al mediodía, el grumete del desayuno llama a tu puerta y te conduce a cubierta. La comida es servida en una estructura de madera, situada no muy lejos de la proa. Allí se han dispuesto una serie de mesas con bancos corridos, donde cada cual se sienta a placer, en el lugar que desee. Muchas cosas te sugieren que eres un prisionero, alguien a recaudo de otros, pero durante la comida esa sensación se desvanece. La estructura de madera está en constante ebullición. En ella entra y de ella sale un enjambre de personas. Ningún indicio te permite jerarquizar o clasificar mediante escalafones ese flujo constante. Hay hombres. Hay mujeres. Hay adolescentes. Hay niños. Hay bebés de pecho. Hay parejas, familias, grupos unidos no sabes si por el azar, el trabajo o la amistad. Hay blancos y hay negros. No hay uniformes. No hay tribus. No hay armas. Cada cual viste a su modo y conveniencia. Es imposible discriminar un orden, un sentido, una cifra en esa constelación. Todos se sirven de las bandejas dispuestas al fondo de la estructura. No hay camareros. Las colas que se forman avanzan en paz. Nadie grita ni se queja. No se escupe en el suelo. A lo sumo, de vez en cuando un niño llora, pero su llanto es pronto apaciguado. No tienes constancia de que exista dinero en el barco, ni trueque, ni un sistema de intercambio de bienes. Los primeros días pudiste ver a Klein, pero te abstuviste de sentarte a su lado. Algo en su mirada, abstraída y lejana, te reprimió. Desde entonces lo observas en silencio, meditando si debes acercarte a él, pero has decidido que sea el doctor quien dé el primer paso. Entre tanto, una especie de común vergüenza os abrasa y mantiene alejados. La comida no es buena, pero sí abundante. Cumple su función nutritiva y eso basta. Hay carne de pollo con frecuencia, guisos de legumbres, verduras y sopas, pescado raras veces. Se puede beber agua, leche, té y café. Cómo se abastece el *Aurora* es un misterio. Nunca has visto consumir alcohol en la estructura. Tampoco se fuma allí dentro. No has reconocido a los mellizos entre los comensales.

Transcurrida una media hora, el grumete se acerca a tu banco, posa una mano sobre tu hombro y, sin necesidad de palabras, te invita a levantarte. Comienza el paseo, quince minutos exactos de reloj en los que eres libre de moverte por la cubierta del *Aurora*. El grumete te sigue unos metros por detrás, pero respeta tus paradas, guarda un espacio prudencial entre ambos, jamás te niega la posibilidad de detenerte donde quieras, volver sobre tus pasos o sentarte. Sólo en una ocasión, cuando expresaste tu deseo de dar por terminado el paseo antes de tiempo, tu sombra negó con la cabeza, una vez más sin palabras. Te resultó curioso, casi cómico, verte obligado a consumir tu paseo, esa especie de higiene de la digestión. Quien te hubiera observado en ese momento, te habría visto sonreír. Nunca, a lo largo de los paseos, has observado que un grumete similar al tuyo custodie a otro Narrador, a otra alma gemela. A Klein lo ves siempre retirarse solo, sin custodio que lo acompañe, como si su situación en el *Aurora* fuera parecida, pero no idéntica a la tuya.

De regreso en el camarote comienzan las horas más penosas del día. Disfrazado de inacción, el tedio es una guillotina temible. Te impones tareas físicas (tandas de flexiones y abdominales; series de sentadillas y rotaciones del cuello; ejercicios para fortalecer los músculos dorsales y lumbares) y deberes mnemotécnicos para mantener tu memoria activa. Los hay absurdos (desgranar la lista de monarcas de Realidad); los hay sublimes (reproducir sobre un tablero imaginario partidas de ajedrez legendarias); los hay que te dejan al borde de las lágrimas (abocetar en el aire, con los ojos cerrados, sirviéndote de los dedos como de lápices mágicos, los perfiles de tu esposa y de tus hijas). Aprovechas también esas horas de la tarde para mirar por el ojo de buey, pero el declinar de la luz y la posición de tu camarote dentro del barco, cerca de la popa, no facilitan la tarea.

Una hora antes de cenar, el segundo de tus mirmidones, el muchacho que te acompaña cada mañana al baño, vigila la evolución del juego. Aunque sería mejor escribir el Juego. Una nueva mayúscula. Porque aunque no sabes todavía cuál es su finalidad, te entregas a él abierta, gozosamente. Junto al tercer cuaderno, el mellizo te ofreció un tablero doblado en dieciséis partes. Al desplegarlo, ante tus ojos apareció una superficie de ciento veinte centímetros de largo por ciento veinte centímetros de ancho. Con el tablero te entregó una gran bolsa de terciopelo que contenía las teselas del mosaico, pequeñas figuras de cartón de un centímetro cuadrado de superficie: catorce mil cuatrocientas piezas negras y blancas. Nada más. Ni instrucciones, ni pistas, ni reglas.

Como un mendicante esperas cada día esa hora en que el muchacho golpeará con sus nudillos la puerta para cerciorarse de los avances en tu tarea. De momento, ningún dibujo se insinúa sobre el tablero, y cada mañana, al despertar, deshaces lo tejido con ardor la noche previa. No eres capaz de adivinar figuras ocultas, ninguna trama, alegoría o laberinto, pero estás seguro de que tu presencia en el *Aurora* tiene que ver con esa labor enigmática. El Juego, quizá como todo juego que se precie, te mantiene en la ceguera y, al tiempo, atento. Eres como un niño que al borde del mar intenta desentrañar un misterio.

La cena te es servida en una bandeja de latón, y recuerda el rancho de un soldado. Pan, queso, agua, a veces una pieza de fruta y un café áspero, sin azúcar. La frugalidad de este instante contrasta con los banquetes del mediodía, a plena luz y rodeado de gente. Tu ánimo vacila sin descanso entre esos estados de ánimo: audacia, melancolía; plenitud, pobreza; bodas, funerales. Concluida la cena, queda apenas media hora de luz antes de que la bombilla se apague. Echado en la litera superior, empleas ese rato en meditar acerca de los más improbables destinos para esta travesía. Son tus instantes de fantasía, las cacerías de tu imaginación. Un minuto antes de que la luz se vaya, el primer grumete te permite salir para lavarte los dientes y orinar. A veces te preguntas qué sucedería si lo forzaras, lo golpearas, lo retuvieras contra su voluntad.

Las noches son lentas y el sueño, casi siempre, tarda en llegar. Hay pocos libros con que aliviar la espera. La realidad del insomnio hace que palidezcan los íncubos que atormentan a los justos en sus desvelos. El tiempo, que se estira sin tregua, que contiene en su seno todos los segundos de la eternidad —y cada segundo, para el insomne, recorre completo su arco de tiempo—, demuestra así ser la peor de las maldiciones. Pues el insomne vive en una casa cerrada sobre sí misma, es como una perla condenada a morar dentro de una ostra, un grumo de conciencia (pero la conciencia es terrible, pues abarca al mundo entero) que se agita sin alivio posible, adherida a sí misma, incapacitada para desprenderse de su propio ruido de fondo. Tantos rostros acuden al camarote cada noche, tantas voces se repiten, tantos surcos se abren en la tierra. Piensas en el sueño de aquellos que añoras o que se han ido. En qué posición y junto a quién yacerá tu esposa. Dónde estará reposando el ingeniero superviviente. Qué visiones animarán el sonambulismo de Buena Muerte. Imaginas a Klein en el *Aurora,* cerca de ti, cómplice de su propio insomnio, contando cada segundo que el gran reloj del cielo desgrana mientras medita acerca de la obra inacabada de la Academia.

Antes de dormirte, en un último instante de dolor y lucidez, cuando ya has recurrido a la vergüenza de la masturbación no por deseo o por alivio, sino por aburrimiento, sueles acordarte del remero de la playa, de que con él comenzó todo. Te concentras con avidez en la nota que un día redactaste sólo para sus ojos, la que colocaste sobre el neumático y cubriste con una piedra: «No se esconda». La advertencia te acompaña hasta el último instante de vigilia. Entonces sobreviene la negrura y de pronto es tu reloj interno el que te convoca otra vez al nuevo día: al grumete, a la defecación, a la escritura, a los alimentos, al Juego, a los rituales repetidos no para salvar al mundo, sino para preservar la cordura.

Hay una escena formidable en el poema del héroe que regresa a su hogar mancillado por los arrogantes pretendientes de su esposa, ese mismo héroe que mencionas en el cuaderno de la Estación al recordar tu vuelta a Atributo 16 tras la enfermedad. Es el momento en que, agasajado en una tierra lejana, en tanto recupera fuerzas y reúne hombres y una nave para proseguir su viaje, el rey exiliado escucha a un aedo ciego relatar ciertas hazañas intramuros de una ciudad devastada. El héroe, que no ha revelado a sus anfitriones su identidad, no puede contener las lágrimas ante la voz del rapsoda que da nombre a tantos compañeros muertos, a tanta ruina infligida, a tanta magnífica violencia. Lo que te conmueve de la situación es el privilegio concedido al héroe, la posibilidad de escuchar sus propias hazañas, de advertir su nombre en boca de otros protagonizando triunfos de la inteligencia, de la voluntad y de la venganza. Lo que te conmueve de ese instante que ha sobrevivido a tantos cambios dentro del Sistema, que ha mantenido su capacidad para la emoción indemne a expensas de millones de mutaciones de todo signo, es la certeza de que a todo hombre, en alguno de los muchos días de su vida, le puede asistir el privilegio de ser protagonista de una historia narrada.

Te preguntas hoy, mientras das tu paseo cotidiano, ante la extensión de agua sin aparente final, quién y cómo podría llegar a nombrarte en un porvenir plausible, qué papel desempeñaría tu vida en boca de los poetas que aún no han nacido, qué méritos cabría añadir a tu peripecia si fuera concebible reflejarla. Qué epítetos, Narrador, te regalaría ese futuro Demódoco en los palacios del rey Alcínoo. ¿Te diría «el rico en ardides»? ¿O mejor «el versátil»? ¿Acaso «el de los muchos senderos»? Y junto a esta imagen, que te embarga acodado en la cubierta del *Aurora,* te abrasa la certeza contraria, la convicción de que la verdad del antiguo poema reside en que sólo excepcionalmente a un hombre le son reveladas por boca de un tercero las aventuras vividas. Es el olvido, Narrador, es el silencio, Narrador, son el Olvido y el Silencio, Narrador, quienes te aguardan emboscados en el discurrir de las horas. O no, ni siquiera emboscados, sino a cara descubierta, esa cara anciana y vacía que no refleja nada, en la que tu nombre golpea como una voz en una habitación sin muebles o como una piedra en un lago de aguas negras. Así que no debes aspirar a soñar con la dicha de las lágrimas de reconocimiento que afloran en un palacio perfumado, junto a danzarines prodigiosos, hecatombes a los dioses y bellas mujeres en torno, sino acatar esta codicia fría y reiterada del mar que no cesa, que en su seno atesora la historia muda de tantos que como tú, hoy, aquí, no saben quiénes han sido, desconocen qué son, todo lo ignoran acerca de hacia dónde los conducen las vicisitudes del tiempo.

El *Aurora* es una gabarra de transporte modificada. Bajo la cubierta, a modo de un segundo nivel, una inteligencia sagaz y laboriosa ha dispuesto un corredor de estancias, habitaciones que imaginas semejantes a la tuya, aunque puedes jurar que, hasta la fecha, no te has cruzado con nadie por los pasillos, un hecho que, considerado con frialdad, constituye el más inquietante de los enigmas. A la hora de la comida el *Aurora* es una colmena ajetreada; el resto del día, el silencio la envuelve y los viajeros del mediodía se convierten en duendes, emanaciones del subconsciente, puras alucinaciones. Sería fácil imaginar la gabarra repleta de cabezas de ganado, albergando en sus bodegas toneladas de sacos de cereal, destellando bajo el sol con cientos de bicicletas cromadas en su cubierta. Chata y aplastada, pintada de negro y rojo, con su nombre de diosa cincelado en letras blancas, la imaginas desplazándose sin premura, con la premiosa elegancia de ciertos monstruos, por los ríos del Sistema. Los niños jalean su paso desde las orillas; los perros ladran ante su estela rotunda; hombres y mujeres, como sucede a menudo ante la visión de los artefactos creados por la paciencia humana, la contemplan con una mezcla de respeto y espanto.

Concebida como animal de agua dulce, es sin embargo hermoso verla hender las aguas del archipiélago, en este más vasto elemento para el que no fue ideada, pero que recorre con una delicadeza no carente de triunfo. Pues no puede negarse que el *Aurora* es insomne, que no cede, que desconoce el desaliento y avanza sin reposo, sea cual sea su objetivo. El remolcador que tira de ella, tozudo y diminuto, te hace pensar en la cabeza de una cerilla siempre encendida. Te preguntas quién guía al alevín, cómo se alimentan sus motores, de dónde emanan las órdenes que trazan un periplo en las aguas. Son tres preguntas entre otras tantas que permanecen sin respuesta. Pero ya te has acostumbrado a aceptar la ceguera como parte de un mundo que dejó de ser comprensible hace tiempo. Instalado en una duda continua, ello te hace permeable a la credulidad. En ese sentido, has adquirido un estado cercano a la santidad. Estás abierto a que todo pueda suceder. A que cualquier verdad te reclame. A que la paradójica iluminación continúe.

Quizá por eso esta mañana no te resultó extraño el hecho de que fuera Klein, y no el primer grumete, quien llamara a la puerta de tu camarote. Al encontrarte con el doctor, has sentido que los episodios de la Academia han supuesto apenas un interludio en una circunnavegación perpetua. Tú no eres un paciente, ni siquiera un vigilante del Sistema. Eres sólo un viajero que se reencuentra con sus compañeros, un hombre para el que dormir en literas, ser dueño de una humilde bombilla y encontrarse encerrado cada tarde con un Juego sin reglas son su condición habitual. Un cachete en la mejilla te hace despertar del ensueño. Porque eso es una fábula, Narrador. Lo inesperado es que Klein esté aquí. Te llevas la mano a la cara, en un gesto femenino y estudiado, robado de alguna estúpida novela, y permaneces con la boca abierta, sintonizando tu recuperado estupor.

—Discúlpeme —dice Klein—, pero estaba usted soñando despierto.

Sobre la litera inferior, expuesto a la vista, el mosaico incompleto llama la atención del doctor.

—De modo que usted también lo tiene.

Y así, como quienes en una fiesta contemplan a un invitado al que no se esperaba, ambos admiráis el Juego.

—El mío es parecido, aunque circular.

Una pregunta te muerde los labios, pero Klein responde antes de que la enuncies.

—No. Tampoco yo adivino qué es.

El *Aurora* da un bandazo. Algo magnífico se agita en sus tripas. Pero ninguna voz responde desde los otros camarotes.

—La gente —dices—. ¿Dónde está la gente que viaja con nosotros?

Miras a Klein. Miras dentro de sus ojos y te asombra una posibilidad. La de que seáis las únicas personas vivas dentro de esta nave. La de que viajéis en compañía de muertos. Piensas en una droga aún más poderosa que la T29, una droga ya no con la capacidad de impedir los sueños, sino con la virtud de restituir mundos quiméricos. Avanzas una mano y tocas el cabello de Klein, las arrugas de su frente, el puente de la nariz. Al llegar a sus labios, el pudor te detiene.

—Podría enloquecer —dices dando la espalda al doctor.

—Supongo que es lo que pretenden —responde Klein.

—¿Qué ganarían con ello? —añades mientras contemplas el Juego y sientes el deseo de hacer pedazos las fichas y devorarlas para expulsarlas en tu próxima deyección.

Algo os detiene en el camarote, representando una pantomima que los Ajenos contemplan con satisfacción. Una fuerza irrumpe y los mellizos entran en la estancia como una ola de carne. No los veías juntos desde el traslado. Su presencia se vuelve insoportable. Pero es sólo debido al hecho de que cuatro personas ocupan demasiado espacio en el camarote. El número como instrumento de asfixia. La conciencia salta por los aires, invadida por esta materia fugitiva: otros cuerpos.

Sientes una forma deliberadamente lenta del movimiento. Los cuatro, componiendo una coreografía absurda, os movéis con la mímica de los buzos en un lecho de arena. Las manos que toman a Klein por los hombros y lo arrastran fuera del camarote parecen moverse a una velocidad inadecuada. Entre la voluntad que enuncia el gesto y el gesto que la musculatura ejecuta, media un desfase. Igual que si un martillo golpeara en el hierro y el sonido tardara minutos en llegar para ser descifrado.

Luego, en un instante, se desvanece. Vuelves a estar a solas con tus miedos, incapaz de discernir el sueño de la realidad. La única prueba de que Klein ha estado en la habitación es un mechón de su pelo que ha quedado en tu mano.

Hoy te ha sido revelado algo que sospechabas: la importancia del Juego. Tras la comida, mientras paseas arriba y abajo de la cubierta, un suceso turba la travesía. Una mujer madura, a quien has identificado entre los viajeros del *Aurora* por el hecho de que siempre viste de oscuro, salta al mar sin un grito, sin una queja, sin una muestra de furia. Su cuerpo, al contacto con las aguas, se hunde con una rapidez insospechada, como si la voluntad de vivir la hubiera abandonado hace tiempo. El mar se la traga, una boca omnívora y cruel.

Al instante un grupo de curiosos se arrima a la borda, contemplando el impacto y la posterior desaparición de la mujer. La vida es una piedra que se hunde. Disimulada entre el resto de los navegantes, una falange de Ajenos dispersa a los mirones. A tu lado, un hombre todavía joven, de cabellos largos y un grueso aro de filibustero en la oreja izquierda, tiene ocasión de expresar algo:

—El tablero la devoró.

Lo miras con fijeza, imaginando que en él podrías hallar una solución a los enigmas del *Aurora*.

—Ella llevaba aquí meses —continúa el hombre—, peleando en vano como todos nosotros. Al final se rindió.

Un Ajeno, advertido de la conversación, viene hacia vosotros. Te das prisa en preguntar:

—¿Qué tiene que ver el tablero con nosotros?

El hombre guiña un ojo:

—Aún no sabe lo que este barco persigue.

La conversación se frustra en ese momento, con la llegada del Ajeno que, sin palabras, con una mirada, conmina a tu confidente a que se aleje. Te quedas observando el mar, que ha cerrado ya su momentánea herida, la presencia de la suicida transformada en un recuerdo que el cabeceo de la gabarra va convirtiendo en algo cada vez más irreal, como si su salto nunca hubiera sucedido.

De regreso en el camarote, contemplas el Juego con fervor y miedo. Te sientes ante la ruina de una civilización extinta o, lo que aún resulta más desasosegante, ante el testimonio de un tiempo por venir. Así, es otra modalidad del insomnio la que esta noche te mantiene del lado de quienes esperan señales y síntomas, el descorrerse de los velos.

Un gajo brillante de luna guía al *Aurora*. Su luz espectral baña la cubierta. Sólo hoy has descubierto que la puerta de tu camarote no queda cerrada de noche. Te parecía tan obvio que así fuera, que no habías intentado abrirla antes. Los corredores vacíos son una llamarada de angustia. Una sensación de inminencia te ha acompañado mientras los recorrías. Tras cada puerta parece esconderse una secreta fuerza, capaz de devorarte el corazón. De noche, el murmullo del mar es denso como una piedra. No hay nadie que vigile, y la tozudez del remolcador, que sigue insomne tirando del *Aurora*, inspira ternura. Tus manos se bañan en el río de plata. Te las llevas a la boca y saben a hierro. El mundo es una sinestesia. Quizá sea el primer momento bello y puro, no contaminado por el prejuicio ni el temor, que te consuela desde hace semanas.

Recorres la estructura cubierta donde se sirven las comidas. Tus dedos tocan la madera como los ciegos deben de leer los rostros. Al rodear la estructura completamente, ves al muchacho tendido en el suelo. Tu primer pensamiento es dar media vuelta y huir. Pero algo en su figura —la languidez de un atleta tras el esfuerzo— te anima a acercarte. Está dormido. Como agotada por las carreras, tu sombra, la que te sigue en esta nave igual que un perro fiel, yace con la elegancia y desmesura de quienes han aprendido a compartir el sueño con sus camaradas.

Alguien —algo— muy grande debe dormir a su lado para que el reposo se le conceda con tanta intensidad en la noche clara, en medio del mar, un temblor de carne entre la infinitud del cielo y la hondura del océano. Te preguntas quién o qué le permite tal entrega: el rostro de una madre, un paisaje de infancia, la estatura de una idea. Y sientes envidia de este muchacho que podría ser tu hijo, te son devueltas con una fuerza que hacía tiempo no recordabas las estancias del afecto, los vínculos de la sangre, la fenomenal, aterradora, explosiva experiencia de haber continuado la línea de la vida.

Hombres entregando su sangre a otros hombres, que a su vez se la entregan a nuevos compañeros. Una cadena de deberes y goces que arranca de alguna oscura caverna anterior a la Historia Antigua hasta detenerse en el vigía que ha dimitido de su función y florece vencido en su fatiga profunda. Sentirse hombre de nuevo a través del sueño de un muchacho. Miras su rostro delicado y a la vez turbio. No es bello pero está casi intacto. La edad apenas ha herido dos o tres piezas del conjunto: una cicatriz junto a la boca blanda, un surco que un día será una arruga en la frente, un antojo en forma de fresa diminuta a un lado de su mentón. Desearías tanto acariciarlo, decirle con un leve gesto de tu mano qué feliz y absurda puede ser a la vez la vida, contemplar juntos este gajo de luna que se apodera de una gabarra llena de secretos en algún punto del Sistema. Pero al cesar la nostalgia, al ceder la emoción, te abruma un sentimiento ambiguo, nacido de la violencia de tu situación y de un exilio que ya dura demasiado. Pasas del arrobo al odio. Porque ese muchacho representa todo aquello contra lo que llevas luchando hace años: lo desconocido, lo ininteligible, lo intraducible. Qué justo sería que, mientras los hombres duermen hacinados o solos, en pocilgas o en lechos de flores, destruidos por el desamor o saciados tras el éxtasis, algo permitiera distinguir en sus rostros, con una simple mirada, a los lobos de los corderos. Y es que no sabes a qué manada pertenece ese cuerpo que descansa. Y esa indefensión de tu juicio te hiere sin remedio.

De vuelta en el camarote prestas oído a las entrañas del barco. Nada. Arriba, en la cubierta abandonada, apenas un niño tendido; abajo, en la covacha de nueve metros cuadrados, un hombre y sus cuadernos.

Desde que la mujer se arrojó por la borda pasas horas delante del Juego. El cómputo de fichas es delirante. La litera inferior está cubierta por un revoltijo en el que se mezclan el negro color petróleo, casi azul en su intensidad, parecido al cabello de un indio, hasta ese blanco que hiere la vista, tan puro resulta, pasando por una gradación de grises. La gama es sutilísima, tanto que durante días sientes la tentación de pensar que el Juego, en realidad, consiste en ordenar del negro más profundo al blanco más inmaculado las catorce mil cuatrocientas piezas. Sin embargo, si ésa fuera la enseñanza del Juego, alguien lo habría resuelto ya. La solución es demasiado evidente para ser cierta. Un niño —un niño muy paciente— sería capaz de satisfacer el acertijo. La verdad del Juego debe de estar en otra parte. No en una gradación, una sucesión, una jerarquía, sino en una forma.

Pronuncias la palabra: *forma.* Es una palabra antigua, fácil de aceptar y al tiempo compleja de definir, una de esas palabras que ha mantenido entretenidos a los filósofos del Sistema durante milenios. Qué insinuó el hombre del pendiente al desaparecer la suicida en las aguas.

Que el *Aurora* perseguía algo. Luego si el *Aurora* persigue algo, es que sus dueños, los Ajenos, persiguen algo. El *Aurora* no tiene voluntad, es sólo una máquina. Son sus tripulantes quienes buscan.

Una forma, pues. Una forma escondida en el Juego.

Recuerdas los manuales de historia del pensamiento leídos en la Boca. A pesar de lo que podría indicar su empleo cotidiano, las formas no son sólo materiales. Las formas son antes que nada ideas. Hay una forma ideal de caballo, de flor, de belleza. Los objetos terrestres, sus correspondencias materiales, un purasangre, una orquídea, una estatua que obedece a un canon, son sólo copias debilitadas de la forma primordial que un día conocimos para más tarde olvidarla. Nacidos a la vida sin desearlo ni pedirlo, continuamos en ella a expensas de que, en la mayoría de los casos, lo que encontremos no merezca la pena ni el esfuerzo.

Tendido a oscuras, contando cada latido de tu corazón, reflexionas sobre este hecho. Es el olvido, el olvido de la forma, lo que presta sentido a la vida, lo que nos obliga a continuar en ella. Lo que un día olvidamos es lo que nos empuja a perseverar. Desde esa óptica, el Juego adquiere otra perspectiva. Hay una forma perdida en él que debe ser recuperada. Los Ajenos han olvidado el aspecto primordial de la forma y están empeñados en recuperarlo. Qué visión totalizadora, qué habitación sagrada, qué revelación procure esa forma es algo que, por el momento, desconoces.

Y un día, el hielo.

Su extraño modo de presentarse. Primero el sonido. Estás en cubierta, tras la comida, y escuchas una música insólita. Es el treno de un cuerpo que se despereza de su letargo, el lamento de un organismo que se estira, se rebela, hace esfuerzos por despertar del sueño. Una inmensa cremallera deslizándose. Durante un instante piensas que es el *Aurora* el origen del ruido, pero el sonido está en el aire, no bajo tus pies, y se transmite como cientos de cuerdas vibrando con el viento. Un arpa eólica. Después llega el frío. En su caparazón de niebla, que oculta el mundo como un regalo, la temperatura desciende con brusquedad. Una campana glacial se abate mordiéndote las orejas, la nariz, cada articulación. Todos, sin embargo, permanecéis en cubierta, como ante la llamada de un sortilegio, estáticos e indemnes, aguantando a pie firme la embestida.

Y al fin la visión de los bloques gemelos, adustos e impenetrables, dos montañas de hielo que asoman a babor, navegando como maquinarias del espanto en las aguas del Sistema. El espectáculo es cegador por su blancura. Un viento furioso, que deshace la niebla, muestra los icebergs como en un preciso daguerrotipo. Piensas en las ballenas de la Estación Meteorológica. Piensas en las brújulas del Sistema apuntando hacia el Gran Norte. Piensas en la extinción del hombre como una posibilidad congruente y acaso feliz. El hielo no tiene ojos pero parece que te mirara, que contuviera en su calma impenetrable, en su sobriedad sin juicio, una pedagogía del futuro. Todo este esfuerzo para qué. Todos estos viajes, todos estos desvelos para qué. Cada vez que un fragmento del coloso se desprende y cae al mar, un pedazo de la eternidad te es mostrado. Estoy aquí, parece decir el iceberg, y tú no eres nada. Resulta inevitable pensar que esa mole existe ignorante de las pasiones de los hombres, que se fundirá y volverá a reconstruirse una y mil veces en un ciclo inalterable, sin objeto ni finalidad, desplazándose solemne y fatal, sólo semejante a sí misma. Cuál es la enseñanza que extraería Tulp de esta lección de anatomía.

Regresas al Juego. Imaginas al iceberg como forma. Una estructura mental hermanada con las pirámides, las cordilleras, la geometría del triángulo. Algo que lleva sucediendo millones de años, que se metamorfosea sin tregua, incólume a toda decisión caprichosa y a toda administración del deseo, una idea cuya encarnación en peso, medida y volumen, a pesar de que resulta plausible, escapa a cualquier consideración. Una forma que ninguna conciencia puede alcanzarse a representar. En realidad, un dios. La definición de un dios. Inabarcable. Inaprehensible. Impensable.

El resto del día, mientras imaginas a los viajeros concentrados en la cubierta del *Aurora*, unidos por su carne destinada a la extinción, puedes escuchar el desplazamiento de los titanes, su materia invisible, muchos metros por debajo de las aguas, espléndida y violenta, una cornucopia del asombro y el poder.

Durante las jornadas sucesivas viajas seducido por la perspectiva de alcanzar el Gran Norte. Como mamuts detenidos, los icebergs constelan un desfiladero que conduce hacia la música blanca que el topónimo encierra. Nadie acude hace días a la estructura de madera donde se sirven las comidas. Sólo tú, insuficientemente abrigado, cedes al hechizo de la brújula y respiras con intensidad dolorosa al contemplar los mármoles que se desintegran a velocidad inhumana. Olvidado del Juego, de los sinsabores del rapto, de la ausencia de las coordenadas de tu antigua vida, transcurres ahí, a riesgo de sufrir una pulmonía, indiferente al sobresalto de un paisaje que resulta ser un abismo de fulgor. La gabarra avanza más heroica que nunca, guiada por su invisible auriga, impune en su determinación. Cada milla que recorre es un hito en el país del milagro. Tus ojos son testigos agradecidos. E incluso el callado grumete que, un paso por detrás, vela por tu sombra, parece rogar sin palabras que, por una vez, dimitas de tus quince minutos de digestión y regreses a tu cuarto. Pero experimentas orgullo al estar en pie ignorando la temperatura, congelándote en silencio, como un corazón espartano, con cada miembro dolorido, punzado por agujas invisibles, mientras la carretera de hielo se perfila a babor y a estribor del *Aurora*.

Hay una inconsciencia magnífica en tu tozudez, en tu permanencia, y cuando regresas al camarote, un simple gesto humano te hace similar a un dios: el abrazo que otorgas al niño helado, que se retuerce como un ave bajo el aguacero, sometido al rigor de su propio deber, destinado a permanecer a tu lado en la intemperie. Por eso puedes jurar, al apretar su cuerpo enjuto y sin calor, el mismo que hace días viste dormir con la placidez de un sueño que te ha sido negado hace tanto, que un nuevo poder te ha investido con la llegada del frío, y que allá fuera, algo o alguien, oculto a los ojos del mundo, te está sometiendo a una prueba.

De noche, redactando el tercer cuaderno, mientras adviertes cómo a tu piel regresa un atisbo de bienestar, comprendes que has superado el envite. Una mano anónima ha dejado ante tu puerta, junto a la cena, un abrigo de invierno y unas botas de pescador.

El clima ha detenido las horas. Como si la maquinaria del tiempo, no, como si el mismísimo Tiempo se hubiera enlentecido a consecuencia del frío, igual que ciertos animales que durante el invierno se recogen en sus cuevas, cierran los párpados al mundo y misteriosamente, como yoguis, son capaces de ralentizar los latidos de su corazón hasta alcanzar un umbral mínimo. Así el Tiempo, en su soberbia magnitud, parece haber dimitido de su labor. Nadie vela ya por el orden en las comidas; nadie reglamenta las costumbres del *Aurora*; ningún grumete vigila tus costados. Día, tarde y noche se suceden indiferentes a la presencia humana. No obstante, la gabarra mantiene su rumbo, destinada a lo que parece a ser tragada por la inmensidad del hielo, dirigiéndose hacia el cepo de la blancura perpetua donde se extinguirá sin furia, llevando en su interior a una civilización demasiado educada para protestar o rebelarse.

Buscas cómplices en las entrañas del barco, golpeas puertas tras las cuales, a lo sumo, se oyen gemidos, toses, ronquidos. Pero nadie gira pomos ni descorre cerrojos. Nadie recita el mantra de su desconcierto. Ni siquiera eres insultado por fantasmas. Una noche, desesperado ya por encontrar a alguien vivo en el seno del *Aurora*, recibes la visita de Klein. Demacrado y absurdo, con aspecto de aparecido, sólo sus ojos, profundos como pozos, hablan del hombre al que antaño temiste, respetaste y aprendiste a tolerar en la Academia del Sueño. Su voz es la misma de siempre. La cordura no se ha roto allí dentro.

—He hablado con los mellizos. Estamos girando de nuevo hacia el calor.

Te resistes a creerlo. Miras el Juego, abandonado hace días a su suerte, a su ignoto sentido, y te niegas a aceptar la noticia que Klein te transmite. Algo dentro de ti se ha habituado ya a la dirección constante de la gabarra, a que viaje como una flecha hacia la diana de una destrucción delicada, un mundo sin vigilantes ni vigilados, donde todas y cada una de las pesadillas vividas en los últimos meses, desde la aparición del remero fatal, suponen notas a pie de página para un final sosegado, calmo, sin sangre vertida ni lamentaciones. Un final justo.

—Lo que los Ajenos buscan no está aquí.

Las palabras de Klein te golpean.

—Sabe usted muchas cosas —dices sin ironía, expresando una verdad que se evidencia de pronto en el camarote helado.

—Llevo días encerrado con ellos, desde que avistamos los primeros icebergs. Ahora sé lo que quieren. He leído sus libros. He estudiado sus genealogías. He comprendido sus ruegos.

La confesión te deja inerme. Klein ha cruzado la línea. Comprendes con esa diáfana precisión que regala la lucidez, el espanto de la lucidez, que el doctor ha decidido mudar de piel, que en su lógica se ha completado un círculo que lo ha sacado de un universo ideológico hasta conducirlo a otro. Puedes admirar cómo se ha adherido a una nueva forma de fe.

—Ya no pertenezco al Juego —dice señalando las catorce mil cuatrocientas fichas—. Ya no me obstino en resolver el acertijo. Espero que otros lo hagan. Ahora soy un creyente.

En la Estación, guardián de un orden que te había sido confiado, la vida era nítida en su sentido. Las parejas de opuestos no sólo se complementaban, sino que explicaban el mundo. En ausencia de un tercer elemento de discordia, de una síntesis dialéctica, el Sistema te entregaba con constancia un adentro y un afuera, lo negro y lo blanco, la cosa y su nombre. Poco a poco, algo se fue inmiscuyendo entre esas parejas bien avenidas hasta infectar sus bordes, desdibujar sus contornos, agredir sus significados. La pérdida de una razón final acabó por configurar un orden frágil, cuyas fronteras se diluían. Llegado a la Academia, se te prometió el restablecimiento de esa quiebra de confianza mediante la reeducación, mediante el amparo de un hermano mayor y más sabio que cuidaría de ti sin otra punición que la química. Hoy, para tu sorpresa, el hombre que pilotaba esa reconquista te arroja a una nueva isla de desconcierto. Recuerdas los discursos en su despacho, las metáforas de la tela de araña exhausta, del animal moribundo que se resistía a los ataques. Dónde ha quedado aquel Klein, el profeta de un orden debilitado pero orgulloso, el hijo que reclamaba para sí la enseñanza del padre, su entrega a una causa mayor, por terrible que pudiera ser.

—Me está diciendo que estaba equivocado —anuncias sentándote entre las miles de fichas dispersas en la litera—. Me está diciendo que todo en lo que creía ya no posee una razón, que hay que buscar en otra parte, que la verdad está en ellos.

El pronombre te hace mostrar ambas manos, en un gesto universal de súplica y condolencia, como si quedar fuera de esa palabra, como si quedar fuera de ese *ellos*, te empujara a una soledad dentro de la soledad, a un hielo que anida en el corazón del hielo. Klein calla. Parece haberse convertido en un gigantesco reptil, viejo como el mundo, una iguana posada en la roca del principio de los tiempos, masticando átomos de pura luz, devorando la lechada primordial de la que nació cuanto existe. Sabes que te arrepentirás de lo que estás a punto de decir, pero una fuerza mayor que tú te impele a hablar. La imprudencia de quien ha entendido.

—Los icebergs me han hecho ver con claridad. Fue al descubrir los icebergs cuando comprendí qué buscan los Ajenos, qué persiguen desde el comienzo.

Ya nada te puede contener.

—Pero también supe que nadie conoce esa meta. Nadie al menos que viaje a bordo de este barco.

Paladeas la palabra secreta en la boca, pero no la mencionas. Te la tragas como una píldora amarga. La Boca estaba llena de palabras malditas, sacras.

—Formas —dices—. Todo son copias de la forma primera, la que explica cuanto sucede, la que ellos buscan.

Observas el Juego y evalúas su misterio. Al abandonar Klein el camarote, experimentas una orfandad absoluta. También, a qué negarlo, un gran alivio.

«Hay dos cosas: la novela y la historia. Ciertos críticos sagaces han definido a la novela como la historia que pudo ser, y a la historia como una novela que había sucedido. Forzoso es, en efecto, reconocer que el arte del novelista alcanza a menudo la verosimilitud, mientras que lo ocurrido, en ocasiones, parece inverosímil. Por desgracia, ciertos espíritus escépticos niegan los hechos en cuanto se salen de lo corriente. No escribo para ellos.»

Tendido en tu catre, saboreas el pozo de la memoria, sus frutos maduros, inagotables. El párrafo del maestro te sirve para ver con claridad en esta hora extraña y a su modo formidable en que vives preso de un capricho. Porque tras la visita de Klein, las tornas han vuelto a cambiar. A efectos prácticos, estás recluido en tu camarote. La guardia de grumetes ha desaparecido; la libertad ha quedado restringida; ahora tu puerta está cerrada a cal y canto.

Tu flamante cancerbera es la mujer que te acompañó en la Academia al subir a recoger los cuadernos, la que custodió tus pasos en el último vistazo a *La lección de ana-*

*tomía del doctor Tulp*, la misma a la que deseaste en secreto, con ardor infecundo, mientras decías hasta siempre al alcázar de Klein. La mujer toca en tu puerta tres veces al día, a la hora de las comidas, y te acompaña al baño cuando es necesario. Permanece muda, altiva en su desempeño, y se niega a confraternizar. Te observa sin melancolía ni simpatía, con los ojos apagados de las estatuas, antes esfinge que ménade. Encarna un principio justo y por ello mecánico, un automatismo de la disciplina. De momento, y contrariamente a lo que la parábola transmite, no has sido capaz de establecer vínculos con las pulgas de su cuello, aunque no desesperas de lograrlo. Como es bien sabido, el diálogo con los insectos exige paciencia. Vestida con ropas militares, con un disuasorio fusil en bandolera, la amazona moderna enciende tus noches con un inesperado fuego. Has aprendido a desearla en el silencio de tu refugio, cuando la bombilla ha emitido ya su último resplandor. Tu imaginación ha buscado junto a ella toda clase de placeres; también alguna que otra humillación. Nunca pensaste que un día faltarías a la memoria de tu esposa de este modo. La pedagogía de esta aventura parece pues no tener final. Cuántas cosas estás descubriendo de ti mismo durante los últimos meses. Cuántas y qué profundas. Porque en este teatro por el que te mueves, en esta confusa danza entre lo verosímil y lo inverosímil, entre una historia novelada y una novela histórica, la conversión del Sistema en pieza narrativa, la captación de lo novelesco como material antropológico, es una experiencia tan hechizante como agotadora.

No añoras el ascenso a la cubierta. En tu ánimo han quedado impresas las jornadas del frío, aquel viaje a lo que parece errado en busca de una coordenada que no estaba donde las inteligencias que rigen el *Aurora* conjeturaban.

Quizá nunca sepas qué perseguía la gabarra en su viaje hacia el Gran Norte, pero guardas para ti, en el discurrir de estas jornadas ciegas y vacías, en las que la única voz que escuchas es la propia, el despliegue de aquel ropaje blanco, de aquella fortaleza inmaculada, preservada como una Tebaida dentro del archipiélago.

Había una pureza en los colosos que ninguna codicia podría agotar. Imposible manchar ciertas telas. Aunque unida a esta sacralidad del hielo, se impone tu esfuerzo por desvelar la trama del Juego, tu heroica, casi absurda dedicación a sacar a la luz lo que la entraña del Juego esconde. Ahora sabes lo que buscas y sospechas lo que los Ajenos ansían. Tu primera percepción no era descabellada. La importancia de ciertas formas era en efecto capital, una pista adecuada. Y ahora sabes también que Klein es un farsante, que sus teorías no eran más que tramas falsas, palabrería, quincalla sentimental. Que su historia, como la de la Academia, es la biografía de un fraude, de una manipulación, de un ardid monstruoso.

Cada noche, con los ojos fijos en el techo del camarote, en la gris superficie de esta cabina para animales, te es entregada una antigua, poderosa imagen de la constancia. Voluntades a millares, codiciosas, llegando desde el comienzo de las edades, consagradas al pensamiento y ejecución de una obra más grande que ellas mismas, destinada a sobrevivirlas y a justificarlas. Músicos soñando magníficas armonías, reformadores religiosos construyendo palacios en el aire para sus fieles, guerreros regando con sangre bastarda los campos del honor. Millares de voluntades consagradas a causas titánicas, inflamadas de orgullo y desesperación, confiando sus noches de insomnio a concebir las más preciosas ideas: las músicas que quiebran el sentimiento, las palabras que encienden la creencia, las armas capaces de conquistar un reino. Así sientes, como una comunidad de hermanos, la línea secreta y por ello indestructible que vincula a quienes en algún momento, separados de los afanes cotidianos, dueños de una disciplina impía, fiaron sus vidas a la consecución de un principio más alto.

Piensas con afecto en tu padre, que habría aplaudido esta tenacidad tuya, tan alejada de la voluntad de un coleccionista de sellos; piensas con ternura en tus hijas, que aplaudirían con equivalente orgullo la visión de su progenitor, el hombre de la Estación, el vigilante atónito, el soñador de remeros, descifrando en su prisión de nueve metros cuadrados las claves de una esperanza en forma de tablero, la llave que abra la puerta a una música, un discurso, una contienda.

Un hombre contemplando en la noche más oscura y férrea un techo vacío. Quién te iba a decir que ahí pudiera esconderse semilla alguna de heroísmo.

Cómo narrar los acontecimientos de las últimas horas. Dos estrategias posibles: prosa exaltada o mirada entomológica, plétora o precisión. Recorrida la primera vía, queda la sensación de un funambulista que apura los metros de una cuerda tendida en el aire. A medida que se acerca al final de la cuerda, el funambulista corre cada vez más deprisa, para que los pensamientos que lo asaltan puedan ser expresados sin ser filtrados por la meditación. Al alcanzar el extremo de la cuerda y releer sus pensamientos fijados sobre el papel, el funambulista descubre que hace tiempo él y sus impresiones cayeron al vacío rompiéndose el cráneo. De modo que, por una cuestión de supervivencia, hay que optar por la estrategia forense.

Despunta el alba cuando sientes que el *Aurora* se ha detenido. A los pocos minutos de su parada, la guardiana toca a tu puerta. Te insta a vestirte y a seguirla. No hay desayuno. Ni visita al aseo. Al llegar a cubierta, encuentras a la tripulación Ajena del *Aurora* formando del lado de babor. Puedes contar treinta y seis personas. Son las mismas que tomaron parte en el experimento inicial de la T29 en la Innombrable, los camaradas del padre de Klein. También es, según el *Talmud*, el número exacto de los Justos dispersos sobre la faz de la Tierra. Haz y envés de un único cosmos, acaso conjurados de una conspiración repetida o peones de un orden secreto, el caso es que sonríes ante tu soberana pedantería, ante tu irreductible credulidad o ante la matemática maniquea del mundo, qué importa cuál sea el origen de esta contabilidad duplicada. Porque es evidente que todo monstruo precisa de un héroe. Y viceversa. Entre esos treinta y seis Ajenos, distingues a los muchachos que te atendieron durante tu primera etapa en el *Aurora*. También a los mellizos. Además de tu guardiana, unos pocos llevan armas. A estribor, apiñados como erizos, haciendo que con su peso la nave oscile, el pasaje tantas veces ignoto de la gabarra. Con paciencia, ayudado por el hecho de que nadie se mueve durante minutos, alcanzas a contar la cifra de doscientas veintidós personas, incluyéndote a ti mismo. La ulterior llegada de una familia (padre, madre, dos niños pequeños, uno de pecho que llora) rompe una contabilidad demasiado perfecta. Klein está a estribor, excluido del bando Ajeno, otra vez preso en una danza confusa. Aquí. Allí. En todas partes. Su cara reluce gris. Parece una gran rata enferma.

Detrás de los Ajenos, la costa. Tan cerca que casi se puede tocar con las manos. Un olor que habías olvidado invade tus pulmones. Redescubres el sudor de la tierra. Hay una playa de roca desnuda, poco seductora para el baño, y dos barcas que se balancean indolentes. A cien metros de la playa, campos verdes sin cultivar, una vaca madrugadora, algunas pocilgas, un tractor detenido, robles, un hayedo, un bosque de eucaliptos, más a lo lejos una chimenea que humea. Dos pequeñas colinas vienen a morir al mar. A la derecha de la playa, en la cresta de una de las colinas, los restos de una capilla destruida a causa de una bomba. O de una tormenta. O del paso del tiempo. No se ve un alma en el panorama. Uno de los mellizos, el varón, da tres pasos al frente. El niño de pecho se ha dormido. Cómo es posible que doscientas sesenta y dos personas duerman en el *Aurora*. Recuerdas clases de hacinamiento: el Infierno cristiano, el Agujero Negro de Calcuta, los barracones de los *Lager*. Huesos durmiendo sobre huesos, esperando a convertirse en viento, cenizas, carne injuriada. El vientre del *Aurora* se despliega como un ovillo mágico, otro monstruo heredado de las viejas cosmogonías.

Qué está diciendo el mellizo. Oyes *misión*. Oyes *búsqueda*. Oyes *pionero*. La costa reverbera como una alucinación en un día de siroco. Un hombre fuma apoyado en la cabina del remolcador. Así que existe, piensas. Después de todo existe el auriga invisible. A una voz de mando, cinco Justos de la leyenda se aproximan a los Propios que esperan, el mundo al que hay que salvar. Como en una ceremonia, cada Ajeno escoge a una persona, le pone una mano sobre los hombros, la insta a que dé un paso hacia el frente. Observas el emparejamiento desde fuera y, a la vez, lo vives desde dentro. Desde fuera porque tu conciencia glacial, en la que resuenan generaciones de doctores Tulp, te permite ese desdoblamiento eficacísimo; desde dentro porque tras la selección de acompañantes, el mellizo te señala y pronuncia la fórmula que te desnuda ante los ojos de los demás:

—Necesitamos al Narrador.

Los cinco Justos avanzan con sus cómplices hacia babor. Klein no ha sido escogido. Y te observa con una especie de consternación en el rostro, como cuando de niño alguien queda fuera de los juegos comunitarios. El mellizo sigue hablando de misiones, búsquedas, pioneros. A una nueva orden suya, treinta Justos guían a los Propios no seleccionados hacia las entrañas del *Aurora*. Antes de desaparecer, Klein te despide agitando la mano, como si supiera que no os volveréis a ver. Tú no respondes al gesto. Hay desprecio en tu vacío. Un desprecio muy profundo.

Luego llegan nuevas órdenes del mellizo, pero esta vez no tienen que ver con palabras épicas sino con instrucciones precisas, destinadas a lo que parece a preparar un bote. En efecto, a un costado del *Aurora* un gran bote naranja se despliega con un ruido de sifón. Una visión familiar te cautiva: el perfil de un caballo diseñado con una pistola de grafiti. El piloto del remolcador ha desaparecido. La costa sigue indemne, como un decorado de cartón piedra: la misma vaca en su inercia estúpida, los mismos árboles en idéntica inclinación, la misma ola lamiendo las mismas piedras en la misma playa. El azote del agua salada te hace estremecer. Encajado entre tu grumete y una mujer vestida con un mono naranja, ceñido por velcros, sientes una arcada cuando el bote comienza a desplazarse. Pero la náusea pasa. La cabeza del caballo te contempla como si estuviera viva. Resucitas el aroma a lavanda de la Estación, la nota que escribiste a un visitante furtivo, el eslogan oracular tras aquella primera visita: «La Realidad es una catástrofe». La eternidad es la verdadera condena. El círculo es la más mortífera figura de la conciencia. La prueba más terrible es vivir, una y otra vez, las mismas cosas. Tu nombre no es sólo Narrador, sino también Sísifo. Cuando Sísifo pisa la playa y siente el frío en los pies, la imagen de la Estación, la nostalgia de su perímetro, le golpean como un disparo de purísima luz. Por un momento estás solo en el desembarco, las personas que te acompañan son abducidas por una sima de silencio. Y llega cierto momento concretado en la mirada de un animal que, advirtiendo el ruido, se acerca para escrutarte. Qué hilo de reconocimiento se tiende entre ambas miradas, pretendiendo salvar el hiato entre especies hasta alcanzar un lugar común de entendimiento. Qué le dice una vaca a un hombre. Dónde vas, paseante. Cómo has llegado hasta aquí. Qué buscas entre nosotros.

—El relato —dices para nadie—. Busco el relato.

O no. Aún mejor. Lo que no dices ante la vaca, lo que callas en ese diálogo imposible, es que tu privilegio, el hecho de ser un Narrador, alguien que cuenta historias, te protege de cosas que los fuertes y los sagaces, aquellos que son más inteligentes que tú, padecen. Porque contar ha sido siempre privilegio de los débiles. Porque el dueño de la narración ha sido siempre un anciano, un enfermo, un loco, un inútil o un triste. Un Ajeno en un mundo de Propios.

El grupo camina unido como un solo organismo, once pasajeros en un lienzo fresco. Tocas el rocío con las manos. Escuchas el murmullo de una vida que amanece: insectos, aguas subterráneas, el viento en las hojas. El tiempo se contempla en estas insólitas fragancias, en los rumores hace mucho olvidados. Los pasos van abriendo un surco en el mundo recién nacido. El sonido de un chapoteo. Las respiraciones tan distintas y a la vez tan inseparables de los caminantes. La luz que os rodea como un nimbo.

La Naturaleza como iglesia. De pronto, en medio de tanta paz, una errata. La chimenea que parecía calentar un hogar es una pira. La casa está vaciada en su centro, algo enorme ha succionado su interior dejando en pie sólo sus paredes. Eso te recuerda que, en algún momento de las pasadas semanas, el Sistema ha vivido una conmoción. El grupo se detiene a cincuenta pasos. Dos Ajenos avanzan hacia la casa. Tierra inculta, el cubo de un pozo que golpea contra su cadena, hierba prisionera en las rejas de un arado. La visión de los ahorcados asalta al grupo como el ladrido de un perro. Los varones a los lados, un hombre mayor y quien parece su hijo, tan semejantes en su desamparo, y entre ambos, con la cabeza colgando en un ángulo inverosímil, la niña con el rostro tapado por sus cabellos. Los tres penden de una viga maestra, la única estructura que parece haber sobrevivido al derrumbe del techo. La mujer del mono naranja se desploma y vomita.

*Quo vadis?*, Narrador. Es la primera vez, en realidad, que la violencia te asalta sin mediación. Es la primera vez en tu vida, en la vida de un hombre ya maduro, que la muerte te es mostrada sin que medie entre ella y tu percepción un simulacro. La muerte de la mujer en el *Aurora*, su suicidio por agotamiento, parece un juego de niños comparado con este drama, el salto de una rana a una charca. Incluso los ahogados de la Estación son una menudencia si los comparas con esta visión. Comprendes que hasta ahora tu vida no estaba completa, que en verdad ninguna vida lo está hasta que la circunstancia de una muerte violenta le es mostrada sin intermediarios ni sucedáneos. Que esta muerte que te ha sido concedido reconocer sea triple, acrecienta el sentimiento de completud. Es curioso cómo desvalimiento y alivio pueden suceder no consecutiva, sino simultáneamente. Sentirse perdido y a la vez liberado. Rehén de la vida y parte de ella. La visión de los tres cadáveres posee una potencia sin parangón. Son reales como es real la ley de la gravedad o la velocidad de la luz. No simbolizan nada que no sea su propia finitud. Son reales de un modo indisociable de su propio ser. De un modo irresistible e irrefutable, diverso de cualquier manifestación estética o filosófica. Aris Kindt. Su recuerdo hace que tus ojos centelleen. Pero no por la nostalgia de aquella obra magnífica, sino por la verdad encarnada en esta estampa que tienes ante la vista. Porque hay más verdad en esa cabeza grotesca e injuriada de la niña ahorcada que en todas las pinacotecas del Sistema. La mirada de Tulp a su público te parece una veleidad. Ningún Rembrandt ha captado jamás la sustancia que preside esta casa saqueada. Nadie ha topografiado en profundidad las condiciones de la muerte.

Los Ajenos ordenan continuar la marcha. El mundo de la mañana, delicioso y fragante, no ha perdido sus aromas ni sus músicas mientras el drama se hacía visible. El mundo no sabe nada del patetismo. Sólo sucede. Quizá por ello, tras un nuevo trecho, parece que los cadáveres hayan quedado atrás, en otra época, en otro país, exiliados del ahora. Incluso alguien se ha permitido una broma de escaso gusto acerca de la abundancia de excrementos de animales que bordean el camino. Pero tú continúas allí, abrasado por el aspecto de muñeca rota de la niña, conmovido por ciertos detalles de los que has tomado nota: el hecho de que los cadáveres estuvieran descalzos y las plantas de sus pies sucias; el ominoso olor a mierda humana que nadie, por prudencia o pudor, ha querido mencionar; el parecido entre los dos hombres que los asesinos se han obstinado en acentuar, como si la muerte hubiera de mantener la cadena de la herencia que pasa de padre a hijo, congelarlos en una diabólica duplicación, fotografiar dos veces al mismo hombre con treinta años de distancia.

Tras una hora de camino sin incidentes, siempre alejándose del mar, la mujer del mono naranja se detiene en una encrucijada. Los Ajenos la contemplan con recelo, aunque a la vez con respeto. No la apuntan con sus armas ni la apremian con palabras. Sencillamente, aguardan. Al alcanzar la encrucijada, el grupo se ha dirigido hacia la izquierda, alejándose de lo que parece un grupo de casas. Quizá el recuerdo de los ahorcados haya operado como un mecanismo instintivo. Todo el grupo menos la mujer, que se ha quedado parada y ha comenzado a transpirar. Sus cabellos, que son del color de la caoba, adquieren un matiz oscuro; su frente y sus mejillas se humedecen, hasta el punto de que por su mentón comienzan a rodar gotas de sudor; incluso el tinte naranja de su mono se empapa. La evidencia de que el cuerpo humano es un inmenso depósito de agua te resulta estremecedora. La mujer no parece ya un mundo de carne y tendones, sino un recipiente de líquidos, el contenedor de formas de vida simplísimas. Cuando ya está completamente mojada y sus piernas han comenzado a temblar de modo alarmante, uno de los Ajenos se aproxima y le entrega varios terrones de azúcar. La mujer, con lo que parece un último resto de fuerzas, los toma con avidez. Sus incisivos, por efecto del acto de chupar, asoman mostrando unas encías rojas como grosellas. La conducta del Ajeno no ha podido ser espontánea. Él sabía que a la mujer del mono naranja podría sucederle algo así. Sentándose en el suelo, desplomada como un traje al que le hubieran arrebatado su percha, la mujer avanza una mano pálida, casi transparente, una mano húmeda de sudor por lo que se puede admirar a simple vista, e indica el camino de la derecha. Y ahora la mujer se ha dormido. Puedes verlo en su rostro, vaciado de toda expresión que no sea la del reposo, lo que te lleva a recordar el sueño del grumete en la cubierta del *Aurora*. Puedes verlo en el movimiento de sus ojos, que bajo el estuche de los párpados se mueven a una velocidad diabólica, persiguiendo un sueño esquivo, que se resiste a ser atrapado. El Ajeno que tendió a la mujer los terrones de azúcar ordena al grupo sentarse. Aunque no entiendes qué está pasando, obedeces sin rechistar. Al fin y al cabo, tú estás aquí para contar, eres el Narrador. Tu función es observar lo que sucede para más tarde trasladarlo al papel.

Pero no te resistes a interpelar al hombre que se sienta a tu lado, un negro con un cráneo bellísimo.

—¿Por qué nos hemos detenido?

—Esperamos a que la Zahorí despierte —responde en sistémico, pero con un acento que eres incapaz de reconocer.

Un ciclo completo de recuerdos te abrasa sentado junto al negro. El tiempo despliega horas de discusiones en torno a la verdad del Dado, un acervo del tamaño de una civilización, el aplastante palimpsesto de hipótesis y refutaciones, reformas y contrarreformas, ortodoxia y herejía. Los Zahoríes, los Últimos de los Primeros, los Llenos de Gracia. Los seudónimos del grupo vuelven a tu memoria como si se retiraran los velos que protegen una escultura. En la Boca, rodeado de la literatura del Sistema, del cómputo de prosa atormentada y confusa, a ratos bellísima, que un universo puede llegar a generar, recuerdas haber leído sobre ese núcleo de iluminados, acerca de su existencia irrebatible y a la vez furtiva. Y ahora debes aceptar que ese despojo exhausto, esa mujer estúpidamente vestida con un mono naranja ceñido por velcros, encarna dicho recuerdo. El negro te está mirando.

—Se le ha desencajado la mandíbula —dice.

Cierras la boca aún confuso.

—Me cuesta creerle —respondes.

—Es lógico —prosigue el negro—. A mí también me costó aceptarlo. Tantas cosas hemos oído de los Zahoríes que uno espera encontrarse un semidiós.

La mujer del mono naranja patalea en su sueño. Un ciervo huyendo de una manada de perros. Su ceño se ha fruncido en una arruga profunda. El reposo la está abandonando.

—¿La conoce? —preguntas.

—He tenido tiempo —contesta el negro—. Tanto tiempo.

Y hay una ternura en su voz que te habla de lo que añora.

—Subió al *Aurora* poco después que yo, antes de que la gabarra ascendiera hacia el Norte. Hace ya casi un año de eso. A mí me recogieron en Port Elizabeth; a ella en Ciudad del Cabo.

Una vaga, lejanísima música en tus oídos.

—No he renunciado a los antiguos nombres —explica el negro—. Son los de mi verdadero país.

Ecos de un continente que desapareció con la Historia Moderna. Igual que han desaparecido los sellos de tu padre. Vendedores de café, formidables bustos de alabastro, el Nilo. Nombres que son el recuerdo del origen: Hadar, Herto, Laetoli, Laetoli, Sterkfontein. Cómo se llamarán ahora.

—Su nombre es Antjie —dice el negro señalando a la mujer—. No lo olvide.

Miras a Antjie durante minutos, devoras su rostro con determinación, fijas en tu retina la línea de su mandíbula, las cejas hirsutas, el cabello que ralea ya en ciertas partes. Cincuenta años. Quizá sesenta. Depende de la incidencia de la luz en su rostro. Piensas en los probables hijos de Antjie, en si ellos habrán recibido el don, esa fuerza que otros prefieren llamar condena. Piensas en el vientre de Antjie e imaginas una probable cicatriz de cesárea. Piensas en el sufrimiento de las madres. En las edades que contienen sus heridas. Miras a Antjie como Rembrandt hubo de mirar un día a Aris Kindt. Donde el pintor veía volúmenes, formas, colores y sombras, tú debes trazar una historia, encontrar las palabras. Debes contar a Antjie para que este minuto no sea olvidado, para que este instante de detención, con diez personas sentadas en una isla sin nombre viendo cómo una undécima duerme, no sea devorado por el sinsentido. El mellizo lo expresó con rotundidad: «Necesitamos al Narrador».

El negro también mira a Antjie con devoción. Te habías olvidado de él.

—¿Y usted? —preguntas—. ¿Quién es?

—Soy Ezequiel —dice el negro mirando lejos, con un gesto que recuerda la nostalgia de Buena Muerte al mencionar Aldebarán—. Un cantante.

Antjie da una patada al aire, gira sobre sí misma y grita. Está despierta. El sudor ha dejado una mácula en su piel, una especie de tatuaje parecido al que la sal regala tras el baño. Uno de los Ajenos la ayuda a incorporarse. El grupo, como un único pulmón, se pone en pie. Se aguarda una revelación. Pero llega una sola palabra, susurrada con voz apenas audible:

—*Er.*

El idioma de Rembrandt, la palabra con la que el pintor señalaría a sus modelos donde colocarse. «*Er*»: allí, bajo la luz, donde yo pueda verte; «*Er*»: allí, en la oscuridad, donde yo deba soñarte. Os ponéis en marcha hacia el grupo de casas. El grumete tiembla como una hoja. Pones una mano en su nuca intentando infundirle ánimo.

Las casas están dispuestas de manera peculiar, dibujando un círculo. Son construcciones de una planta, hechas de piedra y con tejados de pizarra. Sus formas no son rectas, sino que presentan una suave curvatura, como si en vez de piedra hubieran sido construidas empleando el plástico o la goma, alguna sustancia maleable. Los vanos en la construcción son de madera, una puerta y dos ventanas en cada casa. Las puertas son bajas y estrechas, sólo se podrían franquear agachándose y entrando de perfil; las ventanas recuerdan las ilustraciones de un cuento infantil. Casas de gnomos; casas de duendes; casas de brujas de buen corazón. Alguien te leyó esos libros hace mucho. Tú mismo se los leíste a tus hijas.

Al acercarte, comprendes que hay más de un círculo. Que el círculo externo rodea un círculo menor. Cuatro casas en el primero, dos casas en el segundo. Y detrás de este segundo círculo una estructura apenas mayor que la caseta de un perro, con aspecto de iglú. Ezequiel comienza a cantar. Su voz es un arcano. No parece brotar de su boca, sino de su vientre. Su voz es un viento pero es también una cosa, algo tangible, con peso. Su voz desciende sobre el grupo como lluvia o un ropaje. Salvado el segundo círculo, en el paisaje de la isla sin nombre, vivís un encantamiento. La Zahorí contempla a Ezequiel. Aguarda paciente a que el negro agote su canto. En esta hora los signos se suceden y el Narrador los contempla. El idioma que Ezequiel está empleando parece viejo como el mundo. Quizá sea el mismo mundo. Cuando la última nota se apaga, como un fósforo sobre el que alguien soplara, la mujer avanza hacia el iglú y se acuclilla ante su entrada. Todos, Propios y Ajenos, contenéis la respiración.

Y entonces sucede.

El *Aurora* es un Arca. La excursión pasada, los acontecimientos vividos en tierra firme, la constatación de las personalidades que te han acompañado durante dicho trayecto hacen patente ese hecho. No eres uno más entre los rehenes de una acción punitiva ni un preso al que hubieran conducido a esta nave por capricho, sino que formas parte de un grupo de elegidos. La dotación de Propios que fatiga los mares es un sumatorio de las virtudes existentes. Un propósito de resumen, un elenco magnífico, un complejo precipitado de la condición humana viaja a bordo de la gabarra. Lo que el *Aurora* encierra en sus camarotes y bodegas son milenios de civilización y las múltiples manifestaciones de su plasticidad. En puridad, un parque temático del esplendor de nuestra especie. La domesticación del ser humano, que ha sido uno de los propósitos fundamentales del poder, alcanza en este barco una memorable enunciación: cada uno de sus viajeros representa un fragmento inestimable de humanidad. La suma de partes compone el espectro completo de una dignidad entendida en términos de ingenio, inteligencia, capacidad simbólica. Ya no ves a tus compañeros con los ojos de antaño. No son prófugos, exiliados, víctimas. Al contrario. Son escogidos, y cada uno de ellos esconde, como las profundidades de la Tierra atesoran minerales, una faceta indispensable para una consideración feliz del paso del hombre por el planeta. La aventura del *Aurora* posee así un aura de refundación. Que a ti te haya sido dado no sólo contemplar, sino formular por escrito tal augurio, es una posibilidad tan inesperada como entusiástica. Cada persona que te rodea es preciosa por lo que representa. Este pensamiento te emociona. Porque cada uno de los doscientos veintiséis Propios que viaja en este barco, incluido tú mismo, es un fractal de algo poderoso e inabarcable. Incluso los bebés de pecho han de encerrar alguna maravilla en sus todavía tiernas fontanelas. Intentas también comprender qué papel juegan los treinta y seis Ajenos en esta representación, pero hay elementos aún oscuros en esta cábala.

La luz que esta noche ha iluminado tu cuaderno te ha recordado la imagen de una lámpara cedida de abuelo a padre, de padre a hijo, de hijo a nieto, un eslabón luminoso que oponer a las afrentas de un mundo no siempre hospitalario. El tiempo se ha remansado mientras recapitulabas el viaje a tierra firme, los ojos de la vaca, la danza de los ejecutados, el canto de Ezequiel, el éxtasis de Antjie. Y has pensado que debió de existir una época, no tan lejana en los calendarios, en que era posible pensar en profundidad acerca de las cosas. La Historia Nueva hizo del olvido no una virtud, sino una necesidad. En medio siglo las personas vivieron tantos acontecimientos que sus ideas no pudieron consolidarse. Florecían y eran pronto decapitadas para dejar paso a la urgencia de otros prejuicios. La existencia era una máquina veloz; las vivencias no se solidificaban en visiones del mundo. El Sistema cultivó el frenesí. Todo se malbarató en la afrenta del tiempo. El *Aurora,* en su periplo, a la búsqueda de ese Grial sin nombre, esa forma de formas, ese quid encerrado en el Juego, te ha devuelto la serenidad de un viaje en que hay lugar para la meditación. En la gabarra te has podido sentar a contemplar la vida como antiguamente, durante la Historia Moderna, hombres y mujeres se sentaban a contemplar los lienzos de la Naturaleza, el suceder de las estrellas, la repetición del mar. Quizá sólo añores un cómplice a quien comunicar tus descubrimientos, alguien más allá del papel y la tinta, un corresponsal al que interpelar con la voz, no con la escritura. Aunque por primera vez en meses, contemplas la posibilidad de que los rostros de tu mujer y de tus hijas te resulten imposibles de reproducir. Si alguien te mostrara una paleta de colores y te preguntara por el color de ojos de tu esposa, ¿responderías sin vacilar? Claro que no hay temor tras esa duda, sino una suerte de acatamiento, una ataraxia que no te atreves a calificar de desalentadora. Manes, lares, penates del hogar, dioses idos y olvidados, ruinas de un tiempo que aún se podría medir con escalas humanas, y que sin embargo parece corresponder a otra conciencia. En la cubierta del *Aurora,* la noche es un coro callado. Sigilo. Paz. Abundancia. El Arca duerme en las aguas.

Al abandonar el iglú, Antjie llevaba una Caja entre sus manos. Idéntica a la que dejaste en la Estación, aunque de proporciones mucho menores. Ningún Propio de la expedición pareció sorprenderse ante el hallazgo. Era obvio que para ellos la Caja no suponía un descubrimiento, sino un reencuentro. Cada uno, en algún lugar del Sistema, había conocido ya su «elefante blanco».

A pesar de su tamaño, la Caja de Antjie parecía muy pesada, como un objeto estelar de enorme masa. La condujo de vuelta al *Aurora* aferrada contra el pecho, con evidente esfuerzo, pero sin permitir que nadie la ayudara. Klein te abordó al volver al *Aurora* como un amante celoso. Quería saber a toda costa qué había sucedido. Pero un poderoso escrúpulo te mantuvo firme ante su insistencia. Es obvio que ya no confías en él tras su segunda visita al camarote. Por otro lado, la suerte de la Caja es de dominio público. Antjie se la entregó al mellizo al llegar al barco. Él abrazó a la Zahorí con recogimiento. Fue un gesto extraño pero emotivo, como el reencuentro de un hijo largo tiempo separado de su madre. O como la entrega de las llaves de una ciudad rendida a un ejército invasor pero caballeroso. La Zahorí lloraba cuando el mellizo se introdujo con la Caja en el interior de la gabarra. Luego Antjie desapareció de la vista durante días, aunque Ezequiel ha pronunciado la palabra *fiebre*.

El cantante se ha convertido en un fiel escudero tras la expedición. Te relata gestas de un mundo perdido, en que las canciones eran los únicos mapas fiables. Hace siglos los poetas de Hellas fiaron también a sus canciones el mapa de lo conocido. Siempre han existido Propios y Ajenos, dice Ezequiel. Son sus himnos los que los distinguen, los nombres que sus canciones acogen. Bien mirado, añade el negro, en algún momento de su vida todo Propio es Ajeno para otro Propio. En realidad, piensas mientras trasladas al papel esta historia construida con retales de hielo, sombra y fuego, lo común no es la pertenencia, sino la diferencia. Los hombres vigilan horizontes, se ofrecen como cobayas o surcan los mares, pero siempre, de un modo u otro, están solos. Lo leíste hace tanto, tantísimo tiempo, en el reino de tu biblioteca: «Vivimos como soñamos: solos». La extranjería es la norma, no la excepción. Por eso existen las canciones, dice Ezequiel. O la literatura, añades tú. Para que el extranjero no sienta su soledad.

O para señalar que Antjie reapareció hoy a la hora de la comida con su habitual mono naranja ceñido por velcros, ese espantoso atuendo que esconde un don. La lucidez de Diógenes bajo un tabardo sucio. La contemplas mientras come. Apenas toca los alimentos, como si para sobrevivir no necesitara más que aire. Fantaseas con mariposas, hipocampos, azucenas. Fantaseas con colibríes, sus corazones martilleando como pistones en el pecho minúsculo. Fantaseas con las formas puras y elegantes de la supervivencia. También con los lemmings, esos roedores que al parecer se extinguen en masa por motivos que los biólogos desconocen. Imaginas una comunidad de Zahoríes saltando desde la atalaya de la Estación al mar salvaje, su vuelo sereno y a la vez descuidado, las cabezas desnudas, los pies descalzos, el poder contenido en el ánimo de esos hombres y mujeres.

De noche el viento sacude con estrépito los costados del *Aurora.* La vida, que no escribe, que es verdadera y no verosímil, ignora las cuestiones de estilo. En su obra la continuidad es inexistente. Hoy te regala una sonrisa; mañana te apuñala por la espalda. Aprietas los puños y la vida te escupe su indiferencia. Rememoras la imagen del funambulista en su cuerda. Has corrido como un poseso para atrapar el curso de los acontecimientos, pero ahora yaces en el suelo con la cabeza rota, exhausto. A tu alrededor, efímeras y frágiles, un montón de páginas en las que la vida, burlona, no está. Allá fuera, por expresarlo de algún modo, reina ella con su espesor selvático; el Narrador no conduce un buldócer, ni siquiera tiene a mano una motosierra. Como mucho, en ciertas horas benignas, lleva un machete al cinto que le permite abrir una trocha en la maraña. Pero al introducir su cuerpo en el claro, la selva se cierra a su paso. Así, con cada quilómetro recorrido, la sensación de ahogo resulta mayor. Creyendo abrir un camino lo único que hace es introducirse en una foresta más densa, cavar un agujero más hondo. Devorado por las sombras, abducido por la urdimbre vegetal, la selva lo petrifica, lo asimila, lo convierte en liquen, en hongo, en gota de agua en un océano de humedad. Y sin embargo, qué otra cosa podría hacer sino seguir andando; es decir, narrando. Sin familia, sin oficio y sin brújula, en los cuadernos debe hallar la sangre que lo caliente, el pan que lo nutra, el mapa que lo abrigue. Eso es lo que el Arca espera de él. Que en nombre del relato lo sacrifique todo.

El Dado. La Caja. El Juego. La idea. El objeto. La figura. Tres representaciones para un único hecho. Los rostros de un dios primordial. O los alias plausibles de una nada maléfica. El sentido de todo. O el sinsentido invencible.

Al alcance de tu mano, livianas como plumas, catorce mil cuatrocientas piezas reclaman razón o ceguera, orden o desatino, la mano que las disponga como corresponde. Alguien en este barco conoce esa pedagogía, ese encantamiento. Tu antiguo escepticismo se ha desvanecido. Hay un Propio en el *Aurora* que lleva en sí la llave que libere las cerraduras, y que al hacerlo, como una sábana que cubriera un mueble, regale las coordenadas precisas, el fulminante abracadabra.

Presentiste esa enseñanza en los días del Gran Norte, cuando las magníficas formas de los icebergs, tan soberbias como desnudas de piedad, te mostraron la existencia de un mundo indiferente al deseo humano. Después de todo, una Caja en el Sistema lleva también tu nombre. Casi puedes aún escuchar su latido entre los escombros de la Estación. Pero no era a ti a quien estaba destinado el gesto definitivo. Tampoco a Antjie, la Zahorí, ni a Ezequiel, el cantante, ni a Klein, el falso alquimista, ni a nadie entre la dotación de Ajenos que se mueven sostenidos por un anhelo más poderoso que cualquier miedo. Qué vínculo inextricable mantengan entre sí el Dado, la Caja y el Juego es una pregunta demasiado grande para tu inteligencia. Un enigma de tal calibre sólo admite ser contemplado como símbolo, a modo de fábula. Otra interpretación al respecto supondría incurrir en un error infantil. El viaje que conduce desde la Boca, que ahora incluso te parece un lugar de inocencia, hasta la aldea abandonada en que la conexión se te hizo evidente, ha sido larguísimo. En el trayecto has estado a punto de perder la cordura. Y has dejado, como una serpiente, mudas de tu piel al borde del camino.

Cierras los ojos como hacen los maestros de ajedrez en los momentos de auténtico vértigo, al discriminar una verdad profunda, un motivo de motivos que sobrevive más allá de su concreción en la dinámica de las piezas, y admiras una superficie desnuda e indemne extenderse ante tus ojos. Tu mano, una mano hipotética, borra en un violento gesto la hojarasca almacenada durante los últimos meses. Ruedan por el suelo los perros muertos, la ferocidad del sol en lo alto, la música de las gaviotas, la seducción de los técnicos, la voz de helio del doctor, el mar lamiendo las playas de Atributo 16, las mejillas rebosantes de salud de tus hijas, la nostalgia de Buena Muerte, el agrio enfado de tu esposa, la loca carrera que te condujo a una casa vacía, desolada, despojada de luz y calor.

Saltan por los aires, hechas pedazos, como cuentas de vidrio sin valor, baratijas destinadas a engañar al bárbaro de turno, cada palabra con que Klein te sedujo en la Academia, las visitas destinadas a estudiar con detalle *La lección de anatomía del doctor Tulp,* la cabeza monstruosa del escritor degradado, la frescura bajo los tilos, las páginas del guardián y la Ley. Ciego a nada que no sea este instante de puro recogimiento, la trinidad del Dado, de la Caja y del Juego gira en torno a ti como una inmensa mariposa nocturna lo haría en torno a una bombilla. Extiendes la mano, esa mano que es el martillo de un héroe nórdico, el mazo de un juez ceñudo. Tomas con esa mano dispensadora de gracia y castigo un puñado de fichas. Las aprietas con la misma fruición con que de niño enterrabas las muñecas en un cuenco de harina. Las aprietas hasta que sientes cómo las piezas se convierten en una masa amorfa. Manos rompiendo castillos de arena; manos desgarrando tarjetas de difuntos; manos aplastando pasteles almibarados.

Al abrir los ojos, mientras aún te duelen los dedos por la presión ejercida, un millón de centellas bailan ante ti. La realidad regresa a tu conciencia como un espejo fragmentado, astillado por una pedrada. Postrado en el catre, consolado aunque vacío, niño y viejo en un único cuerpo, encerrado en la espiral de las mayúsculas que te circundan —Dado, Caja, Juego—, aceptas que ha llegado el momento de mantener una conversación largo tiempo aplazada.

La palabra presentida. La palabra temida aunque al fin expuesta, dicha, arrojada. Una palabra que enciende un destello en la boca de quien la expulsa. Como la nube que genera una descarga de pólvora, semejante a la caligrafía de una bala trazadora. Palabras como piedras bajo las que se esconden formas de la violencia. Alguien las pronuncia y con el pie, con cuidado, retira la losa que las protege. No sabe qué encontrará debajo. Esta palabra: *Poder.* Una palabra que atesora furias, la tempestad, alacranes.

—¿Reconoce a ese hombre?

En la fotografía, las cejas son mefistofélicas, trazos hirsutos, poderosos, tizones sobre las antiparras; la nariz, pálida, ancha y larga, desciende hasta un bigote de morsa escudado por una perilla eficaz, inmejorable, una auténtica mácula de mosquetero. La frente es franca y rotunda, despejada. El retratado viste una guerrera abotonada hasta el cuello, de un confortable color pardo. Un hombre dispuesto: un educador, un reformador, un moderno *condottiero.* Sin duda sus ojos han visto cosas. Hacia atrás, pero también hacia delante. En la espesura de lo vivido; en la bola de cristal del futuro.

Estás en el corazón del *Aurora,* en el camarote de los mellizos, y la imagen preside una cueva idéntica a la tuya. Es un rostro familiar, pero no te atreves a pronunciar un nombre. La melliza se acerca a la fotografía. Su sobriedad es casi maléfica. Es ella quien te hace pensar en palabras que son como ácido muriático, arietes de asalto, flores carnívoras. Es ella quien te obliga a imaginar un zapato retirando con cuidado lo que la piedra cubre. Libertad. Voluntad. *Poder.*

—Lunacharski —dice la melliza—, un bolchevique importante, camarada de Lenin.

El nombre, absurdo y a la vez bellísimo, un nombre que parece nacido de la imaginación de un novelista y no de los recovecos de la Historia Moderna, restalla como un látigo. Lu-na-chars-ki. Dilo. Dilo otra vez. Qué locura. Qué noble locura inflama esta habitación.

—En un episodio fantástico, quizá el episodio más fantástico que jamás haya existido —recita la melliza—, este hombre, ejerciendo de fiscal, llevó a juicio a Dios, lo sentó en el banco de los acusados, lo acusó de crímenes contra la humanidad, lo sentenció a muerte y ordenó su fusilamiento.

El escorpión levanta su espolón, el cinturón de acero de su cólera.

—Sucedió entre el 16 y el 18 de enero de 1918 —interviene el mellizo—. Ayer mismo.

Y chasquea los dedos como si llamara a un camarero. Al insomne camarero de la Historia.

Cómo has llegado hasta esta forma de elocuencia. Cuántas espirales en la escalera que conduce desde un día cualquiera en la Estación, un día con las rutinas habituales y los informes emanados del Dado, hasta esta lección sobre la justicia de las criaturas. Un relámpago parte a la fatídica bestia en dos. Sus mitades, pedazos ya inertes de materia homicida, semejan los fragmentos rotos de una vasija, formas vacías del tiempo. La losa cae de nuevo sobre aquello que cubría. Palabras que son como cimitarras, bombas de hidrógeno. Amor. Esperanza. *Poder.* Los fusileros de Lunacharski disparando al cielo de Moscú en el invierno de 1918. Esa estampa detenida, fijada en los calendarios de la rebelión. En uno de los estantes de la Boca, ocultas entre tantos otros textos, alguien —humano, tan pequeño, destinado a pasar— habrá escrito páginas alucinadas, severas o tristes, sobre el asunto. Un ave improbable, asustada por el fragor de los disparos, cruza el cielo soviético, los renglones escritos, este camarote atestado de furia. Alas de pájaros rozan tu frente. Estás enfermo de imaginación. Lunacharski contempla el mundo con ojos rapaces, en los que brilla un pedernal de impiedad. Titanes que movieron el mundo. Filósofos ejerciendo palanca sobre el eje del planeta. Jinetes espoleando al exhausto rocín de la Historia.

—Es maravilloso, ¿verdad?

El timbre de voz de la melliza es cálido y a la vez brutal. Recuerda a una muchacha que llevara muda hace años, y que hubiera recuperado las palabras como un chorro de agua a presión.

—La fuerza de esa gente. Las cosas en las que creían. Lo que llevaron a cabo. Su osadía.

Recuerdas un incidente que a tu padre le gustaba contar para mostrar su fe en los hombres. Tu padre, cuya mayor audacia era la filatelia, pero que guardaba un corazón prometeico en el pecho. Sí. Resulta tan oportuno que ese preciso recuerdo te asalte hoy, aquí, ante la mirada del bolchevique que juzgó a Dios y ante la complacencia de los Ajenos que veneran su gesto.

Durante la Revolución de Julio de 1830, al atardecer del primer día de lucha, y en distintos lugares de París, la capital de la revuelta, grupos de trabajadores comenzaron a disparar a los relojes de las torres. Los obreros franceses disparaban al verdugo mecánico, al símbolo del patrón, al policía que regía sus vidas; décadas más tarde, sus hermanos de más allá del Cáucaso, los eslavos, los llegados de las fronteras bálticas, disparaban a la abstracción mayor, el relojero invisible, el legislador que disciplinaba sus horas desde la cuna hasta la tumba. Los revolucionarios son siempre románticos.

—¿A qué podríamos disparar hoy? —te oyes reflexionar en voz alta.

Alguien, no sabrías decir quién, interviene.

—Hoy todo es más sutil, Narrador.

¿Es eso cierto? ¿Es cierto que hoy, en ausencia de Dios y de los dioses, todo es más delicado, más complejo, más escurridizo?

—Así que sentenciar a Dios a muerte no fue un buen negocio.

Lunacharski no parpadea en su daguerrotipo.

—Al menos antes había un enemigo.

Los argumentos se agolpan en tu boca. Puedes sentir cómo la dialéctica arde en el paladar. Estás desencadenado.

—Pero ahora no sabemos qué o quién vive allá arriba.

Y señalas con un índice que se pretende irónico el domo que se extiende sobre el *Aurora* como una madre propicia.

—¿O sí? ¿Acaso es eso lo que busca la gabarra? ¿Alguien a quien poder disparar de nuevo? ¿Otra descarga de fusilería?

La melliza te ha dado la espalda, cocinándose en un caldo de rencor. El mellizo contempla con atención el espacio entre sus zapatos. Es posible que palabras como alacranes estén despertando en este preciso instante.

—¿Es eso lo que significan la Caja de Antjie, el Juego a disposición de todos, las idas y venidas del barco? ¿Están buscando excusas para conducir a alguien al paredón? Si es así, devuélvanme a la Academia, por favor. Llévenme a la Estación. O, mejor aún, regresemos a los icebergs.

El mellizo ríe con generosidad. Le falta un incisivo en la dentadura superior. Eso le hace parecer muy joven, un muchacho en realidad. Nunca lo habías visto feliz.

—No podemos deshacernos de usted, Narrador. Usted es nuestra garantía de existencia. Usted es nuestro relato.

La melliza se ha vuelto hacia ti. La furia se ha apagado en ella como un tizón en vinagre.

—No haga caso a mi hermano. Ningún pasajero de este barco es insustituible. El problema es que no hay sitio alguno al que volver. Todo ha ardido ahí fuera. Todo lo que usted conocía.

Del cielo, como pájaros envenenados, caen clepsidras, panteones, banderas exhaustas. No hay ningún lugar al que volver, asegura la melliza. ¿Cuáles fueron las palabras exactas de Klein sentado ante una copa de vino?: «Nos queda, como consuelo, la tierra quemada».

El mellizo extiende un planisferio sobre el catre inferior. Es turbador pensar que dos hermanos compartan habitación a partir de cierta edad. El mapa está acribillado por puntos negros, rojos, amarillos. Hay islas devastadas de cruces. El archipiélago es una pizarra herida por rayas verticales, tachones, signos interrogativos. Hay zonas de sombra donde se levantan los territorios Ajenos, fragmentos de vacío sin otra referencia que una vaga coordenada numérica, grandes extensiones de océano punteadas por islas diminutas, del tamaño de cabezas de alfiler, en las que ninguna cota señala un monte, ninguna carretera perfila una ruta, ningún nombre designa una capital, una comarca, un miserable villorrio. Sobre Realidad se distinguen varias exclamaciones; Empiria está encerrada en un círculo brillante, apasionado; distante y gigantesca, Cronos sobrevive desnuda.

—Éste —dice la melliza señalando un gran cero rotulado al Sur del Sistema, no muy lejos de la patria de Antjie y de Ezequiel— fue el punto de partida del *Aurora*.

Pegada a ti, hombro con hombro, puedes sentir el olor acre y a la vez maravilloso que emana del cuello de la melliza. Sudor. Tierra. Juventud. Dónde está tu mujer, dónde su vientre un día lleno.

—Cada número —explica la melliza, mientras su dedo recorre el mapa y señala 0.1, 0.4, 0.9, 0.13— indica un desembarco.

El dedo se detiene al Este de Realidad, sobre la marca 0.24, en la isla donde el *Hombre* se hace *Ombra*.

—Aquí tocamos tierra por última vez. Un ciclo completo: veinticuatro paradas en doce meses de travesía.

Hace pues un año que la invasión se preparaba. Cuántos meses han pasado desde tu primera anotación en la Estación Meteorológica. En qué lugar estaría entonces el

*Aurora.* Qué ansias habrán alimentado las noches de los Justos en su travesía. Qué encendería los ojos de esta mujer cuando tú escribías sobre ballenas.

—¿Por qué sonríe? —pregunta la melliza.

La miras con franqueza, como mirarías una puesta de sol o un trigal. No eras consciente de estar sonriendo.

—Pensaba en otra cifra. En que son ustedes treinta y seis. Y en que el 36 es un número exigente.

El dedo no se ha movido de la marca 0.24.

—No debe importarle ningún número —insinúa el mellizo—. Sólo debe importarle este mapa. ¿Lo ve?

Sí. Lo ves. Estás familiarizado con él hace tiempo. Es el aspecto del único mundo habitado que se conoce, el único en que esta especie de vida compleja y devastadora, patricia y a la vez absurda a la que perteneces, ha podido proliferar.

—Pero tiene que mirar el mapa con ojos limpios —susurra la melliza cogiendo tu muñeca.

El olor a sudor, a tierra, a juventud te embarga.

—Ahora tiene que olvidar lo que el Sistema le ha enseñado, ser capaz de contemplar el mapa como si fuera la primera vez. Tiene que confiar no en lo que sabe, sino en lo que ve.

Qué ves, pues, ahí. Correspondencias, coordenadas, convenciones. Admíralas con frialdad. ¿Cómo sabes que Realidad «es una isla en forma de rectángulo casi perfecto, un capricho de la geología»? ¿Qué criterio te impulsó a escribir esa frase en el primer cuaderno? ¿Acaso alguna vez, como a la divinidad de los jardines secos de la antigua Honshu, te ha sido otorgado contemplar la isla desde el cielo? ¿Y si Realidad no fuera como las enciclopedias, las enseñanzas familiares ni el Dado te han enseñado? ¿Es eso lo que los mellizos intentan decir? Y si es así, ¿por qué el mapa reproduce lo que esperabas?

—Realidad es Realidad —dices—. Es mi hogar. Lo reconozco.

Y señalas un punto de su costa noroccidental:

—Aquí estaba la Estación. La 16.

La melliza niega con ardor.

—Ése no es el camino. Preste atención. Escuche lo que le estamos diciendo.

En las encrucijadas de los distritos parisinos, herreros, impresores, estibadores de los muelles apuntaban con sus armas a las estructuras circulares, a los relojes de hierro salidos de las fundiciones. Las balas penetraban en las esferas de cristal y hacían saltar en pedazos el continuo del tiempo. Porque el tiempo no es una sustancia rígida; por eso a veces la Historia se tambalea. Recuerdas el eslogan de V2, el vídeo de Harmodio, el mono sosteniendo un cráneo humano que dibujó K3K.

—Aquí estaba la Estación. Insisto. Aquí.

El mellizo toma el planisferio y lo hace pedazos ante tus ojos con parsimonia. La melliza ha extendido un nuevo mapa sobre el catre.

—¿Sabe qué es esto?

Miras con diplomacia, aguardando por una trampa pero aceptando el envite. Te concentras en las figuras a la vista buscando equivalencias, sentidos, implicaciones. Al fin comprendes qué tienes ante los ojos.

—Un negativo —dices.

—¿Un negativo? —interviene la melliza.

—Sí. Un negativo.

La mujer se rasca el puente de la nariz. Es un gesto de una ternura consoladora.

—¿Y por qué no el verdadero aspecto del mundo?

Axiomas desvanecidos, una tautología convertida en paradoja: la réplica te hace temblar.

—Lo ha adivinado —dice el mellizo posando una mano en tu hombro, rebajando la hostilidad—. Es un modelo Ajeno. El Sistema contemplado desde el otro lado. El Sistema desde la oscuridad. Sólo que la oscuridad es aquí luminosa, el negro se ha convertido en blanco.

El mellizo vuelve a sonreír, y con la sonrisa recupera su edad perfecta, inviolable, un auténtico santuario:

—No olvide que la caída de Constantinopla fue para algunos la conquista de Estambul. Ése es el matiz decisivo. Ahí se juega la partida.

Otra vez la palabra bajo la losa. De nuevo el zapato que retira la piedra con prudencia. Historia. Razón. *Poder.* Produce vértigo contemplar el mundo conocido desnudo de nombres. Porque en cuanto algo es nombrado se le otorga un poder, pero en cuanto pierde su nombre se convierte en algo temible. En el mapa Ajeno los bárbaros están dentro, los bárbaros *somos nosotros.* Te tocas las sienes. Es un acto reflejo, mil veces visto en el cine.

—Pero yo conozco las fotografías de las ciudades devoradas por la selva —dices—. Yo he visto a los niños desnudos, comiendo porquería; yo he visto a las mujeres con los pechos colgando y fardos de ropa a la espalda; yo he visto a los hombres dispuestos en falanges, con machetes al cinto, trepando por lianas en vez de tomar ascensores. Yo he visto la Caída.

El mellizo extrae una cartera de sus pantalones. Te tiende una fotografía en color. Una mujer joven sentada ante una mesa. Lleva un vestido blanco de tirantes y calza unas sandalias de cuero. Su mano derecha se reposa en el cabello largo y abundante. Hay un jarrón con flores a su lado, un frutero repleto, una jarra con un líquido ambarino y una copa de cristal verde, a lo que parece tallada con delicadeza. La mujer está leyendo un libro. A sus espaldas, un rayo de sol entra por la derecha de la imagen, a través de una ventana entreabierta, bañando la estancia con su luz. Más allá del marco de la ventana se percibe un fragmento de jardín, un rosal encendido, un columpio de madera.

—Nuestra madre —anuncia el mellizo—. Una Ajena. La salvaje, la temible, la brutal Ajena. Una mujer leyendo absorta en su casa, mientras su marido le hace una fotografía.

Palabras que son como tiburones. *Familia. Paz. Poder.*

—¿Ha sufrido alguna vez una alucinación, Narrador? ¿Ha valorado alguna vez el hecho de que todo su mundo, su trabajo, sus amigos, incluso sus hijas, no fueran otra cosa que simulacros? ¿Ha considerado alguna vez la posibilidad de que de la mañana a la noche, en invierno y en verano, cuanto le rodeara no fuera más que una farsa? Los navegantes enterrados en la Estación: el hombre, la mujer, el niño. Los ahorcados de la casa destruida: el hombre viejo, el hombre joven, la niña. ¿Pueden ser acaso fantasmas?

Han golpeado la puerta varias veces. Con una intensidad que te sobresalta. El hechizo del diálogo se rompe. Un momento anticlimático, diría un novelista. El mellizo guarda la fotografía de su madre y se dirige hacia la puerta.

Te acercas a la imagen de Lunacharski y admiras el perfil de su cráneo. Un enorme cadáver putrefacto cayendo del cielo. Su estruendo al golpear la tierra. Como una campana arrojada desde la cúspide de una catedral. Ese ruido de catástrofe. Imagínalo. *Ecce homo.*

Y la voz del mellizo que te reclama:

—Acompáñeme. Está sucediendo algo.

Poco antes de los acontecimientos que impulsaron el advenimiento de la Historia Nueva, en torno al año en que la Innombrable comenzó a calentar sus hogueras de odio y a disciplinar a sus hordas, esas fraguas de acero y sangre que durante la siguiente década nutrirían y mantendrían trabajando a pleno rendimiento personas como el padre del doctor Klein, dos astrónomos llamados Jan Oort y Fritz Zwicky apadrinaron, por caminos independientes, una sugestiva hipótesis cosmológica.

Según las observaciones de Oort y Zwicky, existiría una gigantesca masa no visible, muchísimo más vasta en realidad que el conjunto perceptible del universo, que influiría de forma decisiva en aspectos tales como la velocidad orbital de los cúmulos de galaxias y, por extensión, en el comportamiento del cosmos conocido. Oort y Zwicky, cuya hipótesis fue puesta en cuarentena por el grueso de la comunidad científica, propusieron para esta arquitectura fantasmagórica un inquietante rótulo: materia oscura. Desde la Boca hasta la Estación, en el periplo de tu vida de funcionario del Sistema, has trabajado convencido de que el mundo Ajeno era otro probable nombre para esa imagen devastante. Pues aunque la materia oscura postulada por Oort y Zwicky jamás estuvo teñida de un sentido negativo, desde sus inicios el adjetivo que la califica sembró en el imaginario del Sistema la semilla de la amenaza. La mera mención de esa materia oscura ha servido como estímulo para el desarrollo de una compleja superestructura del control. Esa suma de hombres y mujeres, ese cómputo de voluntades que, acatando los términos de la metáfora propuesta, no permiten que la radiación electromagnética que anima sus vidas sea detectada, pero que por ello mismo resultan una amenaza para la supervivencia de la materia visible, han promovido una visión dual del Sistema. Todo ese archivo fotográfico que mencionaste ante los hermanos, por ejemplo. O mapas como el que el mellizo destruyó ante ti. Incluso fronteras como la Estación Meteorológica, en cierto modo concebidas como vanguardias del orden ante el avance de la oscuridad. La contabilidad del miedo. Sus recibos justificativos. La inmensa, omnímoda superficie del temor.

Has seguido a los mellizos en silencio, pensando aún en los obreros de la Revolución de Julio, en las campanas cayendo como pavesas de bronce, en las piedras que ocultan animales letales, en las fotografías caseras donde hombres anónimos resumen el amor por sus pequeñas vidas. Las entrañas del *Aurora* parecen no tener fin. Una vez más te asalta la certeza de que el aspecto externo de este barco no se corresponde con su interior. El *Aurora* es un milagro perceptivo y una obra maestra de la ingeniería, un organismo más grande por dentro que por fuera. Cruzas corredores, vislumbras rincones, doblas ángulos que hasta hoy ignorabas. Unos pasos por delante, los mellizos te guían con pericia.

Y de pronto desembocas en el borde iluminado de una sala, una especie de bodega de techo cóncavo y opresivo, la concha de una enorme almeja. En la estancia reina el ruido blanco del asombro, la respiración contenida de un racimo de voluntades. En su centro, dispuesto en una suerte de peana, casi como una imagen santa, descubres a un niño guardando la posición del loto, con una manta de colores vivos cubriendo su regazo. En torno a él, de pie, en cuclillas, arrodillados, sentados, tendidos en el suelo, aguardan Ajenos y Propios.

El niño tiene los ojos cerrados cuando entras. Ante él, como una manifestación soberana del deseo, se despliega el panorama del Juego. Al abrir el niño los ojos, puedes percibir sus iris azules, de una intensidad apagada, como faros empañados. Los ojos del niño desmienten la idea de que los ojos de un ser humano no envejecen, de que son la única parte de nuestra anatomía que conserva siempre idéntica edad. Los ojos del niño son antiquísimos. Si una estrella tuviera ojos, su mirada sería así: desencantada, húmeda y lechosa, la mirada de un reloj que lo ha visto todo, desde el primer remolino de gas hasta la última explosión solar.

El niño, a quien no eres capaz de ubicar entre los pasajeros del *Aurora* que numeraste en cubierta el día de la expedición, es vulgar, sin nada que lo singularice. No es un niño obeso ni raquítico; no es un niño con cabellos como el oro ni una frente pura, de querubín. Es un niño entre millones de niños posibles con unos ojos azules de anciano. Y quizá con un don. Porque las catorce mil cuatrocientas piezas del Juego parecen estar cobrando un sentido en sus manos.

Escrutas al niño como si te hubieran ordenado hacerle un retrato. La sensación de recogimiento que hay en la sala es pavorosa. Parece que la muerte, en una especie de lotería maléfica, fuera a señalar con el dedo a alguno de los presentes. Pero no es un augurio terrible lo que aquí se dirime, sino una ruta, una claridad en la ceguera de los mares que el *Aurora* surca. La sensación de que algo va a salir a la luz de una vez. La certeza de una anunciación. De una venida al mundo. De una auténtica epifanía.

El niño ha dedicado a la entrada de los mellizos una mirada vacía. Parece embargarlo un gran cansancio. Mientras alarga una mano y de una cesta de mimbre toma una pieza del Juego, ese cansancio se hace casi tangible. Es como un manto. Como una bofetada de calor. La mano sobrevuela el Juego. La concentración del niño es profunda, aunque su mirada transmite idéntica sensación de negligencia, casi de hastío. Cuando deposita la pieza una descarga eléctrica parece recorrer los cuerpos apiñados en la sala. Casi puede sentirse cómo vibran; cómo algunos, incluso, parecen encenderse.

Ves a Klein a la derecha del niño, recostado contra la pared, la mirada ávida, siguiendo cada movimiento de las manos. Ezequiel está en el suelo, no muy lejos del Juego, y Antjie, que aprieta contra el pecho un papel arrugado, está a tu izquierda, a la entrada de la sala, oculta tras una muralla de carne. En realidad, la Zahorí no puede ver la acción, pero has notado cómo ha temblado al colocar el niño la pieza. Qué elenco de prodigios guarda esta fábula. Quisieras saberlo. Habrá un músico, un matemático, un filósofo. Habrá un gimnasta, un físico, un antropólogo. Qué necesita un Arca para ser salvadora. Ambición. Talento. Bondad. Y a ti. Te obligas a recordar por enésima vez las palabras del mellizo. No hay huella sin relato. Tú eres la memoria del *Aurora*, el dueño del discurso, quien dispone el devenir del texto en ese otro Juego no menos memorable.

El niño está reordenando teselas del mosaico. Sus manos, vistas desde donde te encuentras, son como relámpagos sobre el agua. Se deslizan con una severidad que no corresponde a la edad de su dueño, con la rotundidad con la que un ajedrecista dispondría sus fuerzas sobre el tablero. Sus manos son una danza, aunque tienen la potencia de dos mandíbulas. El Arca contiene la respiración cada vez que una de las piezas es conducida a su casilla. Algunos cruzan miradas de complicidad; otros se tocan el pecho o se mesan los cabellos; los Ajenos cuchichean entre sí.

El niño levanta un dedo y una mujer menuda, con un pañuelo amarillo al cuello, le acerca a los labios un vaso de agua.

—Es su madre —oyes decir a tu derecha, a una voz sin rostro ni estatura.

De modo que hay personas en este barco cuyo único privilegio es la sangre, familiares de los elegidos que están aquí para curar, para atender. El recuerdo de tu familia te coge desprevenido. Habías llegado a un pacto contigo mismo: alcanzar la paz a cambio de olvidar. Pero el pacto se resquebraja ante ese tierno gesto de una madre que regala un vaso de agua a su hijo. El niño bebe y con él todos los padres del mundo alivian su sed. Tu lengua siente el frescor del agua, tu garganta acepta cómo el líquido la llena, tu vientre se inunda con el bienestar del deseo saciado.

El niño aparta con un gesto el vaso de sus labios. Los ojos azules son más brillantes. Beber ha reavivado su color. Algo ha comenzado a vibrar en la estancia. Es una música de baja intensidad, parecida al sonido de un motor al ralentí. Piensas en otra posible Caja: en una caja humana, un tambor de piel y vísceras. Porque es del pecho del niño de donde se está alzando ese ronroneo de gran mamífero, la apacible fanfarria de bestia satisfecha. Imaginas un lebrel en su esplendor tras la caza. Así ha de mostrarse el niño tras la fatiga del Juego. El agua parece haber disparado sus ritmos. Sus movimientos son más veloces, las fichas son colocadas con precisión de metrónomo, el viaje de las manos desde el tablero hasta la cesta de mimbre se sucede con una altísima frecuencia. La música del motor ha aumentado también de intensidad. La sala comienza a respirar con ansiedad, cilios y flagelos de ese organismo expectante en que se ha convertido el *Aurora* operan de forma distinta. Las sinapsis florecen; los pulsos se aceleran; puedes observar la sudoración en las frentes que te rodean.

El niño deja caer una nueva pieza y cierra los ojos. Es como si alguien hubiera bajado una persiana metálica. Casi puedes ver cómo se eleva unos centímetros en su peana, y durante un instante maravilloso, que atenta contra todo principio físico, puedes jurar que el cuerpo del niño se sostiene en el aire, flotando igual que un pájaro o un cometa. Sientes que por esta visión del niño que levita han merecido la pena las noches de angustia y soledad: afrentas, ofensas, olvidos. Aunque apenas dura un suspiro, el lapso que media entre dos parpadeos, comprendes que esa formidable visión lo es por ser tan efímera, que ha sido un instante de pura celebración durante el cual el niño ha logrado sustraerse a las coordenadas terrestres, a la sujeción a la gravedad y a sus tiránicas leyes, hasta revelarse en su plenitud de figura arquetípica, destinada a perdurar en la memoria de tantos: un niño travestido de ave que alzándose sobre los fieles del *Aurora* vivirá ya para siempre en sus corazones.

Todo resulta luego de una sencillez aplastante, igual que si la magia se hubiera desvanecido. El niño abre los ojos azules de nuevo vacíos, exhaustos de luz, y tiende ambas manos hacia delante, como si pidiera limosna. Otra vez la mujer del pañuelo amarillo al cuello acude en su ayuda, aunque en esta ocasión avanza hacia el niño cargando dos muletas, sendas prótesis que encaja bajo las axilas del pequeño mientras lo ayuda a que se incorpore. Y es que estabas equivocado. Sí había una singularidad en el niño. No tiene piernas. La revelación de esta merma te sacude como una vaharada de azufre. Despojado de la manta que lo cubría, erguido como un animal incompleto, fea, torpe caricatura de sí mismo, pobre materia atrapada en la constelación de una voluntad titánica, el niño amputado se transforma en alguien que no inspira ternura ni admiración, sino apenas lástima. Antes de que la piedad nuble tu entendimiento, observas su figura detenida ante el Juego, apoyándose sobre sus piernas de madera, y recuerdas la leyenda que el Sistema ordenó grabar en cada una de las sucursales de la Boca, el aforismo que hallas encarnado en este niño herido: «Todo cetro, en su origen, es un palo».

El niño toma aire y se impulsa hacia atrás, como en un balancín. Cada persona dentro de la sala ha reculado. Quienes estaban apoyados en las paredes, se han apretado poniéndose de perfil, intentando ocupar el menor espacio posible. Quienes estaban tumbados se han incorporado con celeridad, creando en torno al niño un espacio vacío. Entre el niño y la entrada se ha generado un corredor, un aura de consuelo y advertencia. Con la cadera aún retrasada antes de tomar impulso, el niño mira en dirección a la puerta y sus ojos rozan los tuyos. Casi puedes adivinar el mecanismo oculto de su tesón, los engranajes de una maquinaria poderosísima pero fatigada, la lucha que ese cuerpo incompleto tiene que mantener cada día con su inteligencia para seguir adelante. Comprendes que esos ojos de niño viejo están cerca de consumirse y arder, como una supernova surgiendo de la explosión de una enana blanca. Que el fuego que nutre ese talento del niño para las formas corroe a la vez sus esperanzas de vida, sus ansias de convertirse un día en un adulto cualquiera. A este niño lo devora su propio don, es esclavo de su fidelidad a un poder que en su privilegio esconde su condena.

Al avanzar el niño su cadera hacia delante, dándole al impulso un leve movimiento rotatorio, la sala expele una respiración contenida durante tiempo. Del mismo modo que ante el profeta en las Escrituras, este mar Rojo de sangre, hueso y tendones se abre ante el avance del niño mutilado. En los ojos de la mujer del pañuelo amarillo al cuello hay un impulso de amor violentísimo. En ellos se esconden el cariño, la ternura, la veneración, la fe y un átomo de atrición. El niño avanza hacia la puerta con empuje asimétrico, con un gasto de energía absurdo. Desearías tomarlo entre tus brazos, alzarlo por encima de estas cabezas admirativas, conducirlo hasta su cama para arroparlo y depositar un beso en su frente. Desearías tanto expresarle tu fervor. Pero el niño pasa ante ti sin mirarte, más viejo y agotado que nunca, dueño de una victoria pírrica que, acaso, él jamás llegue a disfrutar. La sala al completo, girada en la dirección de su marcha, lo ve partir en un silencio aún más tenaz que el ruido blanco que te asaltó al penetrar en la concha. Y cuando junto a la mujer del pañuelo amarillo al cuello se pierde de vista, es como si el sol se hubiera ocultado tras las colinas.

El mellizo es el primero en recuperar el sentido del aquí y del ahora. Lo ves abrirse paso entre la gente estupefacta y acercarse al Juego. Tú lo sigues de cerca, abriéndote camino a codazos, como la tropa sigue a su portaestandarte o el bufón no pierde la estela del rey al que debe agradar. Llegas a tiempo de verlo arrodillarse ante el mosaico, abrir las manos como quien convoca a una asamblea y admirar en todo su esplendor, con ese regocijo cercano al llanto de alguien que desentierra un tesoro, la forma que el niño sin piernas ha dibujado en el Juego.

Las manos son un pergamino; manos de un hombre a la intemperie. Tú lo has llamado auriga, le has concedido un título de nobleza, pero visto de cerca no es más que un hombre consumido, a quien los años han ido menguando chupándole la savia, adelgazando su grasa, tallando sus músculos. Aunque su tesón permanece intacto. Te lo dicen sus ojos, que son más jóvenes que los ojos del niño sabio.

—Lo hemos perseguido tanto, con tal ahínco; hemos anhelado tanto este conocimiento, que ahora, después de que el niño nos lo ha mostrado, nos sentimos confusos. Felices, pero confusos.

También su voz es joven, la voz de un actor de segunda fila, que en ausencia de otras virtudes ha tenido que fiar el éxito a su modo de replicar en escena. Afilas el lápiz de la emoción, le sacas punta al clima que se respira en la cabina del remolcador. Aquí todo es monacal: la taza de latón para el café amargo, el catre diminuto, el retrete que es apenas un agujero abierto sobre el rumor de las olas, la ausencia de libros y cuadros, la radio de aspecto prehistórico, los calendarios atrasados, ese recorte color sepia en que se adivinan la cabeza de una mujer y de dos muchachas. Otra familia como la tuya. Acaso también ida. Acaso también perdida. Prefieres no preguntarlo. Es posible que ser piloto fuera también tu destino, aquello para lo que habías nacido.

Desde la cabina del remolcador, el *Aurora* parece mucho mayor de lo que en realidad es. Quizá porque sólo se alcanzan a ver las amuras que forman su proa, el aspecto malhumorado de su ceño, la roda magullada por el paso del tiempo, esa gran floración verdosa de las algas que han colonizado con paciencia el casco, las seis letras blancas de su nombre comidas por el óxido y la sal. La vida aquí dentro ha de ser tediosa y solitaria. Como caminar por el desierto. O como estar en una jaula y haber arrojado al mar la llave.

Por eso te obligas a mirar al piloto con una inmensa ternura. Él es un héroe, sin duda.

—Cambiamos rumbo de nuevo. Pero esta vez es la última —anuncia con un orgullo que no cabe en el lenguaje de los hombres.

Alguien escribió que la belleza no es otra cosa que la expresión de algo que se ha amado. En este caso esa belleza, ese amor, han nacido de una búsqueda.

Desde el principio. Mucho antes de que la gabarra ascendiera desde el Sur del Sistema; mucho antes de que alcanzara las costas de Realidad y prosiguiera en su asedio de una forma hacia el Gran Norte para volver más tarde sobre su estela. Esa búsqueda surgió antes de que tú y tu voz nacierais, antes de que ninguna persona a bordo del *Aurora* hubiera visto la luz, antes incluso de que el primer Ideólogo cifrara las fases de la Historia humana, sentara los cánones de la respetabilidad, redactara las leyes soberanas. Esa búsqueda no pertenece a este barco ni a sus tripulantes, sino que es la *vis movendi* que anima a quien se atreve a escribir «no», la ráfaga que disparan los revolucionarios de Julio, la insolencia de Harmodio, quién sabe si la sólo aparente inocencia con la que tu padre te transmitió el amor por los sellos, la estrategia, el viejo e inagotable arte de las novelas.

Ahora el niño ha indicado el camino y señalado la fuente. Ahora cada faceta del diamante se ha mostrado en su plenitud. Ahora «la ciencia de las despedidas» es posible. Estos meses te han enseñado tanto sobre ti como tus tentativas con la escritura. Te han enseñado a aceptar que la química puede secuestrar los sueños, que jamás recuperarás a tu familia, que el mundo es una lección de anatomía. También a medrar como los árboles, pues la verdad del hombre es que no crece hacia lo alto, en busca de la luz, sino que lo hace a lo ancho. Cuanto le sucede dibuja un nuevo anillo en su tiempo.

Sientes el aliento un poco fétido del piloto en tu nuca, tan humano, tan disculpable; te aferras a esa espalda enjuta y vencida, en la que se insinúa ya una joroba de anciano; y cómo te reconforta la carne doliente que te estrecha en un abrazo fraterno. El sol se está alzando sobre el horizonte como un carro alado de fuego. Las islas, esos mundos de piedra, aguardan. La emoción embarga a los argonautas. Hoy es ya mañana.

No importa a qué; no importa a quién. El amor es todo aquello que aún no ha sido traicionado. Porque cuanto sin reposo has buscado una y otra vez, infatigable, desesperadamente, ha sido un Centro.

# EN LA COSA

Las últimas horas antes de abordar el estuario las pasaron en la sala donde el niño había descifrado el Juego. Sería aventurado decir de quién surgió la idea, porque todo en esa noche fue tumulto y alegría, pero lo cierto es que alguien propuso la redacción del catálogo de maravillas que el hombre había dejado a su paso por la Tierra.

Dicho protocolo, no se sabe si escrito con la vista puesta en un futuro en el que ninguno de ellos estaría ya presente o como un consolador ejercicio de justicia poética, arrojó por descontado un saldo memorable. Estaban las Pirámides. Estaban las catedrales góticas. Estaba el cálculo infinitesimal. Estaba la música de Schubert. *Ilíada. Edipo en Colono. Fedro. Carta a Meneceo*. Huyendo de los nombres propios, alguien aventuró el arte rupestre. Otro apuntó la cría del gusano de seda. Un tercero, más prosaico pero no por ello menos sabio, dejó constancia de la bullabesa. La lista, redactada en papel de carta, se introdujo con escrúpulo y una suerte de ritual esotérico dentro de una damajuana vacía. El gollete se selló con lacre rojo y esperma de vela, y un brazo anónimo, fortalecido por el carácter simbólico del gesto, lanzó el recipiente al océano haciendo que describiera una parábola tan efímera como elegante.

No resulta sencillo imaginarlos allí, como arúspices leyendo sus propias entrañas, el único porvenir posible, porque eran demasiados y no todos sus nombres se conocen, pero es grato pensar en ellos como en una manada feliz y piadosa, unida por vínculos más fuertes que la sangre o el afecto. Propios, Ajenos; hombres, mujeres; cuerdos, locos; viejos, jóvenes; prudentes, audaces. Y fuera, en la noche serena, el *Aurora* fondeado entre las aguas del mar y del río, con el remolcador meciéndose a un costado, siempre fiel, siempre a la vista.

Sí parece más simple concebir el calor reinante a pesar de cada ojo de buey abierto, el peso de la fatiga y de tanta espera contenida, el tonelaje de desamparo que habían acarreado de un lado para otro del Sistema. Apiñados, aguerridos, luchando sin violencia por un metro cuadrado de aire donde poder respirar y moverse, agotando las reservas de alcohol del *Aurora,* hasta ese instante celosamente escondidas, poniendo su empeño en embriagarse con melancolía y furor, sin apartar de sí un solo cáliz. También hubo tiempo para las canciones de infancia, las declaraciones de amor a islas remotas, la nostalgia profunda por familiares y amigos. Se expresaron muchos deseos en subjuntivo aquella noche.

Aunque lo más notable de la quermés fue que, sin excepción, los celebrantes acataran la respuesta al enigma. Que a pies juntillas, con la disciplina del fanático, aceptaran que la solución propuesta por el niño para el Juego no admitía réplica. Quizá estaban demasiado confusos, como confesó al Narrador el viejo piloto, o demasiado exhaustos para seguir buscando. Quizá, en aquella última noche antes de abordar el estuario, entre las aguas del mar y del río, todos querían, de una vez por todas, poner término al viaje.

Sus piernas estaban enredadas en un lazo cuádruple. Ambos habían dormido en la litera inferior, entre vasos derramados y ropa sucia. El hombre, que fue el primero en abrir los ojos, miró a la mujer con sorpresa, como si nunca antes la hubiera visto. En realidad, la belleza de su hermana lo dejaba siempre atónito, a merced del asombro. Aquella belleza heredada de la madre de ambos, y que él, desde niño, no quiso ni pudo apartar de sí. Porque su hermana habitaba sin pausa en el día cero. Su edad era indefectiblemente la misma. La de la primera vez que él fue consciente de amarla. Que fue también la última vez que se sintió culpable por hacerlo.

La niebla se había adueñado de la cubierta. Una sopa densa, casi sólida, que impedía reconocer los objetos hasta que se tropezaba con ellos. Le hizo bien moverse en esa especie de ceguera, dejándose guiar por el oído antes que por la vista, caminando descalzo a través de la línea de crujía, como si sus pies fueran bisturíes que hendieran al *Aurora* en mitades perfectas. Reiteró ese trayecto hasta el hartazgo, desde la popa hasta la estructura donde se servían las comidas y a la inversa, una y otra vez, una y otra vez, memorizando un paisaje amado. Se preguntó con qué estaría soñando el niño mutilado en aquel instante.

Cuando descendió al camarote, ella seguía durmiendo. Boca abajo en la litera, con la piel desnuda y brillante, él redibujó la espalda plana y musculada, el hundimiento lumbar, la depresión acusada que se remontaba en los glúteos, como la gráfica de un seísmo. Pensó que el cuerpo de su hermana era apenas un anagrama. Y también en qué se convertiría ese diseño magnífico ahora que llevaba un hijo dentro.

Ella se lo había advertido durante la noche previa, en la sala donde se contenían la fiesta, el alivio, el fulgor. Fue después de que él hiciera su aportación al catálogo de maravillas nombrando la esgrima, cuando ella le tomó una de sus manos y en un aparte, mientras nadie los miraba, se la llevó al vientre. Ese único gesto. Habían mencionado tantas veces esa posibilidad desde el comienzo del viaje, que por un momento a él le pareció que ella no estaba constatando una realidad, sino reiterando un deseo, pero entonces él vio en los ojos de su hermana algo que jamás había estado allí antes: anunciación.

Y ahora, desnuda ante él, volvió a experimentar el cúmulo de cosas que no había podido confiar a las palabras, la confusa correspondencia entre lo que un hombre siente y lo que alcanza a expresar, la distancia entre el oro y su representación. Supuso que, en definitiva, para eso existían el arte y la literatura. Para ahorrarle al público su incapacidad. Para ser portavoces de los ciegos y de los mudos. A falta de pinturas o documentos que expresaran cuanto sentía, se conformó con besar los cabellos de su hermana. Acaso el Narrador pudiera poner palabras más tarde a aquel desconcierto, a aquel entusiasmo. Aunque quizá pensara que ésa era una tarea inapropiada para el biógrafo del *Aurora*.

Ella despertó con el beso. Lo hizo por partes, como si su cuerpo no fuera un envoltorio único, sino una máquina constituida por secciones independientes. Lo primero que sintió fue el flujo de sangre caliente girando en su centro, como un vórtice. Llevaba unas jornadas despertando con esa sensación entre el placer y el malestar, no muy distinta a la que genera arrancarse una postilla. El calor fue creciendo primero hacia sus pechos, de donde irradió a los brazos y los hombros, y sólo después descendió por sus piernas hasta regar sus tobillos, las plantas y dedos de sus pies, semejante a la savia de un árbol. Estaba embarazada desde hacía ocho semanas, coincidiendo con la aparición del hielo, pero sólo en los últimos días había experimentado el torbellino.

Al despertar por completo, se dio la vuelta y miró a su hermano. Era también hermoso, como lo había sido su madre y como ella misma lo era, pero su belleza estaba herida por cierta rigidez masculina, por una rotundidad marmórea. A menudo le hubiera gustado rebajar la potencia de sus pómulos, que le hacían parecer un luchador de palestra griego, un canon antiguo, y difuminar esas venas que, como riendas o varillas de paraguas, el esfuerzo le dibujaba en el cuello, los antebrazos, la cara interna de los muslos. Pero era tan dichosa viéndolo correr, saltar, nadar o incluso comer, aquellos actos en que su cuerpo se ponía en marcha exudando un vigor solar, el esplendor de un discóbolo.

Por primera vez, aquella mañana en el estuario, ella imaginó el aspecto que tendría el niño al nacer. También, por vez primera, acusó un instante de preocupación. No temía a los tabúes ni a las prohibiciones, pero respetaba sus consecuencias. El amor que sentía por su hermano era incompatible con la culpabilidad, pero no por ello la mantenía a salvo de ciertos miedos. Concibió al niño redondo y ardiente, como un pequeño disco rojo, y a sí misma y a su mellizo como tierras girando en el influjo de su órbita. Tuvo la certeza de que al *Aurora*, para resultar coherente, sólo le faltaba ser también una cuna.

En la recién conquistada vigilia, se dejó mecer por los brazos de quien había compartido con ella otro vientre. Al tiempo, experimentó un intolerable brote de celos ante el recuerdo de su propia madre, ante el hecho de que su amor, el hombre de su vida, llevara consigo una fotografía de la mujer que los trajo al mundo a ambos. Aquella reliquia era una fortaleza que se alzaba entre los dos, aunque ella jamás se había permitido mencionarlo. Si él supiera de su desazón, quizá condenaría la imagen a un lugar secreto. En cierta medida, sería aún peor. Prefería ver a su hermano contemplar de vez en cuando la fotografía de su madre que imaginarlo a escondidas, lejos de ella, regalándose un instante de intimidad con una mujer muerta.

—Acaricia al niño —dijo.

Él obedeció sin palabras, alargando sus manos. Recordó la niebla de la mañana, y supo que la vida se abre camino entre el limo. Formas ancestrales lo cercaron. Peces abisales con aspecto de minotauro ciego, las semejanzas entre el embrión humano y el de la salamandra en sus primeros pasos, la certeza de que en cierta ocasión, hace millones de años, existieron dinosaurios con plumas.

La entrada al estuario olía a podredumbre. El paisaje era una mezcla incongruente de esplendor y mácula, un trono devastado. A la derecha del *Aurora,* entre las dunas condenadas a morir, el marjal bullía de pájaros. Había arrozales inundados y lagunas fétidas. Se veían bidones abandonados, piezas de motores, el esqueleto blanco de una bañera. Piraguas partidas en mitades asimétricas asomaban sus pecios como mandíbulas rotas. Un sombrero de paja había quedado sujeto a una de las proas.

El contacto del agua dulce con el agua salada creaba en la marisma un color casi tóxico por su brillo, un verde desmesurado. A la izquierda de la gabarra, infestando una playa de arena oscura, se alzaban las palmeras. La menor de ellas superaba con holgura los veinte metros de altura. Dispuestas en racimos como puños, aparecían estáticas, fotogramas fijos de una filmación casera. De vez en cuando, perros solos o en parejas cruzaban junto a ellas sin ladrar. Aunque el sol había deshecho la niebla, no corría la más leve brisa.

El estuario era un ámbito de intercambio, un enorme transmisor natural por el que la vida fluía sin aduanas ni peajes, salvaje y veraz. Donde el tubo era más estrecho y el río se adelgazaba, a unos trescientos metros del lugar en que fondeaba el *Aurora*, las ventanas de la Cosa absorbían la luz como un agujero negro. Desde la gabarra no era fácil discernir la función original de la estructura, para alimentar qué sueño o qué necedad había nacido. Lo único evidente era su colosalismo, el aspecto de monstruo varado en un entorno inadecuado, un capricho concebido con ardor, mimado con fatiga y olvidado sin nostalgia.

Como la mayoría de las ruinas, inspiraba una impresión de anonimato, de comercio neutro y genérico, sin calidez ni gratitud, más allá de los rostros, y a la vez sugería una inminencia aplastante, propia del accidente y la fatalidad, como si en su entorno estuviera a punto de suceder algo perverso. La Cosa estaba levemente vencida hacia uno de sus lados. Parecía que la hubiera golpeado una ola mastodóntica o que sus cimientos hubieran sido dinamitados. La descompensación en su eje hacía aún más severo su aspecto de abandono. También más seductor. Una vez detectada, era imposible separar los ojos de ella. La Cosa chupaba no sólo la luz del sol, sino también la atención de quien estuviera cerca de ella. Su capacidad para abolir el mundo circundante, incluida la extraña belleza del estuario, era un último triunfo del artefacto. La Cosa era un vampiro.

El niño hizo un gesto de asentimiento y la mujer del pañuelo amarillo al cuello lo alzó sobre la peana. No permitió que nadie la ayudara. Las muletas dibujaban una T mayúscula en el suelo. El niño movió la cabeza en un ángulo de ciento ochenta grados, barriendo el marjal infecto, la playa de palmeras y la mudez de la Cosa: una máquina monitorizando un cadáver. Congregadas a su alrededor en un apretado semicírculo, las almas del *Aurora* aguardaban por una señal. Como en el instante en que el Juego se plasmó, el pasaje estaba borracho de fe.

—Chatarra —dijo un hombre oculto tras unas gafas de sol indicando la Cosa con el mentón.

Pasó un pelícano con las alas desplegadas. Su sombra se proyectó sobre el grupo. Giró en redondo un par de veces y después planeó en círculos cada vez más cerrados, hasta posarse en el agua con un ruido amortiguado. Al hacerlo, apenas rompió la quietud del espejo.

—Quizá sea una torre de control —aventuró alguien.

—Oficinas —conjeturó otro—: recursos humanos, espionaje industrial, asuntos diplomáticos.

—Un acelerador de partículas —pronosticó un tercero.

El niño comenzó a emitir ruido. Sus ojos estaban cerrados mientras expulsaba aire por la nariz, un bufido jocoso aunque inquietante. El pelícano sumergió la cabeza en el agua. Al sacarla, pudieron ver en su pico un lingote de plata. El pelícano movió el cuello y el lingote desapareció. Ese temblor que anima los buches de los pájaros. Esa vida todavía consciente, cruda, tragada sin masticación.

—La fábrica —dijo una voz.

Tardaron en comprender que era el niño quien había hablado. Quizá porque, hasta donde recordaban, era la primera vez que lo hacía. O quizá porque su voz, como sus ojos, era también vieja, la voz de un fauno triste que había conocido mejores épocas.

—Una fábrica. De prototipos —dijo el niño espaciando mucho las palabras, como si sólo pudiera hablar así, en frases cortas y sencillas, con una sintaxis también pequeña. Artículos, preposiciones, sustantivos.

Nadie se atrevió a preguntar al niño qué tipo de prototipos se concebían allí. De automóviles. De androides. De *software*. El propio vocablo los incomodaba. Prototipo. Del griego πρωτότυπος: ejemplar original o primer molde en que se fabrica una figura u otra cosa; también ejemplar más perfecto y modelo de una virtud, vicio o cualidad. La definición abría un espectro de posibilidades tan amplio que resultaba temible. De fórceps. De lémures. De virus letales.

—Fuera o no una fábrica, ahora es sólo chatarra —concluyó el hombre de las gafas de sol.

El pelícano echó a volar de nuevo, esta vez en dirección al *Aurora*. Igual que una flecha de fuego, partió hacia el casco adoptando una posición extraña, impropia de su especie, movido por una ceguera implacable, inflamado por una cólera sin objeto. Antes incluso de que sucediera, supieron que iba a impactar contra la gabarra, que su trayectoria iba a finalizar en el estruendo sordo, como una bofetada, con el que su cuerpo golpeó la embarcación. Casi todos los presentes dieron un paso atrás.

El zumbido del niño cesó. Vaciló un poco en la peana, a punto de caer, y aunque su movimiento duró apenas un segundo, su madre se abalanzó hacia él. El niño la detuvo antes de que lo tocara. Sin palabras. Alzando su mano derecha.

—Un auspicio —se escuchó decir.

—Maléfico —añadió alguien.

—Ha sido el niño —dijo la melliza.

Se tocó el vientre liso. El nadador estaba muy lejos, en su oscuridad primordial, su ausencia de lenguaje, su existencia embrionaria, otra categoría de víscera flotando en aquel limbo amniótico. Ella comprendió que un día el niño amputado también había habitado un vientre. Se obligó a estudiar a la mujer del pañuelo amarillo al cuello, intentando discriminar algo fabuloso en ella. Recuerdos de aquella espera. El candor de sus vigilias. Pero no vio nada. Era vulgar, intercambiable. Una estampa conocida, vista mil veces y mil veces olvidada.

Alguien había capturado el cadáver del pelícano sirviéndose de un largo palo con una red cosida en un extremo, un improvisado cazamariposas. Luego había depositado el cuerpo junto a la peana. El impacto había abierto el buche del ave. Como una naranja pelada. Allá dentro, con sus ojos fijos y por ello mismo terribles, pudieron ver decenas de peces. Uno de ellos boqueó y con un esfuerzo postrero se desprendió de su tumba. Dando coletazos se fue moviendo de un lado al otro. Había algo inicuo en la segunda agonía del pez. Hubiera sido tan sencillo cogerlo y devolverlo al agua, pero nadie lo hizo. Al fin, vencido por el esfuerzo, se aquietó, expuesto como el símbolo de algo obsceno, a la vista de todos y a escasos metros del pelícano destrozado, con sus branquias agotadas, inútiles ya, y ese aspecto acusador que posee un pez fuera del agua.

El niño observó al pelícano sin pasión. Una vez más, como durante la exhibición del Juego, sus ojos azules estaban más allá de todo juicio. Al mirarlos, como le sucedía al Narrador en ese preciso instante, era inevitable aventurar una conexión entre los icebergs y el niño. Ambos eran reinos inabordables, que discurrían en paralelo pero no podían ser comprendidos. También a su modo el niño era un dios: negligente, ecuánime en su lejanía, imposible de tocar. En la esfera de su poder las cosas sucedían atendiendo a lógicas severas, tan poco cuestionables como el principio de inercia. Qué habría sentido el niño durante el viaje del *Aurora* hacia el Gran Norte. Qué diálogo habría mantenido con el paisaje. El Narrador lamentó no haberlo conocido entonces.

—Hay que llegar. A la fábrica.

Otra vez aquella pausa en su dictado. Claro que ahora la frase incluía dos formas verbales. Era comprensible su esfuerzo, el hiato manifiesto, la detención.

Habían acatado sin dudar el veredicto del niño. Lo habían festejado con una felicidad más allá de cualquier cálculo. La noche previa los llenó de recuerdos: la redacción de los prodigios humanos, los discursos a beneficio de un final feliz, la confianza en reencontrar pronto a los seres queridos. Pero ahora el pronóstico del niño se encarnaba en una acción. Habían llegado hasta allí. El niño los había conducido a trescientos metros del estuario y de aquel paisaje. Ahora quería mandarlos al otro lado, hacerlos encaminarse hacia la Cosa.

—¿Cuántos? —preguntó el mellizo.

Situado entre el pelícano y el niño, la mujer del pañuelo amarillo al cuello contemplaba al hombre como si temiera que se fuera a apoderar de su hijo.

—Uno —dijo el niño, y su puño cerrado desplegó el pulgar—. Dos —el índice—. Tres —el corazón—. Cuatro —el anular—. Cinco —el meñique—. Y seis. —Y la mano abierta se posó sobre su propia cabeza.

El mellizo apartó al pelícano con el pie. El cargamento de peces almacenado en su buche hizo un ruido de succión, desagradable. Un hombre emergió del grupo con el cazamariposas, recogió el cuerpo del pájaro muerto y lo arrojó al mar. Sonó igual que un fardo de ropa mojada al golpear contra el suelo.

La imagen de Lunacharski parecía haber envejecido desde su anterior visita al camarote. Su insolencia de bolchevique tenía ahora arrugas en los ojos, muescas de cansancio. El Narrador recordó algunos de los misterios que había vivido en la Estación. Los espejismos en el mar; las fotografías que cambiaban de un día para otro.

—¿Está seguro de lo que me ha contado? —preguntó el mellizo—. No olvide que le pregunté si alguna vez había tenido la sensación de sufrir alucinaciones.

—Querría que mi relato fuera diáfano, pero no consigo entender muchas cosas. Son tantas las que se me escapan. Tantas. Tantísimas en realidad.

Habían pasado veinticuatro horas desde que el niño propuso la expedición. Arriba, en cubierta, la melliza se afanaba en la preparación del bote. En unos minutos salvarían la entrada al estuario, remarían hacia la Cosa. Se internarían en ella.

—Empecé a escribir para mí. Aunque creo que fue el tedio, y no la necesidad, lo que me puso en marcha.

El mellizo afirmó sin palabras. Su silencio era una invitación a continuar hablando.

—Después, en la Academia, cuando Klein me introdujo en el proyecto de la T29, la escritura se convirtió en una cuestión de supervivencia. Tenía que escribir para no perder la memoria. Lo demás, mi familia y mi trabajo, lo había perdido ya.

Ambos estaban sentados en la litera inferior. Había un olor ácido en la estancia. Un leve hedor a moho y clausura.

—Lo que quiero decir es que la óptica cambió. Primero escribía sobre el Sistema, intentaba entender qué estaba sucediendo en Empiria, qué relación había entre el entorno de la Estación y la vida fuera de ella. Pero luego todo se transformó. Mi mirada se hizo más pequeña, y al tiempo se reveló mucho más importante.

El mellizo estaba distraído. Lo miraba sin expresión en el rostro. Una máscara. Una hermosa máscara.

—¿Me comprende?

Su interlocutor parpadeó con sobresalto.

—Vagamente —confesó—. Nunca he sentido el impulso de escribir.

Pensó en su hermana. En todas las palabras invisibles entre ellos. Supo que mentía, que le hubiera gustado confesar al Narrador cuántas cosas tenía la necesidad de expresar.

—Y ahora —continuó el Narrador—, desde que llegué al *Aurora,* usted y su hermana me han convertido en una especie de notario. Soy el albacea de este barco —dijo con orgullo—, su relator. Pero creo estar igual de perplejo que al principio, cuando me limitaba a vigilar el mar.

Dos hombres en una habitación estrecha, hablando del mundo y de las fábulas que encerraba. Una historia antigua, la más antigua de todas.

—Mi hermana está embarazada —dijo el mellizo pasándose una mano por la frente—. El niño es mío.

El Narrador asintió. Era una noticia que en otras circunstancias lo hubiera incomodado. Sin embargo, no experimentó extrañeza al oírla. Como si la hubiera esperado.

—En mi tercer cuaderno, el que comencé a redactar aquí, he pensado en esta gabarra como en una especie de Arca —dijo con cierta emoción en la voz—. Creo que ahora está completa.

El mellizo lo observó con curiosidad. Vio al Narrador como a un organismo sobre una mesa de vivisección.

—¿No me juzga por lo que le he contado?

—No es mi deber juzgarlo. No es mi deber juzgar a nadie. Además, un hijo es siempre una buena noticia.

Tablillas de arcilla cocidas al fuego insomne de los hornos de Oriente. Milenios las contemplan. En ellas, oficiantes barbudos, adustos, con tiaras en la cúspide del cráneo y vestimentas talares, inscribían el número de bueyes que araban los campos, las toneladas de trigo que surcaban los ríos, las vasijas de aceite con que nutrir al pueblo. Que se sepa, ninguno cifró en ellas el cómputo del amor, de la dicha. Que se sepa, ninguno reflejó el regalo de los niños venidos al mundo. Había en ello una estúpida ingratitud.

—Desde que lo supe, tengo miedo. Imagino monstruos, prodigios.

Miraron la fotografía de Lunacharski. El mundo encerrado en una descarga de fusilería. Los cielos vacíos. La aventura humana.

—Parece usted un hombre sensato —dijo el Narrador—. Esos miedos pasarán. Quizá sólo sea un sentimiento de culpa.

No le agradó emplear esa palabra, porque parecía insinuar algo oscuro, pero la dijo, la dejó caer.

—Culpa —repitió el mellizo—. Al Sistema le gusta esa palabra.

—Todos los Sistemas necesitan esa palabra. Yo tengo mis culpas. Cada persona a bordo de este barco las tiene. ¿Me equivoco? ¿No existe la culpa de donde usted viene? La mujer de la fotografía que me enseñó en este mismo camarote, ¿no los educó en la culpa, en ciertas culpas?

Oyeron ruido fuera, un peso que rozaba el casco del *Aurora*. Estaban bajando el bote al agua.

—Supongo que sí —concedió el mellizo—. Supongo que si mi madre supiera lo que hemos hecho se espantaría.

—Su hijo será un niño normal.

Se encontraba cómodo en su papel de hombre indulgente. Era algo nuevo para él, esa sensación de repartir consejos, frases tranquilizadoras. Un ángel de benevolencia.

—Creo que es hora de irse —dijo el mellizo levantándose.

Lo vio moverse por el espacio restringido del camarote con destreza, como un hombre que hace tiempo se ha acostumbrado a convivir con las limitaciones. En la gabarra habían aprendido a respirar como monjes, sin comodidades. Habían conquistado el arte de la sobriedad, sus comarcas más remotas. Aun así, el Narrador sintió una curiosa empatía mientras veía a aquel hombre, que hasta hacía poco consideraba su enemigo, ordenar las escasas pertenencias que poseía. Era como asistir a la revelación de una autobiografía sin palabras.

—¿Me permite? —dijo tendiendo una mano hacia el mellizo.

Vaciló un instante, pero luego sacó la cartera y se la entregó al Narrador.

La mujer seguía cautiva en el país de la lectura. Eso lo conmovía. Lo de menos eran el marco, la casa, el jardín allá fuera, incluso la belleza de la mujer. Lo hermoso era que se encontrara tan desnuda y, a la vez, que estuviera tan alejada de todo. Que se expusiera tan pura aunque al tiempo tan incomprensible a la mirada de otro, aunque ese otro fuera su marido, su compañero de juegos, aquel que había concebido en su carne. La contempló durante un intenso, feliz minuto. No existía tablilla donde computar ese tiempo.

—Estoy listo —dijo devolviendo la cartera al mellizo.

Hacía un día de calor sofocante; el aire estaba otra vez ausente. En la cubierta los esperaba una pintura viva. Quedaba por desentrañar qué escena se representaba en ella. Del lado de estribor, por donde había descendido el bote, se encontraban la melliza, Antjie y el niño en su peana. Rodeándolos como una guardia de corps, había un nutrido grupo de pasajeros, al menos cincuenta. En el centro de la cubierta, arrodillada, la mujer del pañuelo amarillo al cuello lloraba.

El Narrador pensó en los iguales de Rembrandt, aquellos maestros antiguos del arte de la pintura: flamencos, italianos, españoles. Van Eyck, Caravaggio, Zurbarán. Cualquiera de ellos podría haber concebido esa dramaturgia, los grupos claros y distintos, las líneas de fuga, los focos de luz, las fuerzas espaciales que convergían en el evidente objeto de disputa: el niño estático, solemne, casi feroz. Había una armonía en el retablo que no parecía nacida del azar de una circunstancia, sino del oficio de pintar. La matemática que reinaba en la cubierta del *Aurora* era tan magnífica que cualquier espectador habría sentido la tentación de buscar al artista en su trono de privilegio, un creador tomando distancia al germinar un mundo nuevo. El silencio, sólo roto por el llanto de la mujer del pañuelo amarillo al cuello, un llanto que recordaba más el murmullo de una plañidera que los sollozos de una *mater dolorosa*, parecía también preparado, artificial, como si la vida no pudiera alcanzar un grado tan perfecto de teatralidad.

Fue el mellizo quien disolvió el cuadro al entrar en el marco de la triple correspondencia. Su voz acabó por romper el hechizo, devolviendo a los figurantes la pasión del movimiento.

—¿Qué sucede?

—El niño no quiere que su madre venga —respondió la melliza—. Se lo ha prohibido.

Así que era eso. El déspota impedido había vuelto a pronunciarse. Lo curioso era la elección que el niño había hecho.

—Ha señalado al doctor Klein como sexto pasajero —añadió la melliza.

Por qué no, se dijo el Narrador. La peripecia lo exigía en nombre de la plasticidad. Dos Ajenos; dos médiums; dos hombres del Sistema. A la mujer del pañuelo amarillo al cuello le tocaba ahora en suerte el destino de las madres: ser silenciada, elidida, ignorada. Además, pensó con esa especie de pudor de quien está en el secreto de las cosas, había ya una madre *in pectore* en el grupo. Ella podría desempeñar los papeles simbólicos.

Bajaron en turnos al bote: Antjie y la melliza primero; Klein llevando a hombros al niño en segundo lugar; y por último, el Narrador y el mellizo. Los sollozos de la mujer del pañuelo amarillo al cuello no cesaron durante el traslado. Se habían convertido ya en un elemento más de la mañana, como el calor pegajoso o los perros de la playa, que giraban en círculos en torno a las palmeras, satisfaciendo una voluntad oscura.

Cuando los seis estuvieron dispuestos en el bote, el niño miró hacia la Cosa y conjuró al espíritu del día:

—Es tiempo.

Durante la Historia Nueva, los técnicos habían desbrozado grandes extensiones de selva y destruido hectáreas de bosque para construir carreteras, crear embalses, levantar parques eólicos. La consigna era llevar el progreso a todas partes, incluso allí donde el progreso no había sido demandado. Fue una auténtica pandemia. Cicatrices en las islas, enormes tajos de lado a lado, desplazamientos de tierra de una magnitud jamás vista. Proyectos que revivían el impulso de los faraones, provincias enteras entregadas a las formas que la megalomanía podía adoptar. Las obras eran tan monstruosas que, mientras se realizaban, nacían ciudades a su alrededor. Ciudades con supermercados, hospitales, escuelas, prostíbulos, iglesias. Ciudades que alimentaban cada día a diez, veinte, treinta mil obreros. Ciudades que instituían sus marcos legales, sus tribunales de justicia, sus razones para la violencia. Ciudades que generaban sus cementerios. Cuando la obra finalizaba por falta de dinero o por apatía, la selva y el bosque devoraban las carreteras, asfixiaban los embalses, colonizaban los parques eólicos. Las retículas urbanas eran tomadas, restituyéndose la ecuación original. Cada centímetro cuadrado de hormigón, cristal y plástico se cubría de líquenes y hiedra, era sometido por los juncos, veía cómo los árboles quebraban las cúpulas y deformaban los muros, sacando a la luz el barro primordial, las corrientes freáticas, esa plétora orgánica que, allá abajo, lejos, en el subsuelo, había seguido proliferando oscura, atávica, innegociable.

Quedaban las huellas de la histeria, absurdos como la Cosa, que vista de cerca era terrible por lo que poseía de pura manifestación. Ante ella no había espacio para fantasmagoría o quimeras. Aunque fuera fruto de un delirio, era fruto de un delirio honesto, consciente, que había llevado hasta el límite su propósito: crear una estructura disparatada, probar que se podía introducir en el mundo un elemento que atentaba contra la sensatez. Como proyectar un castillo en el aire, y demostrar más tarde que era posible sustentarlo sobre el vacío. O como caminar sobre las aguas. Una operación perversa, pero a la vez delicada.

Desde la orilla del río hasta la explanada que había frente a la Cosa, ascendía una suave pendiente de macadán. Señales de circulación, marcas en la calzada indicando límites de velocidad, una barrera que había quedado alzada. A un lado de la barrera, una garita con una silla, una mesa, un perchero, un teléfono. Todo austero y simple. Ningún lujo. La mínima tecnología. El periódico que reposaba sobre la mesa tenía dos meses. La ventana de la garita estaba rajada.

El Narrador miró a Klein y se permitió sonreír. La vida del doctor había trazado una revolución inesperada. Ahora ya no era un titán de la química, ni siquiera el hijo de un asesino. Se había convertido en la enésima encarnación de Cristóbal, el cananeo que vadeó un río llevando un peso sagrado sobre los hombros. Verlo así, convertido en porteador de un reyezuelo lisiado, lo llenó de asombro ante la fecundidad del mundo. Klein jadeaba un poco, fatigado por la carga, pero permanecía callado, sin expresar una queja. Era notable con qué rapidez se había adaptado a su papel. Klein era un camaleón, un hombre de mil disfraces. Lo había demostrado en la Academia; lo había confirmado con sus cambios de planes, humor y pensamiento en el *Aurora*; lo mostraba de nuevo ahora, mientras mantenía sobre sus hombros al niño sin piernas.

Contempló a los mellizos. Y tuvo la impresión de que habían cedido el mando. Se los veía cambiados, no apocados o humildes, sino lejanos, como si lo que estaba sucediendo les incumbiera sólo como actores. La melliza cruzó una mirada con la suya por un instante. El Narrador comprendió que ambos se ruborizaban.

Entre tanto, el niño y la Zahorí estaban manteniendo un diálogo mudo. Todos pudieron sentirlo. Cómo de los ojos azules del niño partía un mensaje que se perdía en el cuerpo de Antjie. La mujer tembló del mismo modo que si un calambre recorriera su columna vertebral. Dio unos pasos, internándose en la explanada, y observó la mole de la Cosa.

Oyeron el estruendo de los pájaros, una nube rosa, blanca y gris que se alzó del marjal como tras una detonación. Comprendieron que se había levantado el viento. Por eso huían las aves. Llegaba del mar, implacable, furioso. Lo sintieron en la espalda, parecido a una mano que los empujara con firmeza. Todavía se permitieron una mirada colectiva al *Aurora*, que se mecía en el límite del estuario. La playa de arena oscura, con sus palmeras y sus perros, les pareció más hostil que nunca, un decorado de péplum abandonado a una destrucción lenta pero metódica. Cada cual intentó recordar los rostros que quedaban atrás, los compañeros de viaje, las penas y el esfuerzo, la esperanza dispuesta en el Juego.

—Es tiempo —reiteró el niño.

De modo que avanzaron de una vez, siguiendo la estela de Antjie, que se precipitaba presurosa, casi violenta en sus zancadas, hacia el vestíbulo de la Cosa.

Les llamó la atención que las puertas de cristal funcionaran todavía, que al detectar su presencia los guardianes electrónicos les franquearan el paso. Aún les sorprendió más que, al penetrar en la estancia inferior, las luces se encendieran. Un resplandor inmaculado los deslumbró. Era como transitar de una mañana diáfana a otra mañana incluso más pura, una sensación semejante a penetrar en el ámbito de un aeropuerto. Los cuerpos no arrojaban sombra; no había rincones, ángulos, huecos donde la sombra pudiera existir. Vivían en un nicho constante de luminosidad, en un acuario. Un lugar donde la condición natural era la desnudez. El aire no olía a encierro o a pudrición, sino a ozono.

Vista desde fuera, la Cosa era una arquitectura elíptica, no muy distinta a las representaciones habituales de una nave alienígena, aunque más alta. A partir de cierto punto, la elipse comenzaba a enrollarse hasta generar una espiral. Sin embargo, la planta baja era un círculo perfecto, completamente acristalado. En ella no había un solo objeto, salvo un montacargas del color del óxido. De su techo salían dos cables anchísimos, del grosor de un muslo humano, que se perdían en un hueco practicado en el techo. El hueco absorbía la luz. No se adivinaba qué había más allá de él. El montacargas no parecía viajar hacia arriba, sino hacia otra dimensión, hacia otro estado de la materia.

Permanecieron en el centro del círculo, ocupando el menor espacio posible. El Narrador batió palmas y el sonido los sobrecogió, alzándose sobre sus cabezas igual que una bóveda. La acústica del espacio era asombrosa. El Narrador buscó en sus bolsillos, halló una moneda y la arrojó hacia el anillo exterior del círculo. Al tocar el suelo, un sonido punzante, de una exactitud dolorosa, llenó sus oídos.

—Es maravilloso —dijo el Narrador.

—Es aterrador —respondió la melliza—. Es como si esta habitación pudiera leer los pensamientos.

Miró al Narrador de nuevo, como había hecho junto a la garita, y supo que el hombre sabía de la existencia del niño. Al buscar con la mirada a su hermano, él bajó los ojos.

—Como si cualquiera que estuviera en ella pudiera oír nuestros pensamientos —dijo la melliza volviendo a mirar al Narrador.

Antes de que el eco de las palabras se apagara, echaron a correr hacia el montacargas. Los había deslumbrado la evidencia de que la melliza tenía razón. El círculo era un aparato infernal, capaz de abrir sus cráneos y hacerlos transparentes. Cada uno había experimentado una desnudez integral, mientras por su cabeza pasaban los pensamientos de sus acompañantes. Fue un momento de puro pánico, de un terror insensato. Sólo a medida que ascendían, comprendieron que la pesadilla estaba cediendo.

Al abrirse las puertas en el primer piso, los acogió un pasillo en forma de V invertida, con cristales a ambos lados. Se abalanzaron fuera del montacargas. La invasión había pasado.

—¿Lo hemos sentido todos? —preguntó Klein.

Habían visto cosas terribles en el ámbito del círculo; habían sufrido una forma de violación absoluta. Habían conocido un poder ante el que la T29 resultaba un pasatiempo agradable.

—¿Qué se construye aquí? —preguntó la melliza.

Y entonces se dieron cuenta de que los pensamientos del niño no se les habían manifestado. Que el niño era inmune al poder del círculo.

Lo miraron. Seguía sobre los hombros de Klein, vestido con un raído peto, viejo y a la vez recién nacido, sin edad y con todas las edades, un enano y a la vez un numen, una clase de inteligencia cuyos muñones temblaban y cuyos ojos eran de un despiadado color azul. Klein lo bajó de sus hombros y lo depositó sobre la peana, que el niño había mantenido abrazada contra su pecho.

—Prototipos de control —dijo el Narrador.

Como hombre del Sistema, se le había hecho diáfana una nueva escala, un cambio en la perspectiva. El círculo había mudado el paradigma y refinado las expectativas. Se sentía un aprendiz de brujo.

—Cuando trabajaba en la Boca —dijo mirando a través de los cristales del pasillo— leí la obra de un experto en civilizaciones extintas. Era un texto sugestivo, dirigido a una élite, que acabo de recordar ahora mismo.

Contemplados desde allí, el remolcador y el *Aurora* parecían un perro que llevara de la correa a un hombre.

—Al estudiar ciertas culturas del periodo Cuaternario, el autor proponía cambiar la denominación de la época geológica en la que vivimos. Esa época ya no sería el Holoceno, sino el Antropoceno. El experto defendía que, por vez primera desde el Big Bang y la expansión de las galaxias, existía una fuerza capaz de modificar las condiciones del planeta que no tenía un origen natural. Porque esa fuerza no procedía de una catástrofe causada por el impacto de un meteorito ni se debía a la presencia de temperaturas extremas, sino que emanaba de las prácticas de nuestra especie. La única discusión que el autor aceptaba considerar era la evaluación del momento exacto en que dicha época comenzaba.

—La máquina de vapor —dijo Klein.

—El modelo T de Henry Ford —dijo el mellizo.

—Hiroshima —dijo el Narrador.

—Ese círculo —dijo la melliza señalando bajo sus pies.

Miraron su puño cerrado, concentrado de ira. Como una granada a punto de explotar.

—¿Dónde encontraron al niño? —preguntó el Narrador volviéndose hacia ella.

—¿Por qué no se lo pregunta a él mismo? —intervino Klein.

Izado a su peana, que no era sino un escalón de teca negra, el niño, más que nunca, recordaba a un ídolo. Era notable que, a pesar de los cohetes propulsados y de la Bomba, a pesar de la T29 y de mecanismos como el círculo, a pesar del elenco de formas de dominio que el hombre había dispuesto sobre la Naturaleza y sus semejantes, un niño herido pudiera inspirar tanto temor y tanto respeto. El niño les recordaba que, más allá de los formidables artefactos que el hombre pudiera crear, ninguno resultaba tan eficaz y aterrador como el intelecto. Estar allí en aquel instante, de pie ante el pequeño, ante su callada advertencia, era como asomarse a una habitación que contuviera todas las respuestas.

—Él no debe contestar a esa pregunta.

La intervención de Antjie cogió al grupo por sorpresa. El Narrador reconoció en su sistémico el acento del cantante Ezequiel, la áspera resonancia gutural de su lengua nativa.

—En realidad, él no debe contestar a ninguna pregunta. Ya sufre bastante con poseer el don.

Otra vez, como en la sala donde el niño completó el Juego, el Narrador advirtió cómo el cuerpo se despegaba de la peana. Pero esta vez su levitación fue más acusada e incluso se permitió un pequeño giro, hacia la izquierda y hacia arriba, hasta el punto de que su espalda se inclinó, como un barco que comenzara a hundirse. La melliza sintió un tirón en el vientre, una mano que invadía su útero.

—Agua —dijo el niño, cuyo rostro estaba crispado y cuyos labios eran una fruta prensada.

Klein acercó a su boca una cantimplora. Y también esta vez, como en la sala, el niño experimentó alivio tras beber. Su rostro se relajó, cedió la inclinación, incluso pudieron escuchar cómo su cuerpo se reacomodaba en la peana.

Detrás de aquella frente, en el bosque oscuro de las circunvoluciones, se sucedía la avalancha de imágenes. El niño admiró un barco de locos, llevado de aquí para allá por el capricho de sus pasajeros; el niño descubrió una inmensa red de araña tejiéndose y destejiéndose a velocidad prodigiosa; el niño acató el despliegue iracundo, en el tiempo y en el espacio, de un fuego que todos buscaban para quemarse en él, para salvarse en él, para abrazarse a él y, mediante ese gesto suicida, conocer una posible dicha. Las imágenes lo zarandeaban y dejaban exhausto, y a pesar de lo que los otros pudieran creer, él no sentía ningún placer. Tampoco obtenía beneficio alguno de aquella experiencia. Era una víctima de su misterio, y como todo verdadero mediador, era desdichado, porque su don le era impuesto. Nada hubiera deseado tanto en aquel ciclo de destrucción y renovación como ser un niño estúpido, estéril, balanceándose en un caballo de madera bajo la mirada de unos padres devotos.

Pero el bronce resonó de nuevo dentro de él, siempre terrible. Así que dijo:

—Tenemos que subir. Más.

En la distancia, amparado por su nodriza infatigable, el *Aurora* permanecía al borde del estuario. Contemplada desde la Cosa, era arduo suponer que la gabarra siguiera perteneciendo al mismo mundo por el que los seis transitaban ahora, a un fragmento de realidad donde el significado de conceptos abstractos o la caída de los sólidos fueran elementos comunes, que se regían por códigos compartidos. Entre los visitantes de la Cosa y los viajeros que se habían quedado en el *Aurora* se levantaba un país salvaje, como si cruzar el estuario hubiera significado salvar no tanto una distancia física cuanto un meridiano mental. También era complejo pensar en la entidad que el Sistema conservaba dentro de esa dialéctica. ¿En qué se había convertido aquella roca en apariencia inalterable de valores y principios? ¿Seguía existiendo algo que mereciera ese severo rótulo, o una vez más los Ideólogos, los dueños de las nomenclaturas, deberían extraer de sus chisteras de mago una flamante fórmula con la que designar lo sucedido? Pero ¿acaso seguían existiendo Ideólogos? ¿Acaso en los escenarios de la Boca alguien seguía puliendo el lenguaje para extraer de él la imagen pura de una ofensa, del escarnio? ¿Habían sobrevivido las Estaciones Meteorológicas a la ira? ¿Dónde se escondía la perspectiva cenital, el dios volador de Poliplástico que hubiera podido aliviar las conjeturas al reunirlas en una sola mirada? Esas preguntas les eran devueltas por la visión del *Aurora* y su remolcador.

El montacargas los había dejado en una planta de aspecto pentagonal. Un ancho pasillo, cubierto por una moqueta raída, se abría a cinco cubículos de tamaño diverso, cada uno de los cuales ocupaba uno de los lados del polígono, separados entre sí por biombos móviles. Entraron en el primer cubículo con un temor casi reverencial. Pero lo hallaron vacío. El mismo vacío luminoso que los había recibido en la planta baja circular. Sólo que aquí, por lo que pudieron colegir, los pensamientos permanecían opacos. Se buscaron los ojos poniéndose a prueba, pero no encontraron nada de lo que avergonzarse. Si no podían leer en las otras conciencias, ello significaba que nadie podía penetrar en las suyas. Quizá el niño, que había recuperado su lugar sobre los hombros de Klein, tuviera ese poder, pero, hasta donde sabían, el niño estaba de su lado.

En el segundo cubículo encontraron Cajas. Docenas de ellas, apiladas sin orden, componiendo un vago espectáculo de ruina. Quizá abandonadas repentinamente. Todas, por lo que pudieron ver, estaban desconectadas. De ninguna emanaba resplandor o ruido. Aunque cada Caja era un cuadrado perfecto, sus tamaños eran variables. Las había enormes, de hasta dieciséis metros cuadrados de superficie, como ataúdes para familias completas; las había de tamaño medio, no muy distintas a la que el Narrador había conocido en la Estación; y las había pequeñas, copias perfectas de apenas diez centímetros de lado que les inspiraron un confuso sentimiento de felicidad. Un niño podría haber guardado en ellas su colección de mariposas o de saltamontes, con un alfiler de plata a modo de cruz.

Ya en el tercer cubículo, encontraron la biblioteca. No era muy extensa, pero sí rica, como el Narrador pudo apreciar. Se hubiera demorado en ella con gusto una jornada entera. Aunque no estaba ordenada por géneros, ni tampoco cronológica o alfabéticamente, sino atendiendo a lo que parecía un criterio íntimo y por ello difícil de discernir, el Narrador apreció que contenía novela, filosofía y teatro. También algunos volúmenes de poesía. Incluso lo emocionó descubrir ejemplares con la signatura añil del *samizdat,* la copia y distribución de literatura prohibida por parte de los Consejos que desde la Historia Nueva habían dirigido las Islas Rojas, una denominación que, al hacer fortuna, pasó a referirse a cualquier tipo de literatura censurada por el Sistema. Se preguntó si sus cuadernos, ocultos en el camarote del *Aurora,* encajarían dentro de aquella categoría. Y como antiguo técnico en la Boca, imaginó que un hermeneuta escrupuloso elevaría a sus superiores un informe redactado en los siguientes términos: «El primer cuaderno, conocido por los estudiosos como *Cuaderno del Él,* es un cuaderno de contabilidad largo (treinta centímetros) y estrecho (doce centímetros). En la etiqueta del centro de la tapa, que tiene como emblema un tablero de ajedrez, figura la leyenda "Estación". Las hojas son rayadas, de excelente calidad, y las páginas están numeradas de la I a la CXX. La escritura concluye en la página LXXXVIII. El segundo cuaderno, conocido por los estudiosos como *Cuaderno del Yo*, es un cuaderno rojo de tapas flexibles, de 16 × 20 centímetros. En la primera página interior aparece la leyenda "Academia". Las hojas son blancas y las páginas están numeradas con caracteres arábigos, aunque sólo del número 1 al 24. La escritura continúa hasta la que, en puridad, sería la página 68. Por fin, el tercer cuaderno, conocido por los estudiosos como *Cuaderno del Tú*, es un cuaderno escolar con tapas de cartón color arena. Mide 17 × 21 centímetros, no contiene leyenda alguna y sus hojas tienen como marca de agua un galgo que corre tras una liebre. Las páginas no están numeradas». Lo despertó de la ensoñación su propia voz, que había gritado con exaltación ante la cosecha allí reunida. Sus compañeros, incluido Klein, lo miraron con ternura. Él aceptó aquellas miradas como una forma de fraternidad.

Los dos últimos cubículos estaban, como el primero, vacíos, excepto por sendas fotografías tipo polaroid fijadas al suelo con celo. Las imágenes eran simples. Una cabeza llamada Adán en un cubículo, y una cabeza llamada Eva en otro, cuyos rasgos faciales habían sido eliminados. Dos cabezas sin cabello, ojos, nariz, orejas, boca, dientes o barbilla, sólo diferenciadas por aquellos antiquísimos nombres que quizá fueran una burla o una invitación a distinguir lo que, en realidad, era indistinguible. Los perturbó aquel borrado de la personalidad, y pensaron con un estremecimiento que, no en vano, la existencia del rostro era el límite que impedía a ciertas personas acabar con sus semejantes. Una vez destruido, aniquilado, censurado el rostro, una cabeza sin rasgos, por humana que se reclamara, era algo tan neutro como una muñeca de cera o un dibujo sobre un papel, apenas una superficie de huesos, tendones y carne que se podía romper a voluntad.

—Prototipos —dijo el niño ante las imágenes sin rasgos.

Era cierto. Siempre se empezaba así. Con una materia prima desnuda, potencialmente infinita, rellenada con cifras, ideas, palabras grandes o pequeñas. Cada recién nacido era el prototipo de un Adán nuevo, de una nueva Eva, una estructura genética que había de ser nutrida con aquello que su fuente natural dejaba pendiente: educación, propósitos, valores. Adán y Eva, los sin rostro, eran la estación de partida, el laboratorio desde el que el Sistema operaba. Qué importaban la belleza o la fealdad de sus rasgos, el color de sus pieles, el tamaño de sus extremidades. Los caracteres decisivos no estaban a la vista. Por eso Adán y Eva eran también X y Z, no esposos sino hermanos, evidencias de un tercer género: los dóciles, los amaestrados, los idénticos. Cualquier incógnita tenía cabida en sus fotografías. Nada era descabellado. En una pizarra vacía se podían escribir infinitos discursos. Los nombres tomados del Génesis significaban la posibilidad de comenzar cada vez desde cero. También la posibilidad de administrar la Caída una y otra vez, hasta el fin del tiempo.

—¿Queremos seguir? —preguntó Klein. Sobre sus hombros, el niño era una excrecencia de la carne. El porteador no mantenía ya el decoro. Sólo era un jorobado cansado—. ¿Qué hacemos aquí? —dijo depositando su carga en el suelo—. ¿Qué estamos buscando en este lugar?

—Todos lo sabemos —dijo el mellizo—. Lo que hemos buscado desde el principio. Lo que siempre nos ha faltado. Lo que le expliqué hace tiempo en el *Aurora,* cuando usted quiso vernos. Buscamos el Dado.

El tabú de los nombres. El sigilo de los nombres. El abismo de los nombres. La renuencia a pronunciar ciertos nombres. Su fuerza contaminante. Era revelador que nadie hubiera puesto nombre a su búsqueda hasta aquel instante. Que durante el largo viaje, tras la resolución del Juego, en la posterior alegría e incluso mientras esperaban en el estuario nadie se hubiera atrevido a pronunciar el nombre de su destino común.

—El Dado no está aquí —dijo Klein.

El Narrador recordó su conversación en la Academia, las palabras que el doctor había pronunciado: «Yo he estado allí. He pisado ese lugar».

Antjie se acercó a Klein y lo abofeteó. Fue un gesto tan rápido, exacto e inesperado que, antes que una forma de violencia, pareció un cambio en la conversación, un modo de reconducir las cosas.

—Yo creo en el niño —dijo la Zahorí—. Y él pidió que usted viniera con nosotros. El Dado está cerca.

La mejilla de Klein estaba encendida. Se le veía un poco ridículo, con aspecto de borrachín, pero también había dignidad en su estoicismo. Después del golpe se acuclilló para mirar al niño, que abrazaba la peana y reposaba sobre el suelo, cerca de la fotografía marcada con el nombre Eva.

—El Dado no existe —dijo Klein al niño—. Lo sabes tan bien como yo. Porque lo he buscado sin descanso. He mentido cien veces a propósito de él. Les he dicho a muchas personas que lo conocía sólo para inspirarles miedo. Incluso a él se lo dije —dijo Klein señalando al Narrador—. Pero el Dado sólo existe en nuestra imaginación. El Dado sólo es una palabra, un ruego, un temor que se conjura mediante un fantasma.

—¿Por qué mentir una segunda vez? —lo interrumpió el Narrador—. ¿Por qué me dijo que, tras hablar con los Ajenos, había comprendido lo que buscaban? ¿Por qué, si lo que ellos buscaban era la misma mentira que usted había mantenido, creyó en ella de nuevo? ¿Qué sentido tiene creer en una mentira ya conocida?

Y entonces lo comprendió. Comprendió la pureza de los Ajenos y el hambre de Klein. Comprendió que la resolución de los Ajenos era lo que había conquistado la soledad de Klein. Que el doctor había encontrado en ellos a los verdaderos creyentes, a la encarnación del espíritu de su padre asesino. La lógica de Klein había operado en círculos, pero en círculos de excelencia. Él sabía que había construido una mentira, la fortaleza de una mentira, para hacer llevadera su vida. Pero aunque sabía que esa mentira era inhabitable, un infierno estéril, sabía que la negación de esa mentira era aún peor. Lo que encontró en los Ajenos fue un mecanismo de compensación, una prueba de que, incluso a sabiendas, era preferible vivir en la luz de una mentira que en la oscuridad de una verdad. Que ningún hallazgo era tan importante como la búsqueda. El hecho de que las personas que creyeran en esa mentira fueran más nobles que él, era lo que le hacía aceptar una creencia que era sólo repetición, la farsa de una farsa.

El Narrador estudió a Klein como si lo viera por vez primera. Lo deslumbró su complejidad y, al tiempo, su candidez. Era transparente como un vidrio y confuso como un laberinto. En el fondo, como cualquier creyente, era infeliz y estaba necesitado. Su fe en el Dado, su necesidad de él, no eran, pues, tan hipócritas como el doctor soñaba. Klein era un hombre en deuda, un auténtico mendigo.

—El Dado —dijo el niño—. Está aquí.

Antjie se arrodilló para abrazarlo. Los demás apartaron la mirada, porque el niño había roto a llorar. Era el primer gesto que manifestaba no sólo su verdadera edad, sino su humanidad. El gesto que lo devolvía al colectivo. Y sin embargo, salvo Antjie, ninguno tuvo fuerzas para tolerar su pena.

—¿Por qué confía en el niño? —preguntó el Narrador acercándose a Antjie—. ¿Por qué usted?

—No debe creer en todo lo que se dice. Yo veo cosas. Yo siento cosas. Pero no veo ni siento todas las cosas.

—De modo que los Zahoríes son otra ficción.

—Los Zahoríes existen. Pero el Dado no nos pertenece. El Dado se pertenece sólo a sí mismo.

Componían una rara trinidad: el niño sollozante, la mujer que lo consolaba, el hombre lleno de preguntas.

—Sigamos —dijo el mellizo.

Pasaron minutos hasta que el paisaje de los seis se recompuso. El niño, ahora sobre los hombros del mellizo, había olvidado su llanto; Antjie y Klein se miraron confusos; el Narrador y la melliza contemplaban la foto de Eva.

En el montacargas, al ascender de nuevo, oyeron sus pulsos. La sangre viva, voraz.

El viento que los empujó hacia el vestíbulo había cesado. Los pájaros regresaron a los marjales. Sus colores dibujaban un espectro maravilloso sobre las aguas. Aunque la calma duró poco.

Había comenzado a llover. Primero una película fina, una gasa que apenas tendía un velo entre las cosas y su contemplación. Pero luego arreció con fuerza. La lluvia caía con tanta violencia que borró el estuario. Tras los ventanales ya no se distinguían aves, barcos, límites. Incluso las descomunales palmeras de la playa se habían disuelto.

La tormenta los reforzaba en su sensación de soledad, de haber cruzado una frontera que no estaba sólo en el mundo de los objetos, sino en el corazón humano. El hecho de que la lluvia fuera tan intensa que no permitiera ver nada más que su propia caída era sólo una manifestación de su nuevo estado. Porque la Cosa era un exilio. Y el aspecto de ese exilio había vuelto a cambiar.

Cada planta de la Cosa exigía una reacomodación sensorial, recalibrar las funciones interpretativas de quien la recorría. El vestíbulo circular que los acogió, el corredor en forma de V invertida más tarde, el pentágono desigual dejado atrás. Y ahora aquella elipse, que parecía coincidir con el diseño exterior de la Cosa. Sólo que el visitante hubiera esperado encontrarla antes, y no a la altura de esa cuarta planta. Al Narrador lo asombró esta semejanza entre la Cosa y el *Aurora*. Si la gabarra era más grande por dentro que por fuera, la forma interna del edificio desmentía su aspecto exterior. Ni la Cosa ni el *Aurora* eran lo que anunciaban.

La pared que cubría la elipse, interrumpida por dos ventanales, estaba cubierta de representaciones pictóricas. Moviéndose en el sentido de las agujas del reloj, el espectador viajaba desde los uros de los santuarios parietales hasta el genio abstracto de la Historia Nueva. La transición entre la circunferencia negra que cerraba el cómputo y el tótem del mamífero que lo abría resultaba imperceptible. Como si toda la historia de los sueños cupiera en una mancha oscura. Uro o circunferencia, bestia o curva geométrica, presencia o idea. Allí estaba la belleza otra vez. O al menos parte de la que habían encerrado en la damajuana arrojada al estuario: Lascaux, Leonardo, Lissitski.

Tocaron como ciegos, abrasándose las yemas de los dedos. Recorrieron los paisajes, los retratos, las naturalezas muertas, los desnudos, las batallas, las divinidades, los oficios, los animales, las texturas. Midieron los volúmenes de la nieve, la carne de las mujeres tendidas, la bruma que circundaba a los ángeles sopladores de pífanos. Se hundieron en el rojo, en el ocre. Los sofocó el estrépito de los resucitados, la brutalidad de los papas. Mensuraron diversos alfabetos, tantas caligrafías. Se exaltaron ante ciertos ídolos: Cristo, Medusa, Satanás. Y celebraron el mar, las cumbres, algún desierto.

Cómo no, Tulp estaba allí. Klein y el Narrador observaron al viejo cómplice: su sombrero rígido, el hábito negro, la mirada escapando del cuadro, dialogando con alguien que no se hallaba presente en la disección del cadáver de Aris Kindt. Si a Klein el cuadro le trajo remordimientos y al Narrador lo mordió la nostalgia, ambos se cuidaron de ocultarlo.

Y de pronto sonó un teléfono. Lo oyeron con absoluta claridad, sin llamarse a engaño. Su timbre llenaba el aire como un grito de socorro imperioso, imposible de obviar. El sonido crecía hasta ocupar el espacio disponible. La sala entera era un recipiente destinado a contener aquella llamada.

—La mujer —dijo el niño.

Miraron su mano extendida, que indicaba una de las pinturas de la exhibición. Se acercaron a ella. Una mujer rubia, de labios gruesos y ojos grises, sostenía un teléfono blanco. De la boca de la mujer escapaban frases en inglés: *Oh, Jeff… I love you, too… But…*

El Narrador aceptó que el gesto era disparatado, pero se obligó a ejecutarlo. Supo que nadie lo haría si él no se decidía. Alargó la mano en dirección al cuadro y aquello que era imposible sucedió. Tomó el teléfono que había en la pintura, lo arrastró fuera de la superficie del lienzo, hizo que el sonido cesara.

Luego aproximó el auricular a su oreja derecha y aguardó. Pudo contar hasta diez antes de oírla:

—Solo, aquí, en la frontera de este pequeño mundo, me siento en la disposición de ánimo idónea para que cualquier cosa suceda, para aceptar cualquier acontecimiento.

La voz arrancó un grito al Narrador.

—Tú —dijo—. Tú.

Lo sacudió una carcajada llegada del otro lado. Pero ya no era su esposa quien reía, sino una voz maléfica, impostora. La burla resonó en la estancia. El teléfono funcionaba como un altavoz. El Narrador separó de su cara aquella columna de fuego.

—Sé lo que habéis hecho, hijos míos. Y me lastima vuestra culpa.

Los mellizos se miraron entre sí. Nunca como en aquel instante habían parecido tan idénticos.

—Mamá —dijeron al unísono, aferrándose las manos.

—Y tú, impostor —salmodió una nueva encarnación—. Por qué me has traicionado.

Klein miró al Narrador y afirmó sin palabras. Era la voz de su padre, tal y como siempre la había imaginado.

Colgó el teléfono antes de que una cuarta manifestación los alcanzara. El cuadro reabsorbió el objeto con naturalidad, como si todas las pinturas, desde el comienzo del mundo, hubieran tenido tres dimensiones. En la pared volvía a haber una mujer rubia, de labios gruesos y ojos grises, que sostenía un teléfono de color blanco.

—Salgamos de aquí —dijo el Narrador.

El ascenso se les antojó larguísimo. De hecho, emplear la palabra *ascenso* es un modo ineficaz de referir lo que experimentaron. Porque en vez de a una última planta, como el montacargas prometía conducirlos, comprendieron que estaban moviéndose en el curso del tiempo. Habían dejado de regirse por una lógica espacial. El repertorio de poderes de la Cosa alcanzaba otro acmé.

Los límites de la cápsula se volvieron transparentes. Se trasladaron en distintos planos: vertical, horizontal, diagonal; hacia adelante, hacia atrás. El montacargas se transformó en un secuenciador. Lo que admiraron fue un relato deslumbrante, un recorrido por los logros de una humanidad frágil al comienzo, vigorosa con el tiempo, desnuda a menudo en sus desdichas y orgullosa siempre de sus logros. Y unido a este viaje vivieron un maravilloso reconocimiento. El hecho de experimentar en carne propia no sólo cómo era el mundo en cada época, sino qué grado de conciencia poseían sus moradores en dicho instante.

El momento más emotivo fue contemplar la Tierra hacía dos millones y medio de años, mientras el primer miembro del género *Homo* alcanzaba a construir un utensilio de piedra, y revivir con él ese minuto prístino de la condición humana: el surgimiento de la idea, el salto exponencial que abría un abismo ante la bestia y gracias al cual el descendiente del mono comprendía que la presencia de un cuerpo o de un objeto no era condición indispensable para garantizar la existencia de ese cuerpo o de ese objeto. Que cuando el resto de la horda desaparecía de su vista, ello no significaba que sus miembros dejaran de existir. Que los animales y los frutos de los que la horda se alimentaba no desaparecían del mundo cuando la horda no los podía oler o tocar. Que, en una palabra, la realidad era independiente de la inteligencia e incluso de los sentidos de la horda. La vivencia de esa conquista, ese éxito del animal capaz de representarse a sí mismo y al mundo que lo contenía como conceptos, los condujo hasta las lágrimas.

Del bifaz al hongo atómico, de la rueda al acelerador de partículas y a la fecundación *in vitro*, los asedió la historia íntima y a la vez pública de cada hijo del Adán cromosómico, de cada niña procedente de la Eva mitocondrial. Las caras vacías e intercambiables de los prototipos quedaron anuladas por el vértigo del ciclo. Un consuelo feroz alumbró a los seis en esa hora extraña, en que aparentemente se movían hacia algún tipo de cúspide aunque eran incapaces de delimitar ya no su lugar en el Sistema, sino su situación en la Cosa, como si la película que corría ante sus ojos fuera el compendio último de las victorias que días antes, en la bodega del *Aurora*, relegaron al vientre de una damajuana.

Al detenerse el montacargas, el Narrador supo que, dondequiera que hubieran estado, no era probable que el lenguaje sirviera para expresar lo visto. También supo que había un triunfo en aquella derrota, en aquel situarse más allá de ciertos umbrales. Pues si nombrar algo era investirlo de poder; si las palabras poseían esa inmediata relevancia ontológica, la capacidad de traer el ser a la vida, de dotarlo de sentido y significado; si esa premisa debía ser aceptada como irrefutable, entonces resultaba complejo imaginar un tipo de experiencia fuera del recinto del lenguaje.

Y sin embargo, ellos habían vivido algo cuyo relato no respondía a los parámetros habituales.

Los acogió un aula espartana, con sillas de madera de estructura rígida, una mesa mellada de roble, una pizarra verde y limpia de anotaciones. Ante la mesa, con los brazos en cruz y las piernas flexionadas, había un esqueleto humano. Se aproximaron a él con cautela, con la prevención y respeto que una procesión de fieles mostraría ante una reliquia. Lo rodearon, tentados de tocarlo pero al tiempo seguros de no hacerlo, convencidos de que el tacto de aquellos huesos, expuestos sin pudor, los condenaría a nuevos misterios.

—El último prototipo —dijo Klein.

En los ojos del doctor vivían pequeños fuegos, dos hogueras encendidas en mitad del rostro.

—La máquina más perfecta —anunció—. También la más longeva, la que ha llevado más tiempo construir.

Atentos a sus palabras, dispuestos a la lección, sintieron que el mundo, fuera de la Cosa, había dejado de importar. Estaban en la estancia definitiva. Ante la frontera decisiva.

—Es soberbio —prosiguió—. Soberbio en su complejidad y en sus detalles. Un juguete proyectado con devoción. Con un celo más allá de toda medida.

Quietos en sus sillas, como alumnos aplicados y modélicos, aguardaban. El mellizo había depositado al niño sobre la mesa.

—Las peculiaridades de este prototipo no han surgido de forma nueva en nuestra especie. Al contrario, se han constituido de forma fragmentaria, en los cuerpos de nuestros antecesores, a lo largo de millones de años. Ha sido un proceso lento. Glorioso. Y turbador.

Los ojos del recién investido maestro brillaban feroces. Su voz era una canción envolvente.

—Hace siete millones de años —dijo señalando con su mano derecha— se generó en la parte anterior del cráneo el hueco para el encaje de la médula espinal. También hace siete millones de años se formaron los caninos.

Experimentaron el vacío a su alrededor, la caída que semejante cifra procuraba: siete millones de años. Un agujero inconcebible.

Klein se movía en torno al esqueleto: poseído, brutal, vivo como un pez en el agua.

—Las articulaciones de la rodilla —añadió—. Cuatro millones de años las contemplan. Los pies arqueados y los dedos de las extremidades inferiores, no muy largos pero poderosos: tres millones setecientos mil años.

El doctor giraba en un aura de derviche.

—Admiren la fisonomía de la cadera. Corta pero amplia, concebida para empujar, para satisfacer la locomoción erguida, para contener a los futuros hombres. Tiene tres millones doscientos mil años de antigüedad. Y el pulgar oponible —prosiguió—. Sin él no podríamos sujetar con destreza ni lanzar objetos con precisión. Tampoco podríamos escribir ni tocar el piano. Hace dos millones trescientos mil años comenzó a conquistar su plenitud. Y aquí —advirtió tocando el cuello del modelo— el milagro que sostiene la curvatura de la espalda, su asombrosa flexibilidad. Dos millones de años. O el húmero en espiral. Qué delicadeza. Otros dos millones de años.

El niño contemplaba el esqueleto con su habitual negligencia. Como si hubiera asistido cientos de veces a aquella explicación.

—La cabeza del fémur, gruesa como un tocón de madera. Un prodigio aerodinámico de un millón novecientos mil años. El hueso más largo del cuerpo. También la elongación de las piernas. Su pureza. Su sentido. Su exigencia. Idéntica edad. Y qué tenemos aquí —apuntó señalando las costillas—. Una caja torácica en forma de barril.

El cofre del corazón y de los pulmones. La jaula donde se guardan nuestros órganos más delicados. Un millón seiscientos mil años.

El reconocimiento preciso del cuerpo los hacía sentir desnudos, conscientes de tanta frágil majestuosidad. Figuras de porcelana que hubieran sobrevivido a terremotos.

—Falta la pieza clave, el detalle maestro.

Klein ahuecó su mano derecha como una campana y la depositó sobre la calavera. Habrían podido sentir el vuelo de una mosca.

—La telencefalización, la expansión craneana, la conquista del mundo mediante un gran cerebro. Un millón de años.

Su voz se apagó. El doctor parecía una máquina que alguien hubiese desconectado. Durante un par de minutos sólo se escuchó la lluvia percutiendo contra las ventanas de la Cosa.

—La lección es correcta, pero incompleta. Y diría que el profesor se ha dejado llevar por el romanticismo.

A un lado de la pizarra se había revelado un panel falso, entreabierto. Las palabras procedían de allí. Escucharon unos pasos y después, en el aula, penetró un hombre. Era de mediana edad. Su aspecto, vulgar. Un hombre sin otro atributo que la capacidad mimética para ser uno de tantos. Un hombre del que era difícil sospechar o desconfiar. Un semejante. El Narrador los había visto a cientos durante su estancia en la Boca. Mientras se movía por el aula, adivinó que era un Forense.

—El prototipo —dijo el visitante— se ha vuelto caduco. A pesar de su plasticidad, a pesar de su capacidad adaptativa, debe dar paso a un modelo nuevo. La humanidad ha sido capaz de grandes logros. Sus conquistas han sido notables durante la Historia Nueva. Computación, astrofísica, nanotecnología, armamento, medicina. Ahora hay que colonizar otro territorio. El propio creador debe retirarse a un lado. Es tiempo de generar una secuela más eficaz. Si el Sistema desea prevalecer —argumentó el Forense—, no puede seguir atendiendo a los antiguos parámetros. El caso de Empiria y la revuelta Ajena lo han probado. Nuestra fe en los modos de control ha resultado desproporcionada. Las formas vigentes de domesticación humana ya no son fiables. Ninguno de los presidios generados por el *sapiens*, sea químico o político, se llame T29 o cibercapital, ha logrado poner coto a la codicia de sus iguales. Sólo ha servido para estimular sus deseos. De modo que quien debe ser abolido es el propio constructor. Lo que debemos estimular es otro prototipo. El nativo de un nuevo orden. Otro comienzo. Un segundo Génesis.

El Forense miró a los mellizos.

—Los niños futuros —dijo— ya no nacerán en un mundo con Propios y Ajenos, nosotros y ellos, islas y vacío.

Su mirada se desplazó hacia el Narrador, acarició a Antjie, resbaló un instante sobre Klein.

—Tampoco el Dado contará —dijo—. Será apenas un nombre, como ha sido siempre. Una leyenda de la que hablar en los textos. Ni siquiera los Ideólogos tendrán importancia mañana —añadió bajando la mirada, como si le doliera el corazón.

Era la clase de fanatismo que Klein había cortejado. Al que su padre había entregado la vida. Al que el propio doctor había rendido la suya antes de comprender que era un hombre débil. Pero allí dentro la entrega a una idea alcanzaba una diferencia cualitativa, de grado. Porque ese hombre cualquiera, camaleónico, estaba dispuesto a desaparecer para que triunfara algo en lo que creía.

La tranquilidad de su voz era la peor de las noticias. No había exaltación en su discurso, sino convicción. No se podía derrotar a una persona así.

El niño se separó de la mesa. Incluso la peana se alzó con él. El esfuerzo realizado dibujó en su rostro surcos profundísimos. Era al fin un niño de millones de años, el hermano de leche de quienes habían conducido hasta el formidable esqueleto. Que no tuviera unas piernas largas ni unas rodillas flexibles, que no pudiera presumir de un bello pie arqueado ni de unos dedos firmes y potentes no era obstáculo para que afirmase en aquel instante, mientras levitaba hacia el Forense, el orgullo de su genealogía. Había algo muy profundo, casi conmovedor, en el hecho de que aquel ejemplar incompleto, paradójico, resumiera en su carne el prolongado viaje que sus predecesores habían realizado.

—Destrúyalo —gritó el niño con furia—. Destruya el prototipo.

El Forense mostró una pistola. Era una pieza antigua, de coleccionista: la huella de una guerra pasada. Negro y brillante, su cañón no parecía una amenaza, sino una prueba más de la destreza humana, otro sueño de orfebre conservado en los museos del asombro. El Forense hizo un gesto, como si espantara un insecto. Se lo veía incómodo con el arma entre las manos. Igual que si vistiera el traje de otra persona.

—Es imposible apagar una estrella —dijo apuntando al techo—. El prototipo no está aquí. Éste es sólo el lugar donde se concibió, un banco de pruebas. No sé dónde lo están construyendo.

Sonreía mientras el niño se movía hacia él. Una risa franca, de dientes blancos. La risa de alguien entregado a una causa.

—En todo caso, no merece la pena tanto esfuerzo, pequeño mío.

El disparo abrió en la frente del niño un agujero rojo, rotundo como un beso de carmín. Su cuerpo cayó a plomo, con el mismo ruido que hizo el cadáver del pelícano devuelto al mar desde el *Aurora*. Nadie se movió; nadie gritó. Junto al esqueleto, el niño abría los ojos a una muerte duradera, quién sabe si ansiada. Aunque en su mirada pronto no hubo nada, excepto sosiego mineral.

—El niño los trajo hasta aquí. Llévenlo de regreso a donde pertenece —dijo el Forense volviendo la pistola hacia su propio rostro—. Quizá un día los que son como él dominen el Sistema. Es posible. Puede que incluso sea deseable. Pero no ha llegado todavía el tiempo de esos prototipos.

Había acercado la pistola primero a la boca; luego, a la nariz. Finalmente, la había aquietado sobre la sien derecha.

—Tenía magia, cierto. Y fuerza. Pero se engañaba. El Dado no está aquí. El Juego es irresoluble. Han perseguido ustedes una sombra.

Movió la mano que sostenía la pistola con apuro. Era evidente que el acero le quemaba los dedos. Antes de que el movimiento cesara, se había volado la cabeza. Era extraño observar a un hombre a quien faltaba la cabeza sostenerse en pie aún por unos segundos, negándose a claudicar. Luego cayó hacia delante, en diagonal respecto al niño. La mano que sostenía la pistola, al desprenderse del arma, adoptó una posición delicada, casi elegante, el gesto de un director de orquesta mientras demanda brío a las cuerdas.

Tras el panel se ocultaba una habitación. Encontraron en ella un catre sucio, una mecedora, un lavamanos con una jofaina, una cómoda con espejo, una ventana cegada. Olía a desinfectante y a sudor. Había libros de cálculo tirados por el suelo. Planos antropométricos. Un reloj conteniendo arena rosa. Un mapa estelar. Un planisferio de la Tierra antes de que los nombres cambiaran. Como nómadas que saborearan fruta de jardines ajenos, recitaron los topónimos perdidos, su música secreta. Los hallaron muy bellos: Alemania, España, Estados Unidos, Grecia, Holanda, Italia, Japón, Portugal, Rusia, Sudáfrica. Recuerdos de recuerdos. La voluntad de un eco que enmudeció hace mucho. La vida antes del Sistema.

Antjie arrancó las sábanas del camastro y arropó con ellas el cuerpo aún caliente del niño. Lo apretó contra su pecho con ternura, aunque no se permitió derramar una lágrima. Antes de dirigirse hacia el montacargas, escupió varias veces sobre el cadáver del Forense. Nadie encontró motivos para reprochárselo.

El descenso fue silencioso. La sangre del niño manó de sus fuentes manchando el mono naranja de la Zahorí. La sangre, que olía a hierro, dibujó un reguero en el suelo de la planta circular, mientras se encaminaban hacia la salida. No les importó que la estancia leyera sus pensamientos. Estaban demasiado agotados para sentirse incómodos.

Fuera los recibió la lluvia, solemne. El agua era una tromba, algo sólido que bajaba del cielo como un bloque gris, hormigón o mercurio que al golpear generaba un estruendo bronco, aterrador, el bramido de una forma de vida irredenta, que sobreviviría a cualquier prototipo pasado o futuro. Intuían que el estuario se estaba desfigurando, borrado por el caudal insólito, libre de pájaros, abrumado por la ferocidad de aquel impulso venido del cielo. No sentían hambre ni frío. Tampoco pavor o melancolía. Les bastaba con permanecer allí, espectadores del diluvio, cada uno rumiando las palabras oídas y las imágenes vistas en la Cosa, mientras el cuerpo del niño se enfriaba entre los brazos de Antjie. Tampoco se les ocurrió pensar en la madre que aguardaba en el *Aurora*, en cómo hablar a la mujer del pañuelo amarillo al cuello, en qué clase de consuelo o de empatía ofrecerle antes de que se derrumbara. Como si la muerte del niño, hasta cierto punto, hubiera sido un pago razonable por la visita a la Cosa. Ni siquiera se sentían defraudados por el hecho de que la predicción hubiera sido falsa. De hecho, habían acatado el dictamen del Forense con la misma premura e idéntica convicción con la que habían aceptado la visión impostora. Si alguien les hubiera jurado entonces que el Sol era un astro cuadrado y que los océanos eran cisternas de agua dulce, hubieran aceptado sus palabras como verdades reveladas. Porque estaban más allá de las convicciones y los deseos. Más allá de la fe o del fracaso. Habían cruzado demasiados desiertos para capitular y dar marcha atrás. En realidad, mientras la lluvia los cegaba, comprendieron que era imposible desistir, que cualquier tipo de rendición les estaba vedada, que no tenían ningún lugar al que regresar salvo al *Aurora*. Pilotos en un cosmos vacío, sin posibilidad de retorno a la seguridad de una placenta, su único horizonte era perseverar donde los prototipos y sus ingenieros habían fracasado, ignorar a los Ideólogos y a sus némesis, refugiarse en la gabarra y proseguir confiados a su empeño, al combustible de su audacia.

No aguardaron a que la tormenta cesara, sino que echaron a andar como una falange fraterna, dejando a sus espaldas la Cosa, pasando ante la barrera y la garita sin dedicarles una mirada, subiendo al bote que el agua había anegado, hundiéndose en la bañera templada, casi nadando dentro de la membrana de goma, bogando Klein y el Narrador con una furia segura, mientras los mellizos se abrazaban en torno al regazo vivo y Antjie apretaba contra su vientre ya estéril al niño indefenso.

Cuando alcanzaron el *Aurora* y se les arrojó una escala, estaban exhaustos, al límite de sus fuerzas, pero una voluntad sin nombre los mantuvo en pie ante el resto del pasaje, que se había apiñado en la cubierta leyendo en sus rostros tanto la fatalidad como la determinación, una y otra inextricables, ambas surgidas de un único suceso y por ello solidarias, exactos todos en su sobriedad, apenas rota por el sollozo renacido de la mujer del pañuelo amarillo al cuello, que al advertir la sangre que manchaba las manos de la Zahorí comprendió sin necesidad de excusa ni piedad qué le había sucedido al pequeño mago. Aunque ni siquiera entonces, ante la madre vulnerada, que golpeaba la cubierta del *Aurora* como si deseara hundir la gabarra a puñetazos, los regresados de la Cosa se permitieron un instante de flaqueza o duda.

Durante días, la insólita república de la gabarra y su remolcador vivió al borde del estuario. Sustraídos a la Historia y a su vorágine, igual que si se concedieran unas vacaciones, ambos barcos pasaron a formar parte del paisaje, equidistantes del marjal y de la playa siniestra, contemplados por los pelícanos como dos raros pájaros, uno mucho más grande que el otro, que hubieran decidido demorarse junto a tanta desolación, vigilados siempre por la sombra de la Cosa, con el mar a su espalda como promesa, encierro, desdén o infortunio.

Fueron jornadas de incruenta anarquía, en las que cada cual, consolado por la indulgencia de su ocio, no vaciló en concederse un simulacro de vida. Ni siquiera el único acontecimiento ineludible (el entierro del niño, que fue cremado en la cubierta del *Aurora* con premura) evitó ese relajamiento de la tensión. Lejos, en otros climas, o muy cerca, quizá ahí mismo, a la vuelta de un camino cerrado a los profetas, estaban sucediendo cosas, pero fue como si a ellos dejara de importarles la posibilidad de la guerra, la suerte del Sistema, el avance del azar y de la ruina, la evidencia de que, en algún refugio atómico, en alguna residencia para millonarios, en alguna celda insalubre, inteligencias frías y metódicas proyectaban una nueva era, decálogos de repuesto, un hombre flamante. Remisos a moverse, anclados por su peso, Propios y Ajenos se confundieron al fin en un tercer ámbito, el de los Iguales, donde ya no importaban los orígenes, las sagas, el recuento de los años felices o amargos, y en el que incluso los calendarios, en espera de la aparición de un resucitado comisario Lunacharski, habían sido condenados al cuarto de los trastos inservibles.

Había quien pescaba encaramado al casco del *Aurora*; había quien discutía en grupo o devanaba en soledad la historia ya legendaria del Juego; había quien pintaba acuarelas inofensivas y de escaso gusto a las que siempre faltaba el color decisivo. Se cantaba, se reía, se bromeaba, se juraba, se maldecía y se lloraba en sistémico, pero también en las lenguas de la infancia, y quien, como la melliza, cultivaba una vida por nacer en su seno, concebía simulacros de futuro a la vez que era consciente de que acaso el futuro era un tiempo ilegítimo. No importaba. La vida, que ama las metáforas, se recluía en la quietud de la gabarra. La vida como pausa, como paréntesis. La vida flotante.

También el clima se obstinó en la repetición. Llovió sin pausa durante aquellos días, no con la intensidad de la primera vez, pero sí con una demora exquisita, como si la idea de un bucle perpetuo, en el que el agua caía, los hombres vegetaban y los artefactos se pudrían, resultara inseparable de la esencia del estuario. Fue aquella lluvia la que mantuvo al Narrador acechante en su camarote, remiso y nostálgico, filósofo a ratos, revisando los tres cuadernos que había redactado. Su ánimo viajaba desde aquel principio hipnótico («El Sistema es un archipiélago») hasta el resonante colofón («Porque cuanto sin reposo has buscado una y otra vez, infatigable, desesperadamente, ha sido un Centro»), intentando hallar entre la declaración que inauguraba los cuadernos y la confesión que los cerraba un motivo para el reposo. Y sin embargo, una y otra vez, la escritura lo decepcionaba en su búsqueda de paz. No tanto porque en las palabras esperara encontrar un sentido para lo que había vivido, cuanto porque era consciente de que sus notas, sobrias en la Estación, beligerantes en la Academia y herméticas en el *Aurora*, eran en sí mismas otra manifestación del desconcierto, de la oscuridad. El Centro permanecía oculto; el Sistema, archipiélago o monolito, bendición o lamento, se resistía a toda concreción. De nuevo, en aquellas jornadas de pereza obsequiosa al borde del estuario, la escritura se le mostró al Narrador como esa ilusión tan común sufrida por los místicos: el hecho de que el Espíritu, al anunciar la realidad, la desplaza, logrando que el mundo tangible se disuelva en el momento mismo en que es proclamado. Que su escritura fuese una evidencia más o menos memorable de ese Espíritu, no era suficiente recompensa para el Narrador. Sus textos, al buscar generar orden, rigor y limpieza, sólo habían logrado ensuciar aún más los establos. Cada paso dado se le antojaba así una falacia. Incluso peor, una burla. Lo cual, no obstante, no lo condujo a la desesperación de tirarse por la borda ni a la tentación de quemar sus papeles. Aunque quizá ese pensamiento pasó por su cabeza en algún momento, lo mantuvo alejado gracias a algunas reflexiones que había consagrado a aquellos mismos cuadernos. La confianza, no por frágil menos real, en que algún día, en una hora lejana, alguien podría encontrar en ellos si no conocimiento, al menos consuelo.

Pensó si ésa era la palabra que quería preservar a su lado, *consuelo*, si era lógico pronunciarla en aquella época y en aquellas circunstancias, cuando el Sistema parecía una goma de la que miles de manos tiraran a un tiempo, en todas las direcciones de la rosa de los vientos. Pensó y repensó la palabra, y al final, un día cualquiera en la monotonía del cielo, la halló justa, precisa, tolerable.

Fue el mismo día en que, al subir a cubierta, comprendió que la lluvia había cesado. El mismo, también, en que por azar, y tras haber decidido sumarse a un grupo que subió al bote poniendo rumbo hacia la playa de los perros salvajes y las palmeras gigantes, encontró en la orilla de arenas oscuras, junto a restos de maderamen y plástico, oculta bajo una red de malla, la damajuana arrojada al mar la noche en que atónitos y esperanzados celebraron la resolución del Juego.

Se levantó muy temprano para dejar en orden su camarote. Hizo la cama, ventiló la estancia, guardó las piezas y el tablero del Juego. Observó el lugar en el que había vivido durante meses. Recordó su desconcierto inicial, el rigor de los horarios, los mecanismos inventados para no perder la cordura. Aceptó que su percepción del *Aurora* se había modificado. Supo que, por caminos extraños, les había tomado cariño a los mellizos, a los grumetes, a Ezequiel y a Antjie. Que incluso había llegado a perdonar a Klein por su inconstancia. No pudo encontrar una palabra para definir lo que sentía por el niño muerto. A veces le parecía un príncipe; otras, un bufón. Ligero de equipaje hasta el final, llevaba consigo la ropa que vestía, los tres cuadernos, la damajuana. Y muy dentro de él, como un icono indestructible, el tránsito de los icebergs.

El alba tenía el color de una perla gris. Cuando el bote tocó el agua, alzó la vista y miró en dirección al *Aurora* por última vez. Se había prometido no volver la vista, no permitirse la nostalgia ni el remordimiento. La imagen postrera que recordaría del barco sería la de su proa chata, un gran pico de pato que cabeceaba en las aguas del estuario. Se abandonó a esa imagen y remó sin prisa, atendiendo al desentumecimiento de los músculos, procurando hacer el menor ruido posible. Guiándose entre el resplandor de una luz mortecina, fue recorriendo el paisaje habitual. Se despidió de la playa tenebrosa y de sus enigmáticos perros; contempló a los pelícanos que parecían dormidos sobre las aguas como veleros de carne; advirtió la tenacidad de los pecios de las piraguas, que seguían apuntando hacia el cielo; lo confortó la vida pululante en los arrozales, hacía tiempo malogrados. Al alcanzar el bote la orilla del río, el alba comenzaba a agrietarse. Se preguntó, con un estremecimiento no del todo incómodo, en qué lugar del Sistema estaría su familia.

Cargó con sus cuadernos y con la damajuana, salió del bote y pensó en un día ya lejano, en otra vida, en otro mundo, en que un remero a bordo de un neumático alcanzó las costas de una isla llamada Realidad. Aceptó que, desde cierta óptica, él estaba reiterando una vieja historia, colocando sus pies sobre las huellas de un predecesor, recorriendo un itinerario parecido. No pudo ignorar el recuerdo de aquel rey que había fatigado los mares y vivido innumerables aventuras antes de volver a su patria. Quizá todos los hombres procedieran de él. Porque en el principio fue el viaje.

La Cosa se erguía sólida y a la vez nebulosa, un ente anfibio entre la mecánica y la leyenda, concebido por la técnica pero amparado por el mito, digno de figurar tanto en las historias de la infamia como en los compendios de la imaginación. Cruzó las puertas automáticas y se detuvo cerrando los ojos. En la vida de todo hombre debe existir un punto sin retorno, una casilla donde el dibujo de sus pasos sobre la superficie de la Tierra se aquiete en un molde no efímero al que adherirse como una lapa a la roca. Quiso creer que la Cosa era esa Kaaba, el ángulo último, sin forma definida o con todas las formas a un tiempo, el residuo de un principio al que vincularse.

Ya no estaba tan seguro de que el niño hubiera mentido, de que por boca del Forense se hubiera manifestado una verdad desencantada. Era probable que la proliferación de Escuelas no escondiese otra cosa que la evidencia de lo inefable, una aporía intelectual. Si el Dado, por hipótesis, podía ser cualquier cosa, entonces podía estar en todas partes y en ninguna a la vez. Podía ser un tablero de ajedrez, el rostro de una hija, un pez agonizante en un buche. El dios pagano morador de los cuatro elementos. Un hombre a la búsqueda del Centro cifrado en los cuadernos. Alfa. Omega. Cero. Infinito.

Abrió los ojos y caminó hacia el montacargas. Pulsó el botón de la última planta y experimentó el tirón mecánico en cada célula. En una colisión, los órganos del cuerpo sufren un desplazamiento hacia arriba, como si intentaran huir al impacto escapando del envoltorio que los acoge. Después, como todo cuerpo, se trate de una vulgar piedra o de una vesícula humana, los órganos regresan a su lugar original, contrayéndose como la tripa de un cerdo cuando es calentada. Así revivió él ciertas imágenes que de niño lo aterraban: aviadores sometidos a aceleraciones brutales, la piel de sus mejillas formando olas sobre el rostro; pilotos de pruebas con gafas de cuero y cascos en forma de huevo, las encías al aire por efecto de una velocidad que los hacía parecer ancianos y reír como sátiros. Al impulso siguió un movimiento estrictamente espacial, el desplazamiento de una cápsula opaca, inmune a la luz, cuyo empeño era vencer la distancia entre dos puntos. Lo acechó una duda cuando el montacargas se detuvo. Si vista desde fuera la Cosa tendría a lo sumo treinta metros de altura, ¿por qué el montacargas había impreso a su movimiento semejante dinamismo? ¿Por qué, para salvar una distancia tan corta, había empleado tanta energía y, sobre todo, un tiempo nada despreciable? Al detenerse imaginó que aquella última planta, donde el niño había sido asesinado, se levantaba quilómetros y quilómetros por encima del estuario.

O quizá, si la planta hubiera tenido ventanas desde las que mirar, habría descubierto que no estaba tan cerca de las nubes como la intuición del viaje parecía insinuar, sino hundido bajo tierra, en dirección al fuego primordial, siempre activo, del corazón del planeta. Por qué, pues, no aceptar que la Cosa era la casa del Dado. Pero que el Dado no significaba un nodo de poder, un emisor de órdenes, prescripciones y leyes, sino un instrumento destinado a reconfigurar las determinaciones que habían regido durante milenios la vida física de los prototipos: tiempo, espacio, masa, gravedad, velocidad, energía, luz, materia, peso, medida. La Cosa era un arsenal, una matriz, otra Academia ya no del Sueño, sino de la Experiencia, el caldero de brujo donde los vástagos del nuevo tiempo habían de nacer al Sistema.

Lo acogió el aula ya familiar, el lugar en el que el drama se había manifestado en plenitud, y encontró la disposición del primer día (las sillas rígidas, la mesa con muescas, la pizarra vacía, el esqueleto ilustrativo) con los añadidos que la visita del grupo había procurado (la peana olvidada, la pistola asesina, el cuerpo muerto). El hedor del cadáver lo obligó a apresurarse, así que salvó de un salto al hombre sin cara, descorrió el panel falso y penetró en la habitación del Forense.

Buscó dentro de ella algo que le sirviera de martillo, pero al no hallarlo decidió recurrir a la cabecera de hierro del catre. De modo que enrolló su mano derecha en la funda de la almohada, tomó la damajuana y golpeó. El cuello de cristal lacrado se quebró al primer impacto. Lo hizo con limpieza, como si le hubiera amputado la cabeza a una gallina. El resto del recipiente no se rajó, manteniendo indemne su hermosa forma abombada. Luego se sentó en la cama sin sábanas y extrajo del interior de la botella el memorial de las maravillas.

No recordaba que la colección fuera tan exhaustiva. Que en el catálogo de logros debidos al hombre se hubieran inscrito asuntos tan diversos como la Villa dei Misteri, el descubrimiento del número *π*, la fermentación de la cerveza, los puentes colgantes, la cabeza de Nefertiti. Y aunque se sintió conmovido por algunas entradas de la lista (la invención del lápiz, la doma del caballo, *¡la risa!*), lo que más le asombró fue comprobar que él había olvidado añadir su grano de arena al orgulloso retablo. Tras reflexionar unos minutos, comprendió que sería inútil escribir algo más en su nombre. No estaba ahora en la Cosa para eso. Su responsabilidad era otro tipo de gesto. Y con ese gesto debía bastar.

Rebuscó en la cómoda, halló dos camisas, llenó la jofaina con agua caliente y regresó al aula. Salvando la repugnancia que le causaban el hedor reinante y la visión del tronco sin cabeza, la confusa forma todavía humana que los días pasados había vuelto rígida y a la vez pastosa, como una sopa enfriada, lavó la sangre seca y retiró los fragmentos de pelo, hueso y materia cerebral que el impacto de la bala había dispersado. Retornó a la cómoda, cogió otras dos camisas y formó con ellas una especie de turbante que aplicó sobre el muñón del cuello. Arrastró al Forense por los pies, lo condujo detrás del panel y lo depositó en el camastro. Regresó al aula para recoger la peana del niño, volvió a la habitación y la dispuso en el suelo junto a los libros de matemáticas. Limpió la jofaina, anudó las dos camisas manchadas en un bulto que depositó bajo la cama y fue entonces cuando se concedió dar salida a su náusea. Vomitar le hizo bien, como si con aquel esputo triunfal escapara no sólo el asco vivido en la última hora, sino las dudas y angustias acumuladas durante meses. Echó un último vistazo a la estancia, en especial al planisferio de la Tierra antes del Sistema, abandonó la habitación y clausuró el falso panel.

De vuelta en el aula, tomó una silla y la situó detrás de la mesa. Hizo que el esqueleto articulado se sentara en ella. Arrimó la mano izquierda al hueso temporal del cráneo e inclinó la calavera en un ángulo de treinta grados. Observó su obra y la encontró satisfactoria. El esqueleto reproducía con éxito la estampa de un estudioso ante su escritorio. La muerte no le hacía parecer menos sabio que a cualquier eminencia viva. Y la carcajada perenne en su boca no resultaba un estorbo. Al contrario, el esqueleto parecía buscar aire. El aire permanente del conocimiento.

Ya sólo faltaba entregar al sabio su objeto de estudio.

Bajo los huesos de la mano derecha, que había apoyado entre tanto sobre la mesa, desplegó el pergamino de los triunfos humanos, la colección de cosas bellas, a menudo inútiles, tantas veces decisivas, que el genio de la especie había venido procurando con esfuerzo, candor y alegría. Como si despidiera a alguien muy querido, al otro extremo del mueble reposó los tres cuadernos que había redactado en la Estación Meteorológica, en la Academia del Sueño y en la gabarra *Aurora*. Con la lista de prodigios y la narración de una larga aventura, el *memento mori* se transformaba al fin en gabinete de sabiduría.

Sentado frente a su creación igual que un maestro ante su obra, contempló largo rato el cuadro. Como en cualquier ceremonia de la que se es consciente, vivió un intenso momento de dislocación. Se sintió parte de un auténtico drama y, a la vez, advirtió que estaba interpretando un papel. Que sus sentimientos eran verdaderos y falsos. Que estaba dentro y fuera. Que era juez y parte, agente y paciente, escultor y obra. Y que los gestos simbólicos, se concreten en tumbas a soldados desconocidos o en cartas de amor, encierran siempre esa dualidad: la de resultar ridículos y memorables a un tiempo.

Entró en el museo de la elipse y se acercó a uno de sus ventanales, el opuesto al estuario. Le costó comprender qué estaba viendo. Un tumulto de objetos, una exposición del desastre, una abigarrada naturaleza muerta compuesta por palas excavadoras, bidones de petróleo, galpones arruinados y pilas de escombros invadió sus ojos. Había carrocerías empotradas contra muros de cemento, gigantescas bobinas de hilo de cobre que no cortejaban electricidad alguna, mangueras de un brazo de ancho que hacía ya tiempo no apagaban ningún fuego. Comprendió que admiraba las ruinas del futuro, las marcas del hombre a punto de extinguirse, el abecedario de plásticos, aleaciones y metales que un milenio más tarde seguiría desintegrándose ante la mirada apaciguada del prototipo futuro. Un día orgullosos y ahora miserables, restos de una vocación más intensa y profunda que cualquier vida, descansaban allí los hechos feroces, imposibles de obviar, del hacedor de carreteras, del constructor de cohetes, del escalador de montañas, del animal magnífico y sarcástico que había descubierto el fuego y conjurado al átomo, el mismo que según el Forense de la Cosa era ya una pieza obsoleta, carne para el matadero. Y él redescubría ahora su compleja materialidad, la suma de debes y haberes, el Libro Mayor de la Contabilidad Humana, con el asombro del primer día, como si sólo entonces, a punto de hacer lo que iba a hacer, liberado ya del hechizo de las palabras, dimitido de su cargo de Narrador para volver a ser Cualquiera o Nadie, alcanzara a representarse en su exacta estatura la aventura de sus iguales, como si en aquel vertedero, en aquella zona bastarda, en aquel pudridero se contuviera, cifrada en su deterioro, en su vejez, en el testimonio inexorable de un tiempo que todo lo arruina, la más exacta representación de sus contemporáneos, el testamento vuelto polvo, detrito, basura, de una cultura de la que reclamarse miembro. Eran sus propios funerales, pues, lo que se representaba allí fuera, el cortejo de cosas que quedaban atrás, lejos, más lejos aún, mientras pájaros repulsivos se posaban sobre cimas de chatarra y mamíferos sin nombre husmeaban entre montañas de poliuretano. Era su propia historia, o al menos una parte de ella, la que se dilucidaba en aquel patio trasero. Porque quizá la verdad estuvo siempre en los patios traseros, no en los lujosos recibidores o en los pináculos. Quizá las ceremonias importantes eran las que tenían como escenario esa lenta debacle hacia el residuo.

Se alejó del ventanal y buscó el lugar que le correspondía en la elipse. Había pensado mucho en lo que iba a hacer. Había saboreado el acto cada día desde que había regresado de su excursión a la Cosa. Se había imaginado cumpliendo los distintos pasos, componiendo cada gesto a cámara lenta, como un severo ritual. Así que lo único que tenía que hacer era representar la obra que había redactado. Y luego, como en los cuentos que realmente tienen un final feliz, podría descansar.

Empezó por despojarse del gorro, que posó junto a su pie derecho. Se descalzó las sandalias de cuero y se quitó los calcetines de lana, que introdujo dentro de las sandalias y colocó a la derecha del gorro. Se liberó del jersey con coderas remendadas y lo dobló a la derecha de las sandalias de cuero y de los calcetines de lana. Desabotonó la camisa de felpa, que plegó con idéntico celo que el jersey, antes de depositarla sobre éste. Por fin se quitó el pantalón de dril, que dobló con cuidado y colocó sobre la camisa. Miró los tres montones crecientes. Eran tal y como los había imaginado en el *Aurora*. Le agradó que las cosas se ajustaran a su plan.

Respiró hondo y cerró los ojos. Antes del último impulso, previamente a la inmersión definitiva, se atrevió a convocar a los rostros queridos, fragmentos de una vida que, como a menudo se sugiere, visita a quien se está ahogando. Los vio a todos: a los pocos que había amado; a los pocos que lo habían amado. Le pareció justo que así fuera. También en el *Aurora*, mientras preparaba la representación, este don le había sido concedido. Sin embargo, su voluntad se negó a ir más allá. Sólo los rostros le fueron dados. Como si su conciencia se censurara a sí misma, le resultó imposible convertir en imágenes uno solo de los acontecimientos transcurridos desde que la vida en la Estación comenzó a desmoronarse hasta la muerte del niño en la Cosa. Le fueron entregadas las personas, pero no los hechos. Retratos, no peripecias.

—De acuerdo —dijo en voz alta, empleando no el idioma sistémico sino su lengua natal, la voz debida a sus padres, la herida que nunca se cierra—. Estoy listo.

Abrió los ojos y miró a Tulp.

Y de un salto, como un ladrón en la noche, ocupó el lugar que le era más querido, los ojos velados, la carne tan pálida, el cuerpo sosegado y ya para siempre en paz, dispuesto para la lección de anatomía.

*Gijón-Bamberg-Gijón*
*Junio de 2013-Febrero de 2015*

## FUENTES Y DEUDAS

Por orden de aparición, un lector atento descubrirá en *El Sistema* citas textuales de Gracq, Céline, Balzac, Barth, Domme, Carrère, Goethe, Nietzsche, Kafka, Homero, Gide, Conrad, Joubert, Musil, Blok y Coover.

Parte de este libro se redactó como huésped de la Internationales Künstlerhaus Villa Concordia de Bamberg. Debo expresar mi gratitud a quienes hicieron posible dicha estancia, en especial al profesor Reinhard Wittmann, a la directora de Villa Concordia, Nora Gomringer, y por supuesto al Gobierno de Baviera.

Deseo así mismo recordar a los amigos españoles que mi «año alemán» me regaló: Jesús Palomino, Alberto Posadas, Javier Salinas y José María Sánchez-Verdú.